著†秋
illustration†
しずまよしのり
魔
～史上最強の魔王の始祖、
転生して子孫たちの
学校へ通う～
者10〈上〉

Keyword

MAOH GAKUIN NO FUTEKIGOUSHA

魔王城デルゾゲード

現在は魔王学院の校舎として利用されている、二千年前のアノスの居城。その正体はかつてアノスにより堕とされた破壊神アベルニユーの力を、城という形に封じたもの。

神代の学府エーベラストアンゼッタ

地底の聖都ガエラヘスタに存在する、竜人曰く神より賜った聖なる城。その正体は創造神ミリティアの力と記憶、神体を城という形で保存したもの。

創造神

文字通り、この世界を創った最初の神。ただしこの世界が創造されるより以前にも別な世界があり、先代の創造神もまた存在した。そうして創造と滅びを幾世代も繰り返した末に、創造神ミリティアと現在の世界が在る。

神々の蒼穹

かつてアノスがその命と引き換えに発動した巨大な四界牆壁（ベノ・イエヴン）によって隔てた四つの世界のひとつ、神界の門を超えた先にある神族の世界。

樹理四神

神族の中でもとりわけ強大な力を持つ、命の循環を象徴する生誕神、深化神、終焉神、転変神ら四人の神の総称。それぞれが神々の蒼穹の深淵部に自分の領域を持つ。

火露［ほろ］

樹里四神の領域・樹理廻庭園を流れる、地上における“根源”に相当するもの。生誕し、深化し、終焉を迎え、転変してまた生誕へと循環しているが、その過程で少しずつその総量を減らしている。

魔王学院の不適合者10〈上〉

MAOH GAKUIN NO FUTEKIGOUSHA

～史上最強の魔王の始祖、転生して子孫たちの学校へ通う～

著†秋
illustration†しずまよしのり

魔王学院の不適合者

登場人物紹介

レイ・グランズドリィ

かつて幾度となく魔王と死闘を繰り広げた勇者が転生した姿。

ミサ・レグリア

大精霊レノと魔王の右腕シンのあいだに生まれた半霊半魔の少女。

シン・レグリア

二千年前、《暴虐の魔王》の右腕として傍に控えた魔族最強の剣士。

イザベラ

転生したアノスを生んだ、思い込みが激しくも優しく強い母親。

グスタ

そそっかしくも思いやりに溢れる、転生したアノスの父親。

エールドメード・ディティジョン

《神話の時代》に君臨した大魔族で、通称"熾死王"。

【勇者学院】

ガイラディーテに建つ、勇者を育てる学院の教師と生徒たち。

【地底勢力】

アゼシオンとディルヘイドの地下深く、巨大な大空洞に存在する三大国に住まう者たち。

Maoh Gakuin no Futekigousha

Characters introduction

【魔王学院】

アノス・ヴォルディゴード

泰然にして不敵、絶対の力と自信を備え、《暴虐の魔王》と恐れられた男が転生した姿。

ミーシャ・ネクロン

寡黙でおとなしいアノスの同級生で、彼の転生後最初にできた友人。

サーシャ・ネクロン

ちょっぴり攻撃的で自信家、でも妹と仲間想いなミーシャの双子の姉。

エレオノール・ビアンカ

母性に溢れた面倒見の良い、アノスの配下のひとり。

ゼシア・ビアンカ

《根源母胎》によって生み出された一万人のゼシアの内、もっとも若い個体。

エンネスオーネ

神界の門の向こう側でアノスたちを待っていた謎の少女。

【七魔皇老】

二千年前、アノスが転生する直前に自らの血から生み出した七人の魔族。

【アノス・ファンユニオン】

アノスに心酔し、彼に従う者たちで構成された愛と狂気の集団。

§プロローグ【～はじまりの日～】

それは、遠い遠い始まりの記憶——この世界の原初にして、繰り返された幾億目かの創世であった。

銀髪の少女はまぶたを開く。最初にその神眼《め》に映されたのは、一面が真白に染められた空。上下もなく、左右もなく、見渡す限りどこまでも白が続いている。

声が響いた。

『おはよう』

『おはよう。最後《さいご》の子』

銀髪の少女は、ぱちぱちと瞬《まばた》きをする。周囲を見渡すが、声の主はどこにもいない。

『捜しても、もういない。私はすでに滅んだのだから。これは、あなたに大切なことを伝えるために創造しておいた声』

「……あなたは誰……？」

少女が問うと、すぐに優しい声が返ってきた。

『私はあなたの前の代の創造神。名はエレネシア。あなたとあなたの妹の母』

「……妹…………？」

銀髪の少女は背中に視線を向ける。そっと後ろ手を伸ばしたが、あるのはただ空だけだ。誰かがそこにいた気がしたのだろう。しかしそれは幻想で、背後にはやはりなにもなかった。それでも、彼女は誰かの手を握るような仕草をした。

『すべてを伝えるには遺《のこ》した声が足りない。可愛《かわい》い我が子、あなたには私の失敗を。エレネシアの世界の終わりを伝えておかなければならない』

真白の世界が溶けていく。それはまるで雪のように、優しく、柔らかく。やがて、純白の世界の後ろに、荒れ果てた大地が現れた。荒廃した街や村、涸《か》れた海、枯れた森林、崩れた山。生き物の気配のしない世界の終末が、少女の眼前に突きつけられた。

『これがエレネシアの世界の終わり』

「……悲しい世界……」

そう銀髪の少女は呟《つぶや》いた。

『よかった』

と、エレネシアの声が言う。

『私は最期《さいご》に優しい子を生むことができた』

大きな悲しみと、一縷《いちる》の希望が、その言葉に込められていた。

『愛《いと》しい我が子。どうか聞いて。これは私たち創造の神が繰り返してきた世界の歴史。母から娘へ、代々受け継がれてきた神々のお伽噺《とぎばなし》』

荒れ果てた世界を俯瞰《ふかん》しながら、銀髪の少女は耳をすます。とうに消え去った、その母の声に。

『創造神エレネシアは世界を創った。緑が溢《あふ》れる、豊かで美しい世界を。様々な生命がそこに生きていた。世界を安定させるには、秩序の整合を保たなければならない。特に破壊と創造が等しくなければ、世界は循環せず、根源は輪廻《りんね》の枠から外れてしまう』

荒野の世界には、淡い光がちりばめられている。終わった生命、その根源の光であろう。

『私は秩序を保った。破壊と創造の整合を必死で保ち続けた。けれど、エレネシアの世界では争いの種が絶えることはなかった。人々は争い続け、世界は少しずつ滅びへと向かっていった。行きついた先は今、あなたが見ている通り』

死と滅びが蔓延《はびこ》り、限界を迎えた世界。荒野に漂う根源が、再び肉体を得ることはなく、ただただひたすらに彷徨《さまよ》い続ける。

『私は間違えたのかもしれない。始まりのとき、世界を創るときに、なにかを間違えてしまったのかもしれない。だから、エレネシアの世界は不完全だった。創造したときにつけられたほんの小さな秩序の傷が、やがて広がり、世界を滅ぼした。私は優しい世界を創ることができなかった』

その言葉に、後悔が滲《にじ》む。役目を果たせなかった神の悲哀が、風に飲まれ、ふわりと消えた。

「……なにが、秩序の傷だった……？」

銀髪の少女が問う。生まれながらにして、彼女は自身がこれから創世するのだと理解している。エレネシアの秩序を受け継いだ少女は、紛れもなく創造の神だった。

『わからない。この神眼《め》には、秩序の傷が見えなかった。創った世界は完全かのように思われた。ずっと見ていたはずなのに、私にはそれがとうとうわからなかった』

罪を告白するかのように、重たく、悲しげな声が響く。

『私だけではない。私の母……エレネシアの前の創造神も、その前の創造の神も、そのずっとずっと前の神も、皆、誰もが世界の瑕疵《かし》に気がつかなかった。気がつかず、世界は限界を迎え、私たちは最後《さいご》の創造を行ってきた』

「最後《さいご》の創造？」

『創造神は、その秩序により、《源創《げんそう》の月蝕《げっしょく》》を生涯に二度だけ、使うことが許される。世界の始まりとその終わりに』

瞬《まばた》きを二度した後に、銀髪の少女は口を開く。

「新しい世界を創るときと、新しい創造神を創るときに？」

『そう。世界が限界を迎えたと理解したとき、創造神は滅びゆく根源を捧《ささ》げ、自らの娘を創造する。新たな創造の神は、限界を迎えた世界を創り直し、新しい日々を、また一から始めることができる』

輪廻《りんね》することのない根源は、その輝きを次第に弱めていく。荒野の光は、刻一刻と薄まっていった。彼女の言う通り、エレネシアの世界はとうに限界に達しているのだ。

『もしかしたら、この世界そのものが、もう遥《はる》か昔に終わっていたのかもしれない。私たちは世界を創り直してきた。けれども、何度創り直しても、終わった世界は終わりへと向かうもの。世界の瑕疵《かし》はなく、終わることがただ宿命であり、秩序なのかもしれない』

創造神の根源を捧《ささ》げても、とうに滅んだ世界を蘇《よみがえ》らせることはできない。ただ滅んでいないように見せかけるのみだ。そう、エレネシアは言いたいのだろう。

『幾億の始まりを経て、私たちは、ただ我が子へ悲しみの宿命をつないできた。あなたもきっと、この宿命からは逃れることができない。だから、私はこの世界を、創造の神たちがつないできたこの大地を、エレネシアの空の下に生きた人々の笑顔を――』

一瞬、息が詰まった音が響く。

『ここで、終わらせることにした』

決意を込めたその声は、世界を覆った。

『この世界はこのままここで滅んでゆく。あなたは私が創った、新しい権能を持った創造神、その力で一から新しい世界を創って。古い始まりを捨て、新しい始まりをその手に。どうか、どうか――』

世界を見つめる少女の耳に、母は愛情を込めて言った。

『あなただけの優しい世界を』

俯《うつむ》き、しばらく考えた後に少女は、荒野と空を眺める。淡い光がゆらゆらと揺れている。そのうちの一つがすうっと飛んできて、彼女の手の平に乗った。それを優しく手で包み込み、銀髪の少女ははっきりと首を左右に振ったのだった。

「大丈夫」

そっと彼女は言う。

「終わらせない。母が愛したエレネシアの世界はまだここに生きている」

一瞬の空白。声が響いた。

『いいえ。もう終わっているの。それに私たちは気がつかなかった。いいえ、気がついていたけれど、目を背けてきた。そうして、悲しい宿命だけを子へ遺《のこ》してきた。それはもう、私の代で終わり。あなたには幸せな世界を遺《のこ》したい』

再度、少女は首を左右に振った。

「残されたのは、悲しい宿命だけじゃない」

生まれたての創造神は、優しい声でそう言った。

「母の母も、その母も。遙《はる》か遠《とお》い、始まりの母も。ずっとずっと、連綿とこの世界をつないできた。この世界に生きる人々の笑顔を、みんな愛していたのだと思う」

すでに滅んだ母の顔を見つめるように、少女は白銀の神眼《めえ》をじっと虚空《こくう》へ向ける。

「だから、誰も終わらせられなかった」

エレネシアの声は、止まっていた。我が子の言葉に、耳を傾けるように。

「わたしも、終わらせない。我が母、エレネシア。あなたにもらったこの創造の力で、今度こそ、この世界の笑顔を守るから。創造の神の祖先たちと同じように、この世界を愛し、ここに生きる人々を愛する」

銀髪の少女は両手を掲げる。すると、その荒野に月が昇った。

「きっと、優しい世界を創るから」

白銀の満月に影が射《さ》す。《源創《げんそう》の月蝕《げっしょく》》が始まり、赤銀《しゃくぎん》の光が世界を優しく染め上げていく。

「今日までずっとつないでくれたあなたたちの想《おも》いは、わたしにつながっている。ただ悲しいだけじゃなかったと、この幸せな結末につながっていたのだと、みんなが安らかに眠れるように、わたしは優しい世界を創るから」

地響きがした。優しく、温かく、どこまでも遠くへ伝わる――それは世界の胎動だった。

赤銀の光に照らされ、荒野に緑が満ち始める。世界が新しく創り変えられようとしていた。

『我が子よ。あなたはとても優しく、とても強い』

エレネシアの声が響く。

『どうか約束を』

じっと母の言葉を、少女は待った。

『今日の日のことは、誰にも伝えないで。あなたの子以外には』

「どうして？」

『わからない。私たちはずっとこの言葉をつないできた。この世界を生きる者に、はじまりの日を伝えれば、秩序を阻《はば》む者に滅ぼされてしまう』

こくりとうなずき、少女は言った。

「約束する」

赤と銀の光に、世界は優しく包まれていた。もうまもなく、創世は完了する。新しい生命が生まれ、愛と優しさが世界に満ちる。

『もうお別れ。最後に、訊《き》いておきたいことはある？　世界の創り方なら、教えられる。争いを少なくする方法、人々の笑顔を増やす方法、文明を発展させる方法。魔法を強化する方法。あなたが知らないことをなにか一つなら、まだ伝える力が残っている』

数瞬考え、少女は顔を上げた。

「名前は？」

そう問うた後、彼女は再び問う。

「わたしの名前」

戸惑ったように、エレネシアは答えた。

『あなたの秩序は、理解しているはず。創造神の名は、創造神自らがつける。それは、世界の名に等しいから。あなたに名を伝えても、なんの力にもなれない。もっと役に立つことを訊《き》いてみるといい』

少女は首を左右に振った。

「人の親がそうするように、わたしも母がつけた名が欲しいと思った。その愛と優しさが、きっと、この世界に伝わるはずだから」

一旦言葉を切り、まっすぐ少女は言った。

「どんな世界の創り方より、わたしの力になるから。お母さん」

しばらくの沈黙の後、エレネシアの声が響いた。

『ミリティア』

その名を聞き、少女は微笑《ほほえ》む。

『ミリティア。あなたとこの世界の幸せを、願っている。ともにいけない母を、許してほしい。そばで教えを説けない母を、許してほしい。どうか、どうか、今度こそ――』

声が掠《かす》れ、消えていく。名を授けたことにより、残した創造の力を使い果たしたのだろう。すでに途絶えた命が、新たな可能性を生み出すには相応の力が必要となる。それでも、想《おも》いを振り絞るように、声が響いた。

『創造神《あなた》と世界が、健やかに育ちますように』

それを最後に声は消える。

ミリティア。伝えられたその名を優しく包み込むように、銀髪の少女は両手をきゅっと胸に抱く。赤銀の光がぱっと弾《はじ》け、緑豊かな世界がそこに広がっていた。

新しい創造の神は言った。母への感謝を込めて。

「ありがとう」

§1.【神々の蒼穹《そうきゅう》】

視界がぐにゃぐにゃに歪《ゆが》んでいた。あらゆる像をなすものが、捻《ねじ》れ、曲がり、裏返っている。この場は神界の門をくぐった先、次元が激しく乱れているのだ。ミーシャ、サーシャの手を強く握り、俺は嵐の海のように荒れ狂う狭間《はざま》を、突っ切っていく。光が見えた。鮮やかに輝く空である。青よりもなお青いその蒼穹《そうきゅう》へと、俺たちはまっすぐ飛んだ。

「――ふむ。この世界を生きる者に、はじまりの日を伝えれば、『秩序を阻《はば》む者』に滅ぼされてしまう、か」

つい今しがた、ミーシャが語ったこの世界の成り立ちについて考える。

「わからぬ。世界が限界を迎えると、創造神は滅びと引き換えに新たな創造神を創り出し、その者が世界を新しく創り直す。それを知ったところで、なにがどうなるわけでもあるまい」

「その『秩序を阻《はば》む者』が、関わってくるってことかしら？」

サーシャが頭を捻《ひね》りながら言った。

「それも解《げ》せぬ。『秩序を阻《はば》む者』というのは俺やグラハム、つまり神族が不適合者と呼ぶ者のことだろう？」

「たぶん」

ミーシャが答えた。

「別段、はじまりの日を知ったからといって、なにをする気にもならぬがな。グラハムとて、世界の成り立ちを知ったところで、どうしようもあるまい」

「でも、滅ぼされるって言ったんだから、なにか理由があるはずよね？」

サーシャは、ミーシャの方を見ながら言った。

「ん」

「はじまりの日があり、この世界が存在する。幾度となく滅びへと辿《たど》り、世界が創り直されてきた事実が、この世界を生きる俺たちになんらかの影響を及ぼすというわけか」

なにがどう影響するのやら、まだ見当もつかぬがな。

いったいなぜ、創造神はその言葉を代々伝えてきたのか？

「しかし、母との約束だったのだろう。言ってしまってよかったのか？」

ミーシャの方を振り返ると、彼女はこくりとうなずいた。

「わたしたち創造の神々は、ずっと繰り返してきた。滅びゆく世界を創り直し、願いを込めて、我が子に人々の命を託してきた。だけど、結末はいつも同じ」

ミーシャはじっと俺の目を見つめて言った。

「変えないといけない。なにかを変えないと、なにも変わらない」

危険を恐れていては、叶《かな》わぬ願いもある。はじまりの日のことを伝えた結果、危機が訪れるとしても、俺とならばそれを乗り越えることができると判断したのだろう。

「きっと、許してくれる」

俺がうなずいてやると、ミーシャは微《かす》かに微笑《ほほえ》んだ。

「……でも、考えれば考えるほど、おかしな話よね」

口元に手をやりながら、サーシャが呟《つぶや》く。

「破壊と創造の整合を保てば、生命は循環するはずでしょ。普通に考えて、破壊と創造の秩序が同等なら、死んだ人、滅びた人と同じ数だけ、新しい命が生まれるはずじゃない」

そう前置きして、サーシャが疑問を呈する。

「なのに、いつか世界が滅びるんだとしたら、本来生まれるはずの命はどこへ消えたの？」

「わからない」

ミーシャが言う。

「先代の創造神エレネシアが口にした通り、この世界が本当はもう終わっているからかもしれない」

「どれだけ秩序を整えても、ぜんぶ見かけだけで、本質は違うってこと？」

こくりとミーシャがうなずく。

「それで、お前はこの世界になろうとしたわけだ」

「……ん……」

確かに、世界の寿命が尽きているのなら、新たな命をこの世界にもたらせば、息を吹き返すのが道理だ。

「世界を見守り続けても、魔力総量が減り続ける原因はわからなかった。世界の瑕疵《かし》はどこにもない。もしかしたら、この世界に生きるわたしたちには見えないものなのかもしれない」

「見えないなら、世界の仕組みをすべて創り変えてしまえばいい、か」

「最善だと思った」

淡々とミーシャが言う。自らが新たな世界の根源となり、神の秩序のない新しい仕組みを築き上げる。すべてを完全に新しく創り直せば、なにが原因で滅びるのかわからずとも、それを免《まぬが》れることができるだろう。

「念のため訊《き》いておくが、今、エンネスオーネは不完全な魔法秩序か？」

ミーシャはうなずく。

「なるほどな」

俺が納得すると、サーシャはまるでわからないといった顔になった。

「……えーと、どういうことか、教えてもらっていいかしら？」

「エンネスオーネは本来、神様のいない世界の魔法秩序。だけど、神様のいる今の世界では、エンネスオーネは本来の秩序を発揮できない」

ミーシャがそう説明する。

「……エンネスオーネの本来の秩序って……神の秩序に囚《とら》われない命を生むことだっけ？」

こくりとミーシャはうなずいた。

「エンネスオーネの秩序で生まれる根源は完全に輪廻《りんね》して、世界の魔力総量を減らさない」

「えーと、それはわかったんだけど……なにがなるほどなの？」

ますます疑問の表情で、サーシャが尋ねる。

「この世界には瑕疵《かし》があると仮定する。ミリティアや歴代の創造神が見つけられなかった秩序それがエンネスオーネに影響を与え、彼女を不完全な秩序たらしめている」

「あ……！」

ようやく気がついたといったようにサーシャが声を上げる。

「じゃ、エンネスオーネが完全な秩序になれば、世界の瑕疵《かし》が取り除けたってこと？」

「ああ。よもや世界の瑕疵《かし》が、自ら名乗るわけでもあるまいしな。エンネスオーネがいれば、それを突き止めるのにも一役買ってくれるだろう」

エンネスオーネは、生誕神と堕胎神の秩序に背いていた。それは彼女が、この世界の生命のサイクルに反した秩序をもたらす存在だからだ。世界の瑕疵《かし》が存在するのなら、エンネスオーネとそれは強く反発し合うに違いない。ならば、彼女はミリティア以前の創造神が持たざる鍵となるやもしれぬ。

「ちゃんとついてきてるのかしら？」

サーシャが後ろを振り返る。神界の門をくぐったタイミングが違うため、エンネスオーネたちの姿は見えぬ。

そのとき、一陣の風が吹いた。

「見て」

ミーシャが目の前を指さす。鮮やかな蒼穹《そうきゅう》に星のようにちりばめられているのは、黄金の火山や白色の湖、いばらの大地、車輪のような街など、色とりどりの様々な風景だ。

「ここが神々の蒼穹《そうきゅう》。見えている風景は、どれも神域」

エンネスオーネの芽宮神都《がきゅうしんと》や、ナフタの限局世界と同じものだ。確かに、どれもこれも、凄《すさ》まじい魔力を発している。神界だけあって、その力を最大まで発揮できるのだろうな。

「こんなに沢山あって、どこにエーベラストアンゼッタとデルゾゲードを持っていかれたのか、わかるの？」

「普段なら手に取るようにわかるのだが……」

デルゾゲードの魔力を感じぬ。あれだけの力が綺麗《きれい》に消されている。俺の城だ。召喚のための魔法的なつながりもある。神族とはいえ、並の者にはこの魔眼《めい》から隠し通すことなどできるはずもない。

「エーベラストアンゼッタの位置もわからない」

ミーシャが言う。創造神ミリティアにとっては半身のようなものだ。記憶を思い出した彼女が、見失う方が不自然だろう。

「じゃ、どうすればいいのかしら……？　虱潰《しらみつぶ》しに探すっていっても、神域はこの数でしょ？　それに敵地の真っ直中だし……」

「なに、確かに二つの城ともまるで見えぬが、見えぬことこそ最大の手がかりだ」

サーシャがこちらを振り向いた。

「デルゾゲードとエーベラストアンゼッタは、少なくとも創造神と同じか、それ以上の力を持った神が隠している。それも、並大抵のことでは見つからぬ場所にな」

「……創造神と同じか、それ以上の神っているの？」

「樹理四神《じゅりししん》」

ミーシャが言った。

「って、確か生誕神と、裏返った堕胎神もそうよね？　確かに不意をつかれてやられたけど、そこまでだったかしら……？」

「樹理四神の座す場所は、蒼穹《そうきゅう》の深淵《しんえん》。自らの神域でこそ、彼らはその本領を発揮することができる」

神域を離れたため、堕胎神は本来の力とはほど遠かったということか。

「そいつらの神域はどこだ？」

「あそこ」

鮮やかな青の空と、周囲に浮かぶいくつもの神域。よくよく見れば、それらは球を形成している。そして、その中心に、一際《ひときわ》大きな四つの神域が連なっていた。

ミーシャがその中の一つを指さす。

海中にそびえ立つ大樹の神域。

「生誕神ウェンゼルの神域、大樹母海《たいじゅぼかい》」

次にミーシャは空から滝が降り注ぐ深き森林を指さす。

「深化神《しんかしん》ディルフレッドの神域、深層森羅《しんそうしんら》」

続いて、指さされたのは火の粉舞う白い砂漠。

「終焉神《しゅうえんしん》アナヘムの神域、枯焉砂漠《こえんさばく》」

最後に、枝と葉が折り重なり、何層もの樹冠を形成する丸い空を指さした。

「転変神《てんぺんしん》ギェテナロスの神域、樹冠天球《じゅかんてんきゅう》」

四つの神域へ向かいながら、彼女は言った。

「樹理四神すべての神域をさして、樹理廻庭園《じゅりかいていえん》ダ・ク・カダーテという」

樹理四神のうち、どの神かが城を奪った可能性は高い。しかし、断定はできぬ。

「神々の蒼穹《そうきゅう》のことを、最もよく知っている神は誰だ？」

「わたし」

ミーシャが言う。

「だけど今は、記憶の大半がエーベラストアンゼッタにある」

七億年分の記憶だ。さすがに、魔族の体にそれを一瞬で移すのは無理があったのだろう。

ということは――

「ミーシャ。俺からアベルニユーの記憶を消したのは、お前の願いを邪魔すると思ったからか？」

ぱちぱちとミーシャは瞬《まばた》きをした。

「……そうだと思う……」

「それも覚えてないの？」

こくりとミーシャがうなずく。

ふむ。ミリティアの記憶を奪ったとも考えられるか。エーベラストアンゼッタを連れ去った神は、ミーシャにすべて思い出させたくはなかったのかもしれぬ。

「まあいい。お前の次に、この蒼穹《そうきゅう》やダ・ク・カダーテのことを知る神は誰だ？」

「創造神よりも視野は狭く、だけど深く深淵《しんえん》を覗《のぞ》くのが、深化神ディルフレッド。彼は賢神《けんしん》とも呼ばれ、様々な見識を持っている」

ミーシャはそう答えた。

「深化神か。では、向かう先は深層森羅だ」

蒼穹《そうきゅう》に浮かぶ神域の一つ、滝が降り注ぐ森へと俺たちは降下していく。次第に目の前にあらわになってきたのは、青い木々である。鮮やかな青色の葉が風に吹かれ、空から俯瞰《ふかん》してようやくわかるほど大きな大きな渦を巻いている。森の道は螺旋《らせん》を形成し、そこを辿《たど》るように木の葉が風に流されているのだ。

「ディルフレッドの居場所はわかるか？」

ミーシャが首を左右に振った。

「森のどこか」

「では、適当な場所に下りるか」

まっすぐ飛んでいき、深層森羅に降り立った俺は、軽く大地を踏み鳴らす。奇妙な神域だ。森の奥へ視線を向ければ、空間が歪《ゆが》んでいるのがわかった。

「捜すぞ。話のわかる神ならばよいがな」

ミーシャが口を開こうとした、そのとき――

「立ち去っていただきたい」

低い声が響いた。ザッザッと草の根を踏む音が聞こえ、枝葉をかき分けながら、男がそこに姿を現した。

草花で編まれた服と、木の葉のマント、それから木の冠を身につけている。一見して、森の賢者といった様相だ。発せられている魔力から察するに、神族に違いない。

「……ディルフレッド……」

ミーシャが言うと、男は一瞬、彼女に視線を移した。

彼が深化神ディルフレッドなのだろう。すぐにその男は、俺の近くへと歩み出る。そうして、そのまま膝を折り、地べたで平伏《へいふく》した。

「伏して頼もう、不適合者アノス・ヴォルディゴード。ここから立ち去ってくれ」

§2. 【深淵《しんえん》を覗《のぞ》く賢神】

樹理廻庭園ダ・ク・カダーテが一つ、深層森羅。

青き葉が鬱蒼《うっそう》と生い茂る奇妙な森にて、神域の支配者たる深化神ディルフレッドは、ただひたすらに平伏を続けている。敵意はない、か。とはいえ、こいつがデルゾゲードとエーベラストアンゼッタを隠していないとも限らぬ。

「面を上げよ」

そう口にすると、ディルフレッドは平伏をやめ、僅かに顔を上げた。生真面目そうな面構《つらがま》えで、奴《やつ》は俺に視線を向ける。なにを訴えるでもなく、その神眼《め》は俺の深淵《しんえん》をただ見ていた。

「こちらも用があってここへ降り立った。頭を下げられたからといって立ち去るわけにもいかぬ。事情を話すがよい」

表情を崩さず、深化神は言った。

「このダ・ク・カダーテの秩序に異変が生じたのだ」

焦《あせ》るでもなく、憂慮するでもなく、ただ事実を告げたといった口調だった。ミーシャの瞳が深刻な色に染まる。

「火露《ほろ》の流量が減少している」

隣から息を呑《の》む音が聞こえた。なんのことだかわからぬが、どうやら深刻な事態のようだ。

「火露とはなんだ？」

「ご覧いただこう」

ディルフレッドは、自らと俺たち三人に《転移《ガトム》》の魔法陣を描いた。

「貴君に身を委ねる覚悟があるのならば」

深層森羅はディルフレッドの神域、こちらは満足に《転移《ガトム》》が使えぬ。危険な場所に飛ばされたとて、転移して戻ることはできぬだろう。サーシャが訴えるような目で俺を見てくる。

「連れていけ」

「……言うと思ったわ……」

ため息交じりに、彼女がぼやく。

瞬間、ディルフレッドが指先を俺たちへ向け、《転移《ガトム》》の魔法を発動した。

目の前が真っ白に染まり、僅かな水音が耳に響いた。視界に現れたのは、一望できぬほど莫《ばく》大《だい》な滝だ。空から降り注ぐ紺碧《こんぺき》の水が、山のように高い円形の崖へ落ち、それが全方位に流れ落ちている。水は淡く輝き、光の粒子を撒《ま》き散《ち》らす。これだけの瀑布《ばくふ》でありながら、水音はせせらぎのように静かだ。

「命の灯火、生命の水、息吹《いぶき》の風、命脈の葉。火露とは形を変え、このダ・ク・カダーテを循環するもの」

深化神ディルフレッドは、流れ落ちる水を見つめながら言う。

「この深層森羅に降り注ぐのは、生誕神ウェンゼルの神域から流れ込む火露だ。火露の水は、この森の川を流れ、地下水脈に行き渡る」

ディルフレッドが振り返り、滝の畔《ほとり》に生えた蒼白《そうはく》の木々に視線を向ける。

「火露の水は木々の栄養となり、やがて火露の葉へと形を変える」

ディルフレッドの神眼が深き青――深藍《しんらん》の色に染まる。すると、地面が透き通り、地中があらわになった。紺碧《こんぺき》の水が大地の中に流れ込み、それは木々の根を伝い、幹から枝へ、枝から葉まで行き渡っている。

ふいに風が吹き、蒼《あお》い木の葉が勢いよく空を舞う。そのうちの一片《ひとひら》が、ディルフレッドの手に収まった。

「あの水と、この葉は同等と思考される」

「ふむ。なかなか興味深い」

深淵《しんえん》を覗《のぞ》けば、確かに、流れ落ちる滝の水も、風にそよぐ蒼《あお》き木の葉も、本質は同じだというのがわかる。

「この森を舞うあの青き葉も、ゆくゆくは姿を変えるのか？」

「然り。火露の葉は枯焉《こえん》砂漠で熱せられ、火の粉へ変わる。火露の火は煙に変わり、樹冠天球にて風へと変わる。その風は大樹母海で冷やされ、雲と化す。降り注ぐ雨が、火露の水へと変わるのだ」

そしてまた、この深層森羅に滝となって降り注ぐ、か。

「そうして、火露は樹理廻庭園ダ・ク・カダーテを循環しているわけだ」

大樹母海では水に、深層森羅では葉に、枯焉《こえん》砂漠では火に、樹冠天球では風となって、火露は常にこの四つの神域を巡っているのだろう。

「我ら樹理四神は秩序の根幹、生命の根源の基本原則を司《つかさど》る神」

ディルフレッドがこちらを向き、俺に言った。

「この樹理廻庭園ダ・ク・カダーテは、それが具象化した神域なのだ」

「なるほど。つまり、火露というのは、地上における根源。このダ・ク・カダーテで火露が循環する――すなわち樹理四神の秩序があるからこそ、根源は輪廻《りんね》するということか」

「然り」

すると、サーシャが頭に手を当て、厳しい表情で考え込む。

「……ちょっと待って。それじゃ、火露の流量が減ってるって、どう考えたって、穏やかなことじゃないんだけど……？」

「然り。早急に火露の流量が戻らなければ、次第にその秩序は世界全体へ影響を及ぼす」

「現時点では？」

俺が問うと、ディルフレッドは言った。

「まだ《転生《シリカ》》の魔法が停滞する段階だ」

それとて、あまり楽観視もできぬな。二千年前に転生した魔族は多いはずだ。まだ転生できていない根源が、虚空《こくう》を彷徨《さまよ》うことにもなりかねない。まして、このまま火露の流量が戻らねば、命を失う者が出てきてもおかしくはないだろう。

「火露の流量が減ったから、俺に出ていけとはどういうことだ？」

「樹理四神の秩序が乱れたことなど、ただの一度もないのだ。よって、私はこの神々の蒼穹《そうきゅう》に、秩序を乱す異物が入り込んだと愚考した」

それが俺だというわけか。確かに、この神界において、奴《やつ》らが不適合者と呼ぶ者ほど異物らしい異物はないだろうがな。

「あいにくこのダ・ク・カダーテに悪戯《いたずら》を仕掛けた覚えはない。俺が出ていったとて、秩序が戻る保証はあるまい？」

深化神は無言でこちらへ視線を向け、毅然《きぜん》とした表情を浮かべている。保証はなくとも、根拠はあると言わんばかりだ。

「火露の流量が減ったのはいつだ？」

「貴君が芽宮神都へ足を踏み入れた頃と推察される」

見ていたということか。まあ、奴《やつ》らの庭のようなものだ。侵入者が訪れれば、警戒するのは当然と言えよう。ゆえに、俺がここへ降り立ったと同時にこうして姿を現したのだ。

「貴君が神々の蒼穹《そうきゅう》へ近づいたからこそ、秩序が乱れた。滅びの根源を持つ不適合者が、ただ存在するだけで神の秩序に影響を及ぼすというのは推察が可能だ。もう一人の不適合者、グラハムとの戦いを経て、貴君はその力を更に増したのだから」

「つまり、こう言いたいわけか。俺が力を抑え切れなくなったのだ、と」

「否。私が愚考しているのは、貴君はそもそも、初めから力を抑えきれていないということ。重ねて言えば、抑えられるような類の力ではない、というのが適正だ」

「ほう」

深化神ディルフレッドは、ミーシャに視線を移した。

「創造神ミリティア。貴方《あなた》はかつて、私たち樹理四神に語ったことがある。破壊と創造、その秩序が等しくとも、なぜか破壊が僅かに多いのだと」

「……その記憶は、今はない」

「ならば、授けよう。そのとき、私はこう回答したのだ。常に秩序が正しいのだ、と。壊れたように見えるものは、元々壊れていたのだ。正しき量に調整がなされただけで、減少は確認できない」

神族らしい回答だな。秩序がなによりも正しい指標であり、それ以外が間違っていると断じたわけだ。

「だが、私が錯誤していた。今ならば、その答えがわかる。秩序は乱されていたのだ。不適合者アノス・ヴォルディゴードによって、私ども樹理四神にも見抜けぬほどごく僅かに、世界は破壊へと傾倒していた」

「アノスじゃない」

「然り」

はっきりとミーシャは否定し、深化神がそれに同意する。不思議そうに彼女は瞬《まばた》きをした。

「そして、否だ。魔王アノスは、破壊の秩序を世界から奪った。彼《か》の王が、破壊を忌《い》み嫌《きら》ったことは重々承知している。されど、それと同時に彼は不適合者なのだ」

「……どういうこと？」

ミーシャが問う。深淵《しんえん》を覗《のぞ》くような神眼《めい》で、思考に深く潜り込むように虚空《こくう》を見つめ、ディルフレッドは口を開く。

「世界には様々な秩序がある。生命は生誕し、深化していき、終焉《しゅうえん》を迎え、そして転変する。これらは樹理四神の秩序によって成り立つ輪廻《りんね》である。では、創造神。貴方《あなた》に問おう。破壊の秩序の反対はなんだ？」

一瞬の間の後、ミーシャは言った。

「創造の秩序」

「然り。私も、そう思考していた。だが、気がついた。違うのだ、そう恐らくは。破壊の秩序の反対は、創造の秩序ではない。なぜならば、破壊と創造は表裏一体、ミリティアとアベルニユーが背表背裏《はいひょうはいり》の姉妹神であることからも、それは明示されている」

生真面目な口調で、深化神は語る。彼は手を組み、その神眼《め》を閉じた。己の思考を、更に奥深く覗《のぞ》くかのように。

「私ども神は、秩序である。よって、物事を秩序でしか判断できない。ゆえに気がつかなかったのだ。だが、愚考した。愚考し、熟考し、思索にふけった。ふと思い立った」

回りくどい言い回しで、ディルフレッドは説明を続ける。

「仮に創造の秩序の数量を一としよう。神を滅ぼさず、世界からこの創造を消すには如何《いか》にすればいい？　破壊の秩序を一足すか？　否、それでは一つのものが創造され、一つのものが破壊されるだけだ。創造は起きている。その後に破壊があっただけだ」

ディルフレッドは口元に組んだ両手を持ってきて、左手の指で、右手の甲を軽く叩《たた》く。

「ではいったい、どうすればいい？　不適合者アノス・ヴォルディゴード。貴君の見解は？」

「さて、机上の空論でよければ話は簡単だが？」

「拝聴しよう」

「創造の反対ではなく、秩序の反対となるものがあればいい。すなわち、創造の秩序を消すには、創造の混沌《こんとん》を使う。そんなものがあればな」

「然り」

ディルフレッドが俺を指さす。

「秩序がないことを混沌《こんとん》と呼ぶ、私どもはそう思考してきた。されど、違う。秩序がないのではない。混沌《こんとん》が、あるのだ。秩序を正とすれば、負なる摂理が。それこそが、貴君の持つ滅びの根源の正体だ」

静かに深化神はその神眼《め》を開く。

「魔王アノス。深化神ディルフレッドが、深淵《しんえん》に沈み、なお底を覗《のぞ》き続け、得た知恵だ。貴君こそが、この世界の滅びの元凶なのだ」

§3.【神の仮説、魔王の仮説】

「信用できないわ！」

ぴしゃりと言い放ったのはサーシャだ。彼女は深化神ディルフレッドをキッと睨《にら》みつけた。

「あなたたちみたいな神族って、いつもそう。不適合者が秩序を乱すって、さもアノスが世界の敵みたいなことを言うけど、この世界を平和にしたのは誰？」

ディルフレッドが、生真面目な顔を崩さず、黙考する。答えを待たず、続けてサーシャは言った。

「神様？　秩序？　違うわ。アノスでしょ。あなたたちは、なにもしてない。ただ秩序のなすがまま、傍観してただけ。争い続け、壊れていく世界を、そのまま放置してたんでしょ。それで今度は、滅びの元凶がアノスだって言うの？」

柳眉《りゅうび》を逆立て、彼女は言葉に怒気を込めた。

「笑わせないで」

「破壊神アベルニユー。貴方《あなた》の想《おも》いは適正だ」

深化神はサーシャの怒りを肯定するように言った。

「世界に滅びをもたらしてきた貴方《あなた》はその地獄から救ってくれた魔王が、自らと同じ道を辿《たど》ることになるなどという思考を拒否する」

ディルフレッドの理屈っぽい言い回しに、サーシャは犬歯を剝《む》き出《だ》しにする。

「信用できないって言ってるの。世界が平和じゃなくても、たとえ人々が永遠の地獄の中にいたって、それが秩序なら、あなたはどうせ気にしないんでしょ？」

「然り。私は樹理四神、秩序の根幹をなす神だ。されど、秩序を捨てた破壊神よ。貴方《あなた》に問う。平和とはなんだ？」

その問いに、サーシャは即答した。

「世界が笑っていることよ。世界中の人々が、みんなが笑ってることだわ」

「それは適正だ。されど、神ならぬ人の平和なのだ」

感情なく告げられた言葉に、サーシャはますます瞳を怒りに染めた。

「まあ、そう怒るな、サーシャ」

宥《なだ》めるように、彼女の頭に手をやった。

「異なる種族は、同じ価値観では生きられぬ。神族とて、言い分があるだろう。神域に侵入してきた敵を力尽くで追い出さず、頭を下げる男だ。なかなかどうして、愛と優しさを持たぬ神にしては話が通じる」

「……そうかもしれないけど……気に入らないわ……」

不服そうにサーシャが言う。俺が滅びの元凶だとディルフレッドが口にしたことで、破壊神だったときの感情を強く思い出したのだろう。

「お前の怒りは心地よいが、少しは俺の顔を立てよ」

耳元で言ってやると、彼女は驚いたように目を開き、顔を赤らめた。

「……じゃ、じゃあ……こいつの言い分も聞くだけ、聞くわ……」

矛を収め、彼女は俯《うつむ》く。そうかと思えば、釘《くぎ》を刺すようにディルフレッドを指さした。

「聞くだけだわっ！」

そう言って、彼女はぷいっとそっぽを向いた。

「今度はこちらが問おう、深化神。お前たち神の平和とはなんだ？」

「既知であろうが、それは秩序だ。秩序が脅《おびや》かされないことこそ、神の平和。この世界が適正に、秩序の歯車により回り続けることが、我々神族の望む平和なのだ」

するとミーシャが口を開いた。

「その秩序が冷たく、人々の心を凍《い》てつかせるとしても？」

「然り。理解していよう、創造神。元来、私たち神にとって、人の変化はすべてが一律に同等なのだ。生と死に違いはなく、悲しみも喜びも等しい」

悲しげに彼女は深化神を見つめた。

「ふむ。人間や魔族、精霊や竜人がどうなろうと、なにも思わぬと？」

ディルフレッドはすぐには答えず、僅かに目を伏せた。

「否。誤解せぬ言葉で話そう」

再び視線を俺へ向け、彼は言った。

「人にわかりやすくたとえれば、私どもは劇場の興行師。悲劇も喜劇も、すべては人生という舞台で繰り広げられる演目だ。観劇すれば、思考を働かせ、思想を抱き、哲学することもあろう。されど、自らの嗜好《しこう》で、悲劇と喜劇に差をつける興行師は愚鈍なのだ」

「なるほど。上演されてさえいればいいというわけだ」

「然り。演目に貴賤《きせん》はない。喜劇も悲劇も等しく素晴らしきかな。上演を続けること、すなわち舞台の秩序を維持することが、神の命題。その結果、たまたま悲劇が多数であっただけのこと。私どもに、人を害しようという目的はない」

当然のことのように深化神は語る。

「舞台じゃない。人々はこの世界で生きている。彼らの苦しみは本物」

「彼女のように、役者に心奪われる興行師も存在するものだ。あげくの果てには、自ら舞台に上がる始末。誠に酔狂なことだ」

ミーシャの言葉を、ディルフレッドはそう一蹴した。

「されど、苦しみも喜びも、永遠ではない。人生の幕が下りれば役者は消え、そして新たな役があてがわれ、再び舞台に上がるのだ。そこに、なんの憂いがあろうか？」

生真面目な顔で、男は言う。憂いなどありはしないと、彼は心の底から信じきっている。

「生命は輪廻《りんね》するもの。生誕を得た根源は、深化していく。それはすなわち、成長を意味する。深化の果てには終焉《しゅうえん》がある。終わりを迎えた根源は、されど別の形へと転変するのだ。そして、また新たに生誕を得るだろう」

ディルフレッドは空を見上げ、風に舞う、青き火露《ほろ》の葉を見つめる。

「永久《とこしえ》に繰り返すのだ、人は。形を変え、姿を変え、心を変え、それを消失と人々は呼ぶが、儚《はかな》さもまた人の生。されど、消失を避けようと暴威を振るえば真の終わりが待ち受ける」

「神の平和はよくわかった。俺を不適合者と呼び、ときに滅ぼそうとしたのも、俺が先に邪魔な神を屠《ほふ》ってやったからというわけだ」

「然り。貴君は魔族の平和のために、神を滅ぼす。私どもは、神の平和のために、不適合者を排除しようとした。二つの平和は相容《あいい》れない。私はそう思考していた」

「ほう」

していた、か。

「二つの平和を実現する方法があると？」

「然り。考えていた前提が間違っていた。先に述べた通り、世界の滅びの元凶は貴君、アノス・ヴォルディゴードだ。世界から争いが絶えず、秩序が破壊に傾いていたのは、貴君が秩序に反した混沌《こんとん》を持つため。それを消すことができれば、破壊神が健在だとしても、今の世より、世界から破壊は減少する」

ディルフレッドは両手を組み、右手の指で、左手の甲を数度叩《たた》く。

「ミリティアの話では、俺が生まれる前より、世界は滅びへと向かっていた。それも俺が原因だと？」

「正しくは貴君の元となった根源が原因だ。根源は終焉《しゅうえん》を迎え、転変するとき、複数のものが一つに統合されることもある。貴君の根源は元々はバラバラであり、極々小さな混沌《こんとん》だったのだ。神々が見逃すほど、矮小《わいしょう》な力だ。人間であったか、魔族であったか、あるいは魔法具だったたか、推定もできない」

「その矮小《わいしょう》な混沌《こんとん》の数々が滅び、終焉《しゅうえん》を迎えた後、転変して偶然にもすべてが一つになった、か」

「然り。それが貴君。秩序を乱す、望まれぬ不適合者だ」

たのだろう。

矮小《わいしょう》だった根源が統合され、巨大な混沌《こんとん》と化した。ならば、世界はますます滅びへと近づいた。

「されど、歓喜すべきことだ。人の平和と神の平和、決して相容《あいい》れぬと推察されたこの二つの平和の元凶が、たった一つだと判明したのだから」

ゆるりとその指先を、ディルフレッドは俺へ向けた。

「不適合者アノス・ヴォルディゴード。貴君にとっても、最大にして最強の、そして必ず滅ぼさなければならない仇敵《きゅうてき》だ。貴君が持つ滅びの根源、その混沌《こんとん》が消《き》え失《う》せれば、二つの平和は守られる」

「なかなかどうして面白い仮説だ。事実ならば一考の余地はあるが、確たる証拠でもあるのか？」

混沌《こんとん》という概念は、これまで神族も知らなかった。魔眼や神眼で容易《たやす》く見抜けるようなものではあるまい。

「混沌《こんとん》は見ることができず、証拠は存在しない。よって、伏して頼んだのだ。貴君が樹理廻庭園ダ・ク・カダーテを離れ、地上へ戻りさえすれば、それが判別できる」

「火露の流量が戻れば、俺の根源が混沌《こんとん》だという証明になると？」

「然り」

試してみる価値もありそうだが、しかし――

「その仮説に気がついたのはいつだ、ディルフレッド？」

「悠久のときを思考に費やしたが、悟りを得たのはつい先刻、火露の流量が減ったことに気がついた後だ」

　つまり、俺が芽宮神都へ訪れてからか。ディルフレッドの説明自体に、今のところおかしな点はない。とはいえ、妙にタイミングのいいことだ。

「立ち去るのは構わぬが、条件がある」

「拝聴しよう」

「デルゾゲードとエーベラストアンゼッタを引き渡せ」

　一瞬の沈黙の後、深化神は答えた。

「私の仕業ではない。場所も不明だ」

「だが、神族の仕業だ。お前の仮説は確かめる余地もある。ただしそれは、このダ・ク・カダーテにいる神が、火露を盗み取っていなければの話だ」

　俺が芽宮神都へ入ったのに合わせて、何者かが火露を盗み取っていれば、あたかも俺が秩序を乱した原因のように思えるだろう。なぜなら、

「神は秩序を乱すことはない」

　神族ならば、そう考えるからだ。つまり、ディルフレッドの仮説は、ダ・ク・カダーテの秩序を乱す存在が、神々の蒼穹《そうきゅう》には存在しないという前提で成り立っている。

「どうだろうな？　憎悪《ぞうお》に目覚めた堕胎神は、自らを滅ぼそうとした。同じく感情に目覚めた神が、そうしないとは限らない」

　ディルフレッドは目を伏せ、思考に没頭し始めた。

「俺がここを立ち去れば、そいつは火露の流量を元に戻す。さも不適合者の混沌《こんとん》が存在するか

のように振る舞うわけだ」

深化神は口を挟まず、熟考するような表情で俺の話に耳を傾けている。

「あるいは、神界の門をすべて閉ざすつもりかもしれぬ。その後、デルゾゲードとエーベラストアンゼッタを使ってなにかしでかすといったことも考えられよう。大方ろくなことではないだろうな」

足を踏み出し、ディルフレッドの方へ歩いていく。

「無論、更に秩序を乱すことも考えられる」

立ち止まり、至近距離でディルフレッドの顔を覗《のぞ》く。

「お前の言うことも一理ある。ゆえに妥協案だ。デルゾゲードとエーベラストアンゼッタを探して来い。そうすれば、大人しく引き返してやってもよい」

深化神は目を閉じた。要求を拒否したのではなく、思考の深淵《しんえん》に沈んでいるのだろう。なかなかどうして、やはり話せる神のようだな。もう二、三揺さぶりをかけておくか？

俺が口を開こうとした、そのとき――

『アノス君、聞こえるかな？　んー、聞こえなかったらどうしよっか？』

『ゼシアです……こちら、ゼシアです……アノス、応答です……応答が無理なら、えいえいおーとうです……！』

エレオノールとゼシアから、《思念通信《リークス》》が届いた。

「ふむ。ちょうど時間ができた。よく考えるがよい」

ディルフレッドにそう告げ、俺は《思念通信《リークス》》に応答した。

§4.【樹冠天球】

『無事についたようだな』

俺の声を聞き、エレオノールから安堵《あんど》のため息が漏れた。

「もー、ちょっと焦《じ》らしすぎだぞ。ドキドキしちゃった」

「アノスは……応答、大変でしたか……？」

エレオノールとゼシアが言う。

『少々、秩序と混沌《こんとん》について問答していたものでな』

「……難しい……お話中ですか……？」

『なに、お前のえいえいおーとうのおかげで切り上げられた』

「ゼシアのアドバイスが……効きました……！」

嬉《うれ》しそうな声が聞こえてくる。エレオノールの魔眼《めがね》に視界を移せば、幾重にも折り重なった枝と木の葉が目に映った。緑に覆われた僅かな隙間から、空が覗《のぞ》いている。そばにはウェンゼルとエンネスオーネもいる。彼女たちは巨大な木の枝の上に立っているようだ。

奇妙なことに、その場所に地面はない。上下左右どこを見ても空であり、同様に枝が広がっている。

『ふむ。現在地は把握しているか？』

「ウェンゼルの話だと、樹理廻庭園ダ・ク・カダーテの樹冠天球ってところらしいぞ」

エレオノールが答えると、ウェンゼルが《思念通信《リークス》》に入ってきた。

「転変の空の異名を持つ、転変神ギェテナロスの神域です」

するとと、ゼシアがぴょんっとエレオノールの胸に抱きついた。

「アノス……これから、どうしますか……？　ゼシアは魔王の命令を……一生懸命がんばります……！」

エレオノールに抱っこされながらも、彼女は騎士の真似事《まねごと》でもするかのように聖剣エンハーレを空に掲げる。

「アノス君はどこにいるんだ？　一回合流した方がいいのかな？」

エレオノールが訊《き》いてくる。

『こちらは、深層森羅に下りた。深化神ディルフレッドと話していてな。俺が世界の滅びの元凶と宣《のたま》うもので、目下、穏便に交渉中だ』

「わーおっ！　穏便なんて穏やかじゃないぞっ」

ゼシアが足をジタバタさせるので、エレオノールが彼女を下ろす。とことことそのままゼシアはエンネスオーネのそばに移動し、こそっと耳打ちした。

「……エンネ……穏便のおは、襲いかかるのお……です」

エンネスオーネが頭の翼をパタパタとはためかせ、首を捻《ひね》る。

「魔王は、そんなに暴虐なの……？」

『なに、相手次第だ。穏やかではない交渉をする羽目になれば、少々手間もかかる。お前たちは別行動でデルゾゲードとエーベラストアンゼッタを探せ』

「了解だぞっ」

勢いよく返事をした後、彼女はすぐに指先を口元に持ってきた。

「……んー……でも、どうやって探せばいいんだ？」

ゼシアが元気よく手を挙げる。

「お、偉いぞ、ゼシア。わかるのかな？」

「……えいえいおさがし……です」

得意満面で彼女は言った。

「あー……えいえいおさがしは……ちょっと語呂が悪いぞ？」

ぶすっとゼシアはふくれっ面《つら》になった。

「え、えーと……えいえいおーしても、見つけるのは難しいかもしれないから、別の案にしょっか？」

エレオノールがとりなすように言う。

「だめ……ですか……？」

ゼシアが肩を落とすと、彼女の手を取って、エンネスオーネが言った。

「エンネスオーネは、一緒にえいえいおさがしするよっ？」

ゼシアがぱっと笑顔になり、エンネスオーネとつないだ手を頭上に上げた。

「……ゼシアとエンネのえいえいおさがしで……絶対見つけますっ……！」

エレオノールは途方に暮れたような顔で、ウェンゼルを見た。彼女はくすりと笑い、静かに歩き出す。

「こちらへ。樹冠天球には、親しくしている神もいます。心を持つ彼らなら、きっと力になってくれることでしょう」

「あれ？　でも、この枝ばっかりの空、転変神ギェテナロスっていう神の神域じゃなかった？他の神族もここにいるんだ？」

「ええ。秩序の近しい神は、その神域にて恩恵を受けることができます。樹理廻庭園ダ・ク・カダーテという巨大な神域では、その中に小さな神域を設ける神もいるのですよ」

堕胎神アンデルクは、芽宮神都の恩恵を受け、内部にいる俺を生まれぬ命として堕胎しようとした。秩序同士、神族同士は密接に絡《から》み合《あ》い、互いに恩恵をもたらすのだろう。

「もう少し急いだ方がいい気がするぞ？」

エレオノールが《飛行《フレス》》の魔法を使う。

一瞬、体が浮かび上がったが、しかし、すぐに彼女の足は枝に着地する。

「あれ？」

「飛べないよ？」

エンネスオーネが頭の翼と、背中の翼を広げるも、やはり飛ぶことができない。

「ゼシアも……です……」

ゼシアはエンネスオーネの真似《まね》をするように手をぱたぱたしている。

「あー、ゼシアはもともとそれじゃ飛べないと思うぞ……」

苦笑しながら、エレオノールが言葉をこぼす。

「この樹冠天球を自由に飛べるのは、転変神ギェテナロスだけなのです。特に《飛行《フレス》》は効果を殆ど発揮しません」

そう口にして、ウェンゼルは足を止めた。

「あそこをご覧になってください」

生誕神が視線を向けた方向には、純白の煙が漂っている。

「火露《ほろ》の煙です。火露とはダ・ク・カデーテを循環する力の源。枯焉《こえん》砂漠にて燃え尽きた火露の火は煙となり、この樹冠天球へ昇ってきます。そうして、この転変の空にて、風へ変わるのです」

ウェンゼルが口にした瞬間、純白の煙は木漏れ日に照らされ、翠緑《すいりょく》に染められる。

一陣の風が吹いた。色のついた風——翠緑《すいりょく》の疾風が樹冠天球を舞い上がる。

「あれに乗りましょう」

「乗るって、どうするんだ？」

「ついてきてください」

エレオノールが訊《き》いた頃には、ウェンゼルは枝から身を投げていた。

「わーおっ！　生誕の神様は、思いきりがいいぞ……」

「ゼシアも……やりますっ……！」

ゼシアとエンネスオーネは手をつないだまま、二人でぴょんっとジャンプして、青い空に落ちていく。

「んー、空しかないのに、どこに落ちてるんだ？」

不思議そうな顔をしながら、エレオノールも三人の後を追っていた。

落下を続ける彼女たちに向かって、一陣の風が吹く。それは先程見た火露の風だ。翠緑《すいりょく》の気流に乗るが如《ごと》く、四人の体がふわりと浮かぶ。

「……ゼシアは、風に……乗りました……！」

「うんっ。すごいよっ。馬より速いのかなっ？」

「エンネ。お馬さんに乗ったこと……ありませんか？」

「ないよ……。だから、わからないの……」

エンネスオーネは頭の翼をしゅんとさせる。それを慰めるように、ゼシアは言った。

「……大丈夫です……ゼシアが……お馬さんになります……！」

「どういうことなんだっ⁉」

エレオノールが思わず叫ぶ。風に乗りながらも、ゼシアは四《よ》つん這《ば》いになった。

「エンネ……乗る……です」

「いいの？」

「お姉さん……ですから……」

背伸びをした口調でゼシアが言う。

「ありがとう、お姉ちゃんっ！」

嬉《うれ》しそうにエンネスオーネは手を伸ばし、彼女の背中に跨《また》がる。

「ぱかぱかっ……ぱかぱかっ……」

お馬さんごっこをしながらも、風に乗ったゼシアたちは空を駆ける。

「お馬さんと……風……どっちが速い……ですか……⁉」

「えっとね……同じなのっ……」

「答えが……出ました……！」

「当たり前だぞっ！」

エレオノールが声を上げる。

「ぱかぱかっ……ぱかぱかっ……」

「はいおー」

楽しげに、ゼシアとエンネスオーネの声が響く。樹冠天球を駆け巡るように飛びながら、彼女たちの体は再び枝に迫っていく。その上にあるのは、巨大な鳥の巣だ。中は湖になっており、その周囲を花畑が覆っている。

「あそこです。飛び移りましょう」

ウェンゼルが言う。みるみる大きな鳥の巣が迫ってきて、ふとエレオノールが言った。

「んー？　なんだか、あそこ、変じゃなあい？　お花が枯れてるぞ？」

エレオノールが指さした方角を見て、ウェンゼルが険しい表情を浮かべる。

「……急ぎましょう……」

彼らは火露の風から飛び降り、巨大な鳥の巣の中へ着地した。外から見た通り、湖と花畑がある。幻想的な色とりどりの花が咲いているが、エレオノールが指摘した通り、所々花は枯れ落ちていた。

「いったい、誰が……？」

焦燥を押し殺すように、ウェンゼルが呟《つぶや》く。

「……お花が枯れていると、なにか不味《まず》いのかな？」

「神域の花は枯れることはありません。ここを司《つかさど》る開花神《かいかしん》ラウゼルが滅びない限りは……」

周囲に視線を巡らせるが、神の気配はない。

「お姉ちゃんっ。ここに誰かいるよっ」

エンネスオーネの声に、全員が振り向く。花に埋もれるように、一人の男が倒れていた。農夫のような格好をしているが、間違いなく神族だ。全身が傷だらけで、一目で重体とわかる。

「……ラウゼル……！」

ウェンゼルは駆けよると、男を抱き抱え、名を呼んだ。呻《うめ》き声が漏れ、開花神は目を開く。

「ああ……ウェンゼル……戻ってきたんだね……よかった……」

「なにがあったのですか？」

「樹冠天球の秩序が……乱されている……神を殺す神が……生まれてしまった……他のみんなは全員、そいつに滅ぼされてしまったよ……」

拳を握り、ラウゼルは目に涙を溜《た》める。仲間の死を悼《いた》むかのように。

「どのような神が？」

「……嵐とともにやってきた。淘汰神《とうたしん》ロムエヌと、そいつは名乗ったよ……だけど、それ以外はなにも……姿を見ることすらできず……気がついたら……」

吐血し、ラウゼルは咳《せ》き込《こ》んだ。

「……回復……です……！」

ゼシアとエレオノールが、開花神に《抗魔治癒《エンシエル》》と《総魔完全治癒《エイ・シエアル》》を使う。目映《まばゆ》い光に包まれ、彼の傷は癒えていく。だが、根源の魔力は弱まっていく一方だ。

「……ありがとう、お嬢さん方。だけど、私はこれでも開花を司《つかさど》る神でね……。この神域の花が枯れ出してしまったら、もう滅びは避けられないんだ……」

エレオノールがウェンゼルを振り向くと、彼女はこくりとうなずいた。

「この神域の花、咲き続ける一三万株が開花神である彼の命です。一割程度なら問題ありませんが、三割以上が枯れてしまったら、もう……」

「じゃ、新しい花を咲かせればいいんじゃないかな？」

人差し指を立てて、エレオノールが言う。けれども、ウェンゼルは首を左右に振った。

「各々《おのおの》の神域は、世界の縮図。世界の根源の上限が決まっているように、ダ・ク・カダーテの火露の数は決まっていて、この神域の花の数も決まっています」

枯れた花も一本と数えるため、生誕神の力でも一三万より増やすことはできぬのだろう。ウェンゼルの秩序もまた、大きな秩序の歯車の一つだ。

「大丈夫っ。できるよ」

エンネスオーネが言った。

「エンネスオーネを使って。まだ不完全だけど、エンネスオーネは神の秩序に囚《とら》われない、魔王の魔法だよっ」

頭と背、二対の翼を広げた彼女の体が光り輝く。はっと気がついたようにエレオノールがうなずいた。

「わかったぞっ！」

彼女の周囲に魔法文字が漂い、そこから聖水が溢《あふ》れ出《だ》す。エンネスオーネのへそから魔法線が伸び、同じくエレオノールの下腹部から魔法線が現れる。その二つは、へその緒のように結ばれた。

「《根源降誕《エンネスオーネ》》」

エンネスオーネが両手を広げ、魔法陣を描く。そこから飛び出したのは、一〇〇二二羽《わ》のコウノトリだ。花畑を飛ぶその鳥たちは、一羽《わ》一個、合計一〇〇二二個の種を土壌に降らせた。

静かに土に入っていったその種は瞬《また》く間《ま》に芽を出して、開花を始める。

すると――

「……驚いた……」

開花神ラウゼルは、ゆっくりとその身を起こす。

「……いったい、なにをしたんだい？　力が戻ってき――」

ラウゼルが目を見開き、絶句していた。エレオノールが彼の視線を目で追えば、湖から高く水柱が上がっていた。なにかが、そこへ飛んできたのだ。

「――見つけたぞ」

湖の底から、重たい声が響いた。強大な魔力に、花畑が震え始める。みるみる内に、湖の嵩《かさ》が減っていき、そして完全に干上がった。姿を現したのは、白いマントとターバン、曲刀を身につけた男だ。

「火露を盗んだな。エンネスオーネ」

§5. 【終焉神《しゅうえんしん》】

ターバンの男が足を踏み出す。僅かに残った水溜《みずた》まりに靴が触れれば、蒸発するでもなく、吸収されるでもなく、それは涸《か》れた。さながら、水が終焉《しゅうえん》を迎えるが如《ごと》く――

「そこで止まりなさい、終焉神アナヘム」

鋭い口調で言い放ったのは、生誕神ウェンゼルである。

「樹理四神たるあなたが枯焉《こえん》砂漠の外に出て、いったい何用ですか？　あなたがこの神域で力を振るえば、花は瞬《また》く間《ま》に枯れ落ちるでしょう」

ウェンゼルの警告を無視して、終焉神アナヘムはゆるりと彼女たちのもとへ歩いてくる。

「……それとも、この神域の神々を滅ぼした淘汰神ロムエヌとは、あなたのことですか……？」

「無駄な問いを口にする」

足を止めず、アナヘムは重たい声を発する。

「無駄……とは、どういうことでしょう？」

「淘汰神ロムエヌが、このアナヘムのもう一つの顔ならば、明らかにするわけもなし。違うと口にしたところで、嫌疑をかけたうぬが信じるはずもなし」

問答は無用とばかりに、奴《やつ》は言った。

「いいえ。話し合えば、お互いの誤解も解けるでしょう」

「久方ぶりに顔を突き合わせたかと思えば、開口一番、このアナヘムに秩序を乱すという汚名を被《かぶ》せ、なにが話し合いぞ。痴《し》れ者《もの》が」

ウェンゼルは返答に詰まる。どうにも、気難しい男のようだな。あるいは、気難しさを装《よそお》い、神を滅ぼしたことを隠しているといったところか。

「非礼は詫《わ》びましょう、どうか落ちついてください、終焉神。なにゆえ、この樹冠天球に姿を現したのですか？」

「うぬのいぬ間に、火露が盗まれた。あるいは、うぬが盗ませたか？」

殺気立った鋭い視線で、アナヘムはエンネスオーネを睨《にら》んだ。

「その、神ならぬ忌《い》むべき秩序に」

ゼシアがエンネスオーネを守るように、アナヘムの視線に立ちはだかり、両手を広げた。

「エンネスオーネはなにも盗んでないよっ」

「濡《ぬ》れ衣《ぎぬ》……です……！」

「黙れ、小娘ども!!」

エンネスオーネとゼシアを、アナヘムは豪胆な声で一喝した。

「うぬら以外に火露を盗める者はおらん。このダ・ク・カダーテには」

「わたくしが保証しましょう、終焉神。この生誕神の名にかけて」

すると、殺気立った視線を光らせ、アナヘムは言った。

「よかろう。では、エンネスオーネを引き渡せ」

「……なにを……？　彼女は、火露を盗んだ者ではないと言ったはずです……」

「盗んでいないというなら、引き渡せよう。うぬが無実だというのなら」

アナヘムが発する言葉だけで、ウェンゼルたちには重たい圧がかかった。神域の花々がひしやげ、花びらが散る。

「どうするつもりですか？」

「鉄槌《てっつい》をくだす。終焉《しゅうえん》という名の」

容赦ない言葉だった。気を抜けば、その瞬間にも飛びかかってきそうだ。

「……彼女は神の秩序ではありませんが、わたくしにとっては我が子同然。愛する子が終焉《しゅうえん》を迎えると聞き、どうして引き渡せましょうか？」

「たわけ。このアナヘムに、かようたわごとが通じると思ったか」

ギロリ、と奴《やつ》はウェンゼルたちを睨《にら》みつける。

「終焉《しゅうえん》の神が信ずるに値するのは一つ。終わりし命の言葉のみぞ」

「……この神族、なに言ってるのか、全然わからないぞ……」

エレオノールが身構えながら、小さく呟《つぶや》く。それを聞き取ったか、アナヘムは彼女に眼光を向けた。

「根源が終焉《しゅうえん》を迎えるとき、その生涯に培《つちか》ったすべてをこの世に解き放つ。輪廻《りんね》の終焉《しゅうえん》を司《つかさど》るこの神眼《め》は、それを見逃しはせん」

アナヘムの体から魔力が発せられ、神域が脅《おび》えるように揺れた。

「終わる根源は嘘《うそ》をつかん。しからば、追及は至極容易。終焉《しゅうえん》に導けば、それで済む」

滅ぼした者の記憶や心などを余さず知る権能を持つ、か。

「エンネスオーネが無実であれば、どうするつもりでしょうか？」

まるで動じず、アナヘムは言った。

「歓喜に震えろ。特別に、終焉《しゅうえん》を五分伸ばしてやろう」

干上がった湖から上がり、アナヘムはなおも前進する。その足が花を踏みつければ、周囲に伝播《でんぱ》するよう次々と枯れ落ちていく。開花神ラウゼルが、苦しげに顔を引きつらせた。

「こーら、土足厳禁だぞっ」

《聖域《アスク》》の魔法にて、魔力を手の平に溜《た》め、エレオノールは《聖域熾光砲《テオ・トライアス》》を撃ち出した。巨大な光の砲弾が、終焉神アナヘムを勢いよく呑《の》み込《こ》む。それはさながら、洪水だ。圧倒的な魔力の光を全身に浴びせられながら、しかし、その男は意に介さぬとばかりに前進した。

「嘘《うそ》っ、全然効かないぞっ⁉」

愛と優しさを魔力に変換した《聖域熾光砲《テオ・トライアス》》。神族に有効なはずのそれを直撃しながらも、終焉神アナヘムは光を手で軽く押しのけるようにして進んでいく。

「このアナヘムは、根源の終焉《しゅうえん》を支配する神ぞ。うぬらの命を終わらせることなど、造作もない」

「隙あり……です……！」

《聖域熾光砲《テオ・トライアス》》を隠《かく》れ蓑《みの》に、ゼシアは終焉神の背後に回り込んでいた。跳躍し、エンハーレを振りかぶった彼女は《複製魔法鏡《レガロイミテイン》》にて、それを無数に増殖させ、一本に束ねた。

「ゼシアっ、だめだぞっ。逃げてっ！」

振り下ろされたエンハーレを、終焉神は左手で受け止める。瞬間、光の剣身が粉々に砕け散った。

「紀律人形如《ごと》きが」

アナヘムの手刀が、ゼシアの体を斜めに斬り裂く。血がどっと溢《あふ》れ出《だ》し、彼女は瞬《またた》く間《ま》に絶命した。

「《蘇生《インガル》》」

エレオノールの魔法陣がゼシアを包み込み、彼女は蘇生《そせい》される。だが、ゼシアの死体を転がしたのは囮《おとり》——エレオノールが《蘇生《インガル》》に集中した瞬間、終焉神は一足飛びに間合いを詰めていた。至近距離にて、アナヘムは曲刀を抜く。

「《四属結界封《デ・イジェリア》》」

地水火風、四つの魔法陣が結界をなし、エレオノールは自らを守る。

「終焉《しゅうえん》に没せ。枯焉刀《こえんとう》グゼラミ」

振り下ろされた白き曲刀は、《四属結界封《デ・イジェリア》》をすり抜け、エレオノールの手を斬り裂く。否、手をもすり抜け、頭蓋をすり抜け、彼女の体をその刃は通った。

「……あ……」

斬り裂かれたのは、エレオノールの根源だけだ。すべてをすり抜け、根源のみを斬り裂き、その命を枯渇《こかつ》させる。それが、枯焉刀グゼラミの権能なのだろう。根源を見る魔眼《め》に長《た》けているエレオノールは、いち早くそれに気がつき、僅かに後退していた。

根源は傷ついたが、致命傷ではない。かろうじて動く体に鞭《むち》を打ち、彼女は追撃に備える。

しかし、その瞬間には、アナヘムはもう彼女の目の前から消えていた。

狙いは――エンネスオーネである。刹那の間に接近を果たした終焉神は、枯焉刀をまっすぐ幼い体に突き出した。ガギィィィィイィッ、と耳を劈《つんざ》く不快な音が鳴り響く。根源のみを斬り裂く枯焉刀を、紺碧《こんぺき》の盾が防いでいた。それを手にし、エンネスオーネを守ったのは、生誕神ウェンゼルである。

「始まりの一滴が、やがて池となり、母なる海となるでしょう。優しい我が子、起きてちょうだい。生誕命盾《せいたんめいじゅん》アヴロヘリアン」

紺碧《こんぺき》の盾が目映《まばゆ》く輝く。枯焉刀グゼラミが魔力の粒子を立ち上らせるも、ウェンゼルの盾はすり抜けられず、傷一つつけることができない。いや、正確には盾は傷ついている。しかし、次から次へと盾の部分部分が新しく生誕しているのだ。根源のみで作られ、死しても、滅びても、新たに生誕を続ける。それは生命の盾であった。

「引きなさい、アナヘム。秩序を尊ぶあなたが、樹理四神同士で争うつもりですか？」

「たわけ」

おもむろにアナヘムは、生誕命盾アヴロヘリアンをつかむ。

「生誕を司《つかさど》るうぬでは、争いにもならん」

終焉神が力を入れれば、ウェンゼルの体がふわりと持ち上がる。生誕命盾と枯焉刀に優劣はないが、腕力ではアナヘムが遙《はる》かに勝った。

「邪魔だ。どいていろ」

「……くっ……」

ウェンゼルを盾ごと頭上に持ち上げつつも、アナヘムは直進し、エンネスオーネに枯焉刀を振り下ろす。だが、今度は淡く光る結界がそれを止めた。エレオノールが疑似根源で作った魔法障壁だ。

「その曲がった剣の防ぎ方はわかったぞ」

「無駄なことを」

ぐっと力を入れ、終焉神が疑似根源の魔法障壁を斬り裂く。そのとき、優しい声が響いた。

「花粉よ、舞え」

開花神ラウゼルの合図で、神域の花々から一斉に花粉が舞った。

「風が来ますっ！　樹冠天球の凪は、開花神の花粉を運んでくれるのですっ！」

ウェンゼルの言葉を聞き、エレオノールたちは即座に反応する。翠緑《すいりょく》の風が花畑の神域に吹《ふ》き荒《すさ》ぶ。彼女たちは花粉を追いかけるように大きく跳躍し、それに乗った。

「……逃げるが……勝ちです……！」

あっという間に遠ざかり、豆粒ほどの大きさになった終焉神に、ゼシアがVサインをしてみせた。

「――逃さん」

重たく声が響いたかと思うと、次の瞬間、終焉神アナヘムは一気に跳躍して、エンネスオーネの近くの木に飛び移った。

「エンネちゃんっ」

エレオノールが魔法線を引っぱり、枯焉刀はエンネスオーネの頭をかすめていく。火露の風はものすごいスピードで彼女たちを運んでいるものの、アナヘムは枝から枝へと飛び跳ねて、どこまでも追いすがってきた。

「なんか、ものすっごい神様だぞ……《飛行《フレス》》が使えないのに、どうして追ってこられるんだっ……？」

「……追いつかれ……ますか……？」

ゼシアがエンハーレを構えながら、枝から枝へ飛び移るアナヘムに視線を凝らす。

「心配はいりません」

ウェンゼルが言った。

「ここまで来れば、飛び移る枝はもうあそこだけです」

彼女は近づいてくる大きな枝に目を向ける。瞬間、白い人影がそこへ飛び移るのが見えた。

終焉神アナヘムはすぐさま枝を蹴ると、一直線にエンネスオーネに向かう。

「終わりだ」

「ええ。お話はまたの機会に」

振り下ろされた枯焉刀を、ウェンゼルは難なく盾で防ぐ。足場をなくしたアナヘムは、もう落ちていくことしかできない。

「殺せ、グゼラミ」

落下する最中、最後の足掻《あが》きとばかりに、アナヘムは枯焉刀を投擲《とうてき》する。まっすぐエンネスオーネへ向かったその曲刀を、エレオノールが疑似根源の魔法障壁で受け流した。アナヘムは落ちていき、彼女たちは風に乗って遠ざかる。人差し指を立て、エレオノールは言った。

「しつこい男は、嫌われるんだぞっ」

そのとき——

「……ゼシアお姉ちゃんっ……！」

エンネスオーネが悲鳴のような声を上げた。エレオノールがはっと振り向けば、ゼシアの首に布のようなものが巻きついている。

「……ぅ……ぁ……」

彼女はその布を、エンハーレで切ろうとしたが、しかし切断できない。神の秩序が込められた物体、終焉神のターバンをほどいたものだ。白い布を辿《たど》れば、その先に腕があり、アナヘムがぶらさがっていた。殺気立った鋭い眼光が、エンネスオーネに向けられる。

「——逃がさん」

§6.【神域を統《す》べる者】

翠緑《すいりょく》の風は速度を増す。エレオノールたちは樹冠天球の中心から、みるみる遠ざかっていく。

それに伴い、ゼシアの首に巻きつけられた神の布がきゅっと締まる。終焉神アナヘムは、布の先にぶら下がりながらも、それをぐっとたぐり寄せた。火露の風に乗ろうとしているのだろう。

奴《やつ》の体が近づき、ゼシアの首が更に締めつけられた。

「……ぅ……ぁ……！」

「ゼシアお姉ちゃんっ……！　すぐ助けるよっ……！」

エンネスオーネは翼の角度を変え、帆船さながら、風から受ける力の方向を巧みに操り移動する。そうして、ターバンの布に両手を伸ばした。

「いけませんっ」

咄嗟《とっさ》に彼女の体をウェンゼルが抱き、それを止める。

「アナヘムの狙いは、あなたです、エンネスオーネ。迂闊《うかつ》に触れれば、布をほどき、今度はあなたを縛るかもしれません」

「でも……お姉ちゃんがっ……！」

心配そうに、エンネスオーネがゼシアを見る。首を絞められ、まともに声を発せない中、ゼシアは彼女にVサインをしてみせた。

「……だい……じょ……で……す……」

「偉いぞ、ゼシアッ」

エレオノールが布をつかみ、アナヘムを僅かに引っぱるようにして、ゼシアの首にかかる力を軽減させる。

「《根源応援魔法球《エオルルネス》》ッ！」

エレオノールを中心に魔法陣が描かれ、そこから、ぽこぽこと赤、青、緑の魔法球が浮かび上がる。

「ウェンゼル、ゼシアッ。赤の魔法球を取って。六〇秒間、力を引き出すぞっ！」

すぐさま、ウェンゼルとゼシアは赤の魔法球に触れる。二人がそれを吸収した途端、赤い魔力の粒子が全身から溢《あふ》れ出《だ》した。

「狙うぞっ！」

《聖域《アスク》》の光が、エレオノールの指先に集中する。

「ゼシア。わたくしにその光の聖剣を」

ウェンゼルが言う。すぐさま、ゼシアはエンハーレを分裂させ、一本を彼女に渡した。

「《複製魔法鏡《レガロイミテイン》》」

振り上げられた二本の光の聖剣が、《複製魔法鏡《レガロイミテイン》》の合わせ鏡で増幅される。狙いは、アナヘムの白い布。終焉神本体を滅ぼすことができずとも、それさえ断ち切ってやれば、奴《やつ》の体は樹冠天球の空に投げ出される。飛ぶことのできないこの神域では、枝に当たるまで落ち続けるしかないだろう。

「いっくぞぉぉおっ‼ 《聖域熾光砲《テオ・トライアス》》ッ！！！」

エレオノールから光の砲弾が放たれ、それは《複製魔法鏡《レガロイミテイン》》の合わせ鏡で更に増幅される。それと同時にウェンゼルとゼシアは、エンハーレを振り下ろした。三つの光が一点で交わり、けたたましい音とともに大爆発を起こす。

《根源応援魔法球《エオルネス》》で限界まで底上げされたウェンゼルとゼシアの魔力。更にそれを《複製魔法鏡《レガロイミテイン》》で増幅させ、エレオノールの《聖域熾光砲《テオ・トライアス》》まで加わっている。三人が今この場で繰り出すことができる、最善にして最大の攻撃だった。しかし——

「……嘘《うそ》っ…………」

エレオノールが驚愕《きょうがく》の声を発した。布は切れていない。全力を込めた三人の攻撃を集中させてなお、彼の持つターバンの布さえ、傷つけることができないのだ。

「驚くに非《あら》ず。このアナヘムは、終焉《しゅうえん》の根源を持つ唯一の神」

ぐっとアナヘムは布を引っぱり、たぐり寄せる。

「……う……」

再びゼシアの首が絞められ、エレオノールは咄嗟《とっさ》に手に力を入れた。

「ふあッ！」

更に強く、終焉神は布を引いた。異常なまでの膂力《りょりょく》を前に、エレオノールとゼシアの体が翠《すい》緑《りょく》の風を逆行する。

「ぬあぁっ!!」

次の瞬間、二人は引っこ抜かれるように、風向きとはまったく別の方向へ身を投げ出された。その反動を利用し、入れ替わるようにアナヘムが翠緑《すいりょく》の風に飛び移る。鋭い眼光が、エンネスオーネへ向けられた。

「終わりだ」

奴《やつ》は右手に魔力を込める。一撃でエンネスオーネの首を落とせるであろうその手刀が、容赦なく振り下ろされた――

「…………あ…………！」

エンネスオーネの声が漏れた。ピタピタと赤い血が、彼女の顔を濡《ぬ》らす。その目は丸く、驚《きょう》愕《がく》を表していた。宙を舞っていたのは、終焉神アナヘムの手首である。

「お話はまたの機会に、と申しました」

またしても立ちはだかったのは、生誕神ウェンゼル。彼女が手にした紺碧《こんぺき》の盾が、終焉神の手首を落としたのだ。

生誕命盾アヴロヘリアン。並々ならぬ魔力を秘めたその生命の盾が、先程以上に神々《こうごう》しく光り輝いていた。まるで真価を発揮したと言わんばかりに。

「それとも、ここでわたくしとやり合うおつもりでしょうか？」

翠緑《すいりょく》の風が吹《ふ》き荒《すさ》び、アナへムだけを振り落とす。みるみる下降する彼は、《飛行《フレス》》にて体勢を立て直し、目の前に鋭い視線を向けた。

そこへゆっくりとウェンゼルが下りてくる。彼女の背後には、巨大な大樹の幹があり、眼下には一面の大海原があった。大樹は大地ではなく、海に生えている。その根は幾重にも分かれ、海底にまで達していた。

「この大樹母海で」

どうにか逃げ切ることができる、と彼女は言った。元々、ここへ辿《たど》り着《つ》くのが狙いだったのだろう。樹冠天球に吹く火露の風は、やがて大樹母海へやってきて雨へ変わる。それを利用し、ウェンゼルは自らの神域にアナへムを誘い込んだのだ。

「どこであろうとこのアナへムは、言葉を曲げん。火露を、返せ」

短く言い、終焉神アナへムは頭上に視線を向ける。翠緑《すいりょく》の風に包まれているエンネスオーネめがけ、彼は一直線に飛んだ。

「母なる海は、あなたを優しく包み込み、穏やかな眠りを与えるでしょう」

海面が噴水のように盛り上がり、ぬっと現れた巨大な水の手がアナへムの神体を包み込む。奴《やつ》がそれを切断しようとするも、手刀は水をかくのみだ。瞬《また》く間《ま》に、体を海の水が覆っていき、終焉神は水球に閉じ込められた。

「大樹母海の水はすべて、わたくしの手足同然ですよ。終焉神。さあ、眠りなさい」

アナヘムを閉じ込めた水球はそのまま、海中へ沈んでいく。大樹の根が生き物のように蠢《うごめ》き、みるみる奴《やつ》に絡《から》みつく。終焉神がそこから出ようと魔力を込めるも、根も水も、びくともしない。ウェンゼルは大樹母海を統《す》べる神。神域のすべてが味方する以上、いかに終焉《しゅうえん》を司《つかさど》る神とて、容易《たやす》く倒せはしまい。アナヘムは言った。

「《根源光滅爆《ガヴエル》》」

光が神体に集中し、爆発的に広がった。暴力的な音が耳を劈《つんざ》き、大樹母海が震撼《しんかん》する。しかし、それでも、生命を育むウェンゼルの神域は頑強であった。アナヘムの根源爆発をまともに受けた大樹と根はボロボロになっていたが、海の水が紺碧《こんぺき》の光を放つと、みるみるそれらは再生していく。そうして、あっという間に、元の姿を取り戻した。

「……わーお……神族が《根源光滅爆《ガヴエル》》なんて、びっくりだぞ……」

エンネスオーネを連れて、ゼシアとエレオノールが、生誕神のそばへ飛んでくる。その視線は、アナヘムがいた方向へ向いている。奴《やつ》は完全に消滅した。

「あの神様滅んじゃったけど、秩序、大丈夫なのかな？」

エレオノールが人差し指を立てて、のほほんと訊《き》いた。

「滅んだ神の根源は、終焉《しゅうえん》に至る場所へと辿《たど》り着《つ》きます。それはこの樹理廻庭園ダ・ク・カダーテの枯焉《こえん》砂漠。すなわち、終焉神が支配する神域です。普通の神ならばそこで完全に終《しゅう》焉《えん》を迎えますが、終焉神の秩序は終わることなく、再び彼の神体と根源は再生されるでしょう」

「ズル……ですか……？」

ゼシアが言うと、ウェンゼルはにっこりと笑顔で受け流す。

「うんうん、滅んでも滅ばないなんて、絶対戦いたくないぞ……そういうのはアノス君に任せなきゃ」

彼女がそう言葉をこぼす。

「この大樹母海にいれば、安全でしょう。樹理四神は、それぞれの神域では絶対なる秩序を誇ります。終焉神といえども、この生誕の海では十分な力は発揮できず、わたくしに手出しはできません」

「じゃ、ちょっと休憩したいぞ」

くすりと笑い、ウェンゼルは大樹を振り向く。

「あちらに参りましょう」

四人は大樹へ向かい、飛んでいく。彼女たちの真横を火露の風が追い越していき、上昇気流に乗って、遥《はる》か天空へ昇っていった。翠緑《すいりょく》の風は上空で渦を巻き、次々と雲へと変わっていく。そこから、紺碧《こんぺき》の光を放つ雨が降り始めた。火露が風から、水へと変化しているのだ。

「どうぞ、こちらで。人の住む場所ではありませんから、椅子もありませんが」

「大丈夫だぞっ」

大樹に空いた穴の中で、エレオノールたちは腰を下ろした。温かい風と優しい光を浴びながら、彼女らはほっと一息つく。

「そういえば、エンネちゃんが火露を盗んだとか、ボクはさっぱり意味がわからないけど、ウェンゼルはわかるのかな？」

「……いいえ。わたくしの知らない間に、ダ・ク・カダーテになにか異変が起きたとしか……」

ウェンゼルが困惑した表情で言う。深化神ディルフレッドは、火露の流量が減った原因は魔王アノスが有する混沌《こんとん》だと仮説を立てた。終焉神アナヘムはもっと直接的に、エンネスオーネが盗んだと判断した。恐らく樹理四神全員にとって不可解な出来事が、今この樹理廻庭園で起きているのだろう。

「そのことも気になりますが、まずはラウゼルを助けなければなりません」

アナヘムをあの花畑の神域から連れ出したため、開花神も無事のはずだ。とはいえ、放っておけば彼もまた滅ぼされてしまうかもしれない。

「お花の神様……助けてくれました……」

ゼシアが言う。開花神が花粉を飛ばしてくれたからこそ、火露の風に乗り、このウェンゼルの神域にまでやってくることができたのだ。

「今度はゼシアが……助けます……！　恩返しです……」

彼女は勢いよく立ち上がる。

「エンネスオーネも、手伝うよっ」

「んー、だけど、不思議じゃなあい？　どうして神族が神族を殺すんだ？」

「……わかりません……」

エレオノールの疑問に、ウェンゼルはそう答えるしかないようだ。

「淘汰神は……さっきの終焉神ですか……？」

ゼシアが問う。

「可能性はありますが、まだ断定できないでしょう。樹理四神がそのようなことをするとは、あまり考えたくはありませんが……」

ウェンゼルは浮かない表情だった。

「えーっと、淘汰神って名前の神様がいるんだと思ったけど、違うんだ？」

エレオノールが訊《き》くと、ウェンゼルは目を伏せた。ひとしきり思考した後、彼女は口を開く。

「……神を滅ぼす秩序など、本来は生まれないはずなのです。あらゆる神は、世界の秩序を保つためにあるのですから。開花神や、あの神域にいた神々を滅ぼしても、ただ秩序が乱れるだけでしょう」

「あー、そっかそっか。そういえばそうだぞ。じゃ、淘汰神ロムエヌって、なんなんだ？」

「……正式な神の名ではないはずです。このダ・ク・カダーテにいる神のうち誰かが、淘汰神を名乗り、神を滅ぼしているのでしょう……」

心苦しそうに、ウェンゼルは言った。

「狂ってしまった神が」

「それって、感情を持った神がってことだよね……？」

「信じがたいことですが」

神が神を殺す。秩序が秩序を滅ぼす。それは神族にとって、本来ありえぬはずのことだ。憎《ぞう》悪《お》に狂った堕胎神とて、自らを滅ぼし、生誕神を滅ぼそうとしたのは、秩序に反するエンネスオーネを滅ぼすためだった。つまりは、全体の秩序のためだ。

開花神や他の神をいたずらに滅ぼしても、神族に益はない。淘汰神とはいったい何者だ？　なにが目的で神を滅ぼすのか？

「んー、ちょっと頭がこんがらかってきたぞ。とにかく、まず先に開花神を助けにいってから、後はアノス君に考えてもらえばいいかな？」

エレオノールがそう口にしたが、ウェンゼルはじっと考え込んでいる。

「……迂闊《うかつ》には動けません。エンネスオーネが樹冠天球へ赴けば、またアナヘムがやってくる可能性があります。何度も同じ手で逃げ切れるとは限りません」

「でも、このまま放っておいたら、いつ淘汰神がラウゼルを滅ぼしに行くかわからないぞ」

「アナヘムの狙いはエンネスオーネのみ。エレオノール、ゼシア、あなたたち二人はここで彼女を守ってください。大樹母海には、他の者を縛るように言い聞かせます。たとえ終焉神がやってきても、わたくしが戻るまでの時間は稼げるでしょう」

決意した表情でウェンゼルは言った。

「わたくしは再び樹冠天球へ赴き、ラウゼルを助けてきます」

§7. 【扮《ふん》する神】

「さて、ディルフレッド。たった今、《遠隔透視《リムネト》》にて見せてやった通りだ」

深層森羅。空から瀑布《ばくふ》が連なる深き森にて、俺は長考を続ける深化神に言った。

「神を殺す神、淘汰神ロムエヌとやらが、この樹理廻庭園ダ・ク・カダーテに紛れ込んでいる。正体は知らぬが、そいつが開花神ラウゼルの神域に立ち入り、他の神々を滅ぼしたのは疑いようがあるまい？」

ディルフレッドがこちらを向く。しかし、その神眼《め》は、未だ自らの思考の奥底を覗《のぞ》いているかのようだった。

「それとも、その神族たちを滅ぼしたのも俺の混沌《こんとん》の仕業か？」

そう問いかけてやれば、答えは明白とばかりにディルフレッドは口を開く。

「否。貴君の混沌《こんとん》は、世界の秩序に影響を与えるのみ。神族に直接危害を加える類のものではない」

「ならば、俺か、俺の配下が直接手を下したか？」

「否。私は貴君たちが、芽宮神都から神々の蒼穹《そうきゅう》まで来る様を確認している。樹冠天球の神を滅ぼす時間は皆無だ」

ニヤリと俺は笑った。

「つまりだ。少なくともこのダ・ク・カダーテに、神族を滅ぼし、秩序を乱そうとする者が存在する。俺たち以外にな」

ディルフレッドは思案するように両手を組む。

「そいつが、火露を奪っている可能性は？」

「……否定できない……」

右手の指で左手の甲を叩《たた》きながら、深化神は思考に沈む。

「しかし淘汰神の存在が、貴君の有する混沌《こんとん》を否定するわけでもない。火露は盗まれたか、もしくは貴君の根源が原因だ」

そう考えるのが道理だ。淘汰神は神を殺すだけの存在で、火露とは無関係やもしれぬ。

「では一つ提案だ。火露が何者に奪われているのか、それを俺が探ってやろう。見つけたならば、デルゾゲードとエーベラストアンゼッタを探すのに力を貸せ」

深化神の言葉がすべて事実なら、奴《やつ》にとっては火露の流量が減っていることこそ、なによりの懸念《けねん》事項だ。それを解決するためならば、デルゾゲードとエーベラストアンゼッタを探し出すのに協力するぐらいは些末《さまつ》なことだろう。二つの城を奪い、隠したのが奴《やつ》でなければ、な。

「発見できなければ、いかがなさるつもりか？」

「俺に見つけられぬ、ということは、そんなものは存在しないということだ。つまりは、お前の仮説が正しい。要求通り、ここから立ち去ってやろう」

俺は《契約《ゼクト》》の魔法陣を描き、その旨《むね》を示した。ディルフレッドは魔法陣に神眼を向け、思索にふける。とはいえ、俺を穏便に立ち去らせる方法が他にあるわけでもあるまい。

「猶予は一日だ。それ以上ときをかければ、このダ・ク・カダーテにすら、なにが起きるか予測が困難となる」

「交渉成立だな」

《契約《ゼクト》》の詳細条件を記載すると、ディルフレッドは調印した。

「俺は樹理廻庭園のことはよく知らぬ。まず淘汰神ロムエヌを探したいが、なにか心当たりはあるか？」

「貴君の力を借りられるならば、枯焉《こえん》砂漠を探索したい」

「そこにいる神が怪しいというわけか？」

ディルフレッドはうなずく。

「アナへムだ」

すると、サーシャが首をかしげる。

「アナへムって、さっきエレオノールたちを襲ってきた終焉神でしょ？　あいつ、火露を盗んだのがエンネスオーネの仕業だって思い込んでたみたいだけど、あなたと同じでこの樹理廻庭園の秩序を守ろうとしてるんじゃないの？」

「然り。されど、火露を操り、干渉できる神は、樹理四神をおいて他に存在しない。仮に火露が盗まれたと推考するならば、私を含めた四名の神のうち、どの者かが犯人だ。最も不審なのが終焉神アナへムとなる」

理路整然とした口調でディルフレッドは答えた。自分さえ疑惑の対象としているのは、賢神らしいことだな。

「ふむ。自分の犯行ではないと振る舞うためにエンネスオーネを襲った、か」

疑いをかけられる前に、先に疑いをかける。あり得る話ではあるがな。

「どうして不審？」

ミーシャが問う。

「しばらく前から、私は枯焉砂漠《こえん》にて異変を察知していた。この神眼《め》には、彼《か》の神域になにか異物が紛れ込んだように見えるのだ。しかし、それを突き止めようにも、アナヘムは一切の協力に応じない。自らの神域に口を出すな、と言明するばかりだ」

「アナヘムはそういう性格」

「然り。平素ならば、それで済む。互いの神域に干渉はしない。だが、ダ・ク・カダーテの火露が減少し、淘汰神という神の存在が浮上した今、探索し、その深淵《しんえん》を覗《のぞ》く必要がある」

終焉神が淘汰神だというのなら、話は早いがな。果たして、そう単純なものかどうか。少なくともアナヘムの行動は、疑ってくれと言わんばかりだ。

「その異物を突き止めなかったのはなぜだ？　干渉せずとも、見るぐらい構わぬだろう。アナヘムが邪魔しようと、力尽くで探るという手もあった」

「それができれば思索は不要だ。私はアナヘムには決して及ばない。この深層森羅で戦ったとて、勝算があるとは断言できないのだ」

ふむ。この男が、それほど弱いとは思えぬがな。

「生誕神ウェンゼルは大樹母海で、アナヘムを圧倒していたようだが？」

「然り。根源は輪廻《りんね》する。すなわち、生誕し、深化していき、終焉《しゅうえん》を迎え、転変に至る。深化の果てに終焉《しゅうえん》が位置する限り、私の秩序はアナヘムの秩序に及ばぬが摂理」

なるほどな。

「樹理四神には相性があるというわけか」

「然り。言い替えるならば、深化は生誕に優《まさ》り、終焉《しゅうえん》は深化を克し、転変は終焉《しゅうえん》を凌駕《りょうが》し、生誕は転変を超える。それが、ダ・ク・カダーテの秩序にして、この世界に不動として存在する理だ」

根源が深化する。すなわち、深淵《しんえん》に潜り、その魔力が成長していくことを指す。深化が極まった先に待っているのが、終焉《しゅうえん》というわけか。確《たし》かに、魔力がより強くなるのは根源が滅びに近づいたときだ。その力は滅びそのものには敵《かな》わぬ、というのも納得はいく。灯滅せんとして光を増し、その光を持ちて灯滅を克す。しかし、その果てに、とうとう滅びを克服できぬ瞬間がやってくる。

「深淵《しんえん》を覗《のぞ》く深化神ディルフレッドの神眼が、唯一届かぬ場所と相手か。俺を除けば、アナヘムが一番怪しいというのもうなずける」

アナヘムが淘汰神ではなかったとしても、枯焉《こえん》砂漠に異変が起きているというのは気になるところだ。そこを探っておいて損はあるまい。

「ミーシャ、サーシャ。お前たちは、大樹母海へ行き、エレオノールたちと合流せよ。行き違いで、アナヘムがそちらへ向かうやもしれぬ」

俺が視線を向ければ、思惑を見抜いたようにミーシャはこくりとうなずいた。

「わかったわ」

サーシャがそう返事をする。

「では行くか。枯焉《こえん》砂漠はどちらだ？」

ディルフレッドが森の中をさす。

「火露の葉は舞い、螺旋《らせん》の森の深淵《しんえん》へ誘《いざな》われる。そこが深層森羅の終端にして、枯焉《こえん》砂漠の始点なのだ」

木の葉は不規則に舞いながら、森の奥深くへと誘われている。恐らくは、螺旋《らせん》の中心に。

「来るがいい。この森は己の目で見て歩かねば、深淵《しんえん》に到達しない」

ディルフレッドが歩き出す。俺はその隣に並んだ。

「気をつけて」

背中からミーシャの声が聞こえた。軽く手を上げ、それに応じる。

「お前たちも油断はするな。ダ・ク・カダーテは広い。堕胎神のときのように、すぐ助けには行けぬぞ」

「わ、わかってるわ。今度は大丈夫よ」

ばつが悪そうなサーシャの声が背中に響いた。深層森羅の木々を眺めながら、俺とディルフレッドはしばらく歩を進ませた。いくつもの異界とつながった奇妙な森だ。一見して奥でつながっているように見える別れ道は、片方が別の場所へ続いている。正解の道を選ばなければ先へ進めぬが、次の瞬間には正解の道と誤った道が入れ替わった。刻一刻と深淵《しんえん》へ近づく正しい道順が変わっているのだ。

「深化とは別れ道の連続だ。正しき回答はその都度変わる。正しく、深く潜ったはずが、気がつけば浅瀬にいることもある」

「ふむ。それが、この深層森羅の秩序か」

「然り。螺旋《らせん》の如《ごと》く渦巻く森の深層へ、迷いなく辿《たど》り着《つ》けるのは、この深化神ディルフレッドのみ」

深化神が腕を伸ばし、俺に止まるよう促した。魔眼《め》を凝らせば、目の前の道が急に異界へつながった。恐らくその先は、森の違う場所へ通じているのだろう。周囲のどこを見回しても、正しい道はない。

「ときには足踏みをすることが、なによりも最短の道であることもある」

しばらくして、異界が消える。再び深化神は歩き始めた。歩き、立ち止まり、ときに後退する。そうして、ディルフレッドは正しい道を選び続け、その螺旋《らせん》の森の中心にまでやってきた。

そこにあったのは、薄くどこまでも続く水溜《みずた》まりだ。それが鏡のように、上空に漂う真っ白い雲を映している。

いや、雲に似ているが、よくよく見れば別物だ。水鏡に映し出されているのは、白い砂丘だった。ひらひらと火露の葉が風に吹かれて、その水鏡に映る。すると、鏡の中の木の葉が燃え始めた。それに連動するように、こちら側の木の葉がふっと消えた。水鏡の砂丘にて、火露の葉は燃え尽き、火の粉となって、いずこかへ飛んでいく。

「枯焉《こえん》砂漠の始点に接続している。準備はいかがか？」

「いつでもよい」

そう口にすると、ディルフレッドは浮かび上がり、その水鏡に己の体を映した。先程の火露の葉同様、鏡の中のディルフレッドが炎に包まれ、こちら側の彼の姿が消えた。水鏡の中、砂丘に立っていた彼が俺の方を向いた。

「害はない」

そう声が聞こえてきた。なんとも不思議な場所だと思いつつ、《飛行《フレス》》にて体を浮かす。同時に、ミーシャたちに《思念通信《リークス》》を送った。

『これから、枯焉《こえん》砂漠に入る。わかっているだろうな？』

『ディルフレッドがいない間に、深層森羅を探れって言うんでしょ？』

サーシャの声が返ってきた。

『奴《やつ》がこの森のどこかにデルゾゲードとエーベラストアンゼッタを隠したのかもしれぬ。火露の流量が減っているのも自作自演で、淘汰神がディルフレッドという可能性もあろう』

『でも、この神域って深化神のものでしょ？　わたしたちが動き回ったら、すぐに気がつかれないかしら？』

『深化神の神眼は深く覗《のぞ》けるけれど、広くはない。森を離れれば、わたしたちの姿は見えない』

サーシャの疑問に、ミーシャが答えた。俺は森の水鏡に体を映す。鏡の向こうの俺が炎に包まれるのを見ながら、二人に言った。

『すでに深化神は、深層森羅の外だ。存分に探せ』

§8.【ホロ】

奇妙な感覚だった。ずいぶんと長い距離を沈んだように思える。にもかかわらず、時間にすればそれは一瞬にも満たない。俺の全身は炎に包まれており、周囲は火の粉が舞う真っ白な砂漠だった。深層森羅から枯焉《こえん》砂漠へ移動したのだ。

「ふむ」

軽く手を振って、炎を払い、俺は砂丘の頂上に視線を向けた。陽炎《かげろう》が立ち上り、蜃気楼《しんきろう》がそこに見える。砂漠のオアシスとばかりに木々と池——すなわち深層森羅がおぼろげに存在していた。

「いかがしたか、魔王アノス」

深化神ディルフレッドが背中から声をかけてきた。

「なに、少々、境界が気になったにすぎぬ」

振り返り、先へ進もうとすると、ディルフレッドはぬっと目の前に顔を出した。

「深層森羅と枯焉《こえん》砂漠の境か？」

生真面目な口調で深化神は問う。

「他愛もない疑問だ。あの蜃気楼《しんきろう》の向こう側、そしてあちらの水鏡の向こう側、どこからが深層森羅でどこからが枯焉《こえん》砂漠なのか。それとも——」

「深層森羅と枯焉《こえん》砂漠が重なり合う場所が存在するのか？」

　ふっと笑い、俺は言った。

「そういうことだ」

「貴君の疑問は、興趣《きょうしゅ》が尽きない」

　ディルフレッドは、その神眼にてオアシスの蜃気楼《しんきろう》を見つめる。

「だが、深淵《しんえん》を覗《のぞ》くこの《深奥《しんおう》の神眼《しんがん》》にも、見えぬものはある。とりわけ、終焉《しゅうえん》に至っては私の神眼《め》が届かぬもの」

　手を組みながら、深化神は言った。

「思考が深淵《しんえん》へ沈むのを妨げることはできないが、考える一方ではそうそう底には到達しない」

　思わず、俺は笑った。

「なにが可笑《おか》しいか、魔王アノス」

「火露が減り、秩序が乱れているというに、ずいぶんと楽しそうな顔をすると思ってな。心ない神と思っていたが、なかなかどうして、お前は好奇心が旺盛なようだ」

「否。私は深化を司《つかさど》る秩序。よって、物事の深淵《しんえん》を未知から既知へ変える習性があるだけのこと。好奇心に見えるのは貴君が心を持つゆえだ」

　融通の利かぬ口調で、ディルフレッドはきっぱりと否定した。

　まあ、どちらでも構わぬがな。

「それで？　深層森羅と枯焉《こえん》砂漠の境界はお前の考えではどうなっている？」

「狭間《はざま》だ。そう、恐らくは……深層森羅でも枯焉《こえん》砂漠でもない境が、この蜃気楼《しんきろう》の向こう側にある。それが火露の橋渡しをしているのだ」

ディルフレッドは、右手の指で左手の甲を叩《たた》く。

「その短い狭間《はざま》こそが、滅びへ近づく根源が深化へ舞い戻る僅かな猶予。貴君たちの言葉で言えば、灯滅せんとして光を増し、その光を持ちて灯滅を克す」

「ふむ。面白い」

これまでのディルフレッドの説明からもわかる通り、樹理廻庭園ダ・ク・カダーテは、根源の基本原則を具象化した神域だ。もしも、ここにデルゾゲードやエーベラストアンゼッタが隠されているのなら、それは秩序に従ってのことだろう。闇雲に探さずとも、知恵を巡らせれば、自《おの》ずと隠し場所は絞り込まれる。

「――さて、まずはなにをする？　手っとり早く、終焉神を縛り上げればいいのか」

「否。交戦には消極的だ。異変の原因を探索する」

そう言うと、ディルフレッドは《飛行《フレス》》にて僅かに浮かび上がり、まっすぐ砂丘を下りていく。すぐにその後を追った。

「ほう。この神域にも集落があるのだな。終焉《しゅうえん》に近しい神がいるのか？」

そう問いかけたが、ディルフレッドは答えなかった。彼はまるで思考の底へ沈み込んだように、ただじっと頭を動かしている。

「どうした？」

「……集落と言ったか？」

「そこに見えている蜃気楼《しんきろう》のことだ。ただの幻か？」

砂丘のふもとにある蜃気楼《しんきろう》の集落に俺は視線を向けた。深化神は、同じ方向を振り向く。深藍《しんらん》に輝くその《深奥《しんおう》の神眼》が、確かに集落を見据えた。しかし、深化神は言った。

「――私には目視できない」

「なるほど」

終焉《しゅうえん》は深化を克す。終焉神がその秩序をもって隠匿しているのならば、ディルフレッドに見破るのは困難ということだろう。ましてや、この枯焉砂漠ではな。

「見せてやろう」

自らの指先を切り、ディルフレッドの神眼《め》を軽く撫《な》でる。俺の魔力が込められた血が薄く彼の網膜に張りついた。それを通せば、深化神の神眼にも終焉《しゅうえん》が鮮明に映るだろう。彼は集落を目視した途端、険しい表情を浮かべた。

「……すべてが終わりを迎える終焉《しゅうえん》の砂上に神域を構えることができるような神は、破壊神アベルニユーぐらいのものだ。ここには番神さえもよりつかない……」

「アナヘムの他には誰も住んでいないというわけか」

「然り。そのはずなのだ」

言葉を交わしながら、俺たちは蜃気楼《しんきろう》の集落へ近づいていく。間近に迫れば、蜃気楼《しんきろう》は消えるどころか、よりその領域を広げた。簡素なテントの他、土や粘土を固めて建てた家もある。アナヘムの他に誰も住むはずのない神域に、なぜ、このようなものがあるのか？　枯焉《こえん》砂漠が、終焉《しゅうえん》の秩序を具象化しているのならば、生活のための集落はなんとも不釣り合いに思える。

「お前のいう異物の正体やもしれぬな」

「然り」

ゆらゆらと揺れる蜃気楼《しんきろう》の中に、俺たちは足を踏み入れた。普通の蜃気楼《しんきろう》とは違い、集落は消えない。それどころか、半実体化した。砂丘の頂上にあった深層森羅へつながる道と似ており、魔法や神の秩序のような力を有している。

視線を巡らせながら、その集落を歩く。目の前に、大きな石造りの建造物が見えてきた。建物のように巨大ではあるものの、その外観は井戸だ。きゃっ、きゃ、と子供の笑い声が聞こえてくる。ディルフレッドは信じられないと言わんばかりに視線を険しくした。

俺たちは巨大な井戸の縁に乗る。そこから中を見下ろせば、三〇メートルほど下がったところに水が見え、石造りの足場の上で、子供たちが遊んでいた。皆、古びた布きれを身に纏《まと》っている。

「……まさか……この神々の蒼穹《そうきゅう》……それも、枯焉《こえん》砂漠に……」

深化神は息を呑《の》む。そうして、その深藍の神眼《め》を子供たちへ向けた。だが、どれだけ深く深《しん》淵《えん》を覗《のぞ》こうとも同じである。彼らは、神族ではないのだ。

「人間の子供か」

「……自然には発生しない……」

神々の蒼穹《そうきゅう》は、神族たちの国。秩序のみで成り立つ世界だ。人間が生まれる道理など、どこにもないだろう。

「お前たち、誰だ？」

振り向けば、ボロ布を纏《まと》った少年がそこにいた。歳《とし》の頃は、十歳前後といったところか。生意気そうな視線をこちらに向けている。蜃気楼《しんきろう》の集落とは違い、完全に実体だ。

「なに、旅をしている者だ。この枯焉《こえん》砂漠に集落があるのは珍しいと思ってな」

「そうか。すごいだろ」

自慢げに少年は胸を張る。さほど俺たちを不審に思っているようにも見えぬな。

「俺はアノス。こいつはディルフレッドだ。お前の名は？」

「オレはヴェイド。ホロたちの長老なんだ。偉いんだぞ」

「……ホロ……？」

訝《いぶか》しげにディルフレッドが眉根を寄せる。

「知らないのか？　ホロっていうのは、この集落の子供たちのことだ。オレが名づけたんだ」

外に知れ渡っているわけでもなし、仲間内での呼び名など知るわけもないが、しかしホロか。偶然にしては、出来すぎているな。

「ヴェイドと言ったか。長老にしては若いようだが？」

「なんだよ、知らないのか？　一番歳《とし》をとってれば長老なんだぜ」

つまり、ヴェイドが最年長ということか。ますます不可解なことだな。

「お前たちホロは、どうやって生まれた？」

「ホロは井戸の奥から生まれるんだ。水に浮かび上がってくるんだぜ。すげえだろ」

ディルフレッドが井戸に視線をやる。その奥になにかあると見て間違いあるまい。

「言葉はどうやって覚えた？」

「言葉？　そんなの最初から話せるぜ？」

魔力の波長は人間のそれと酷似しているが、しかし、どうやら普通の人間とは違うようだな。あるいはこれが火露の流量が減った原因なのかもしれぬ。ダ・ク・カダーテを循環するはずのそれが、なんらかの理由でここでホロという生命に変わっているとすれば、辻褄《つじつま》は合う。ディルフレッドに目配せすれば、彼は同意を示すようにうなずいた。

「少年。井戸の奥を拝見したい」

深化神がそう言った瞬間、熱い風が頬をヌルッと撫《な》でた。白い砂塵《さじん》が舞い上がり、集落を砂嵐が襲い始める。

「やっべえっ！　アナヘムが来るよっ！」

ヴェイドは一目散に逃げ出し、井戸の中へと入っていく。そうかと思えば、ひょっこりと顔を出した。

「おいっ。あんたらも来いよ。特別に入れてやるよっ」

それだけ言うと、そそくさとヴェイドは、井戸の奥へ退散していく。俺はディルフレッドに言った。

「お前は井戸の奥へ行き、ホロの子供たちがどう生まれるのか、調べて来るがよい。このタイミングだ。終焉神にとって知られたくないものが見つかるやもしれぬ」

「相対するなら、用心することだ。終焉神は、終わりを知らない不滅の神。枯焉《こえん》砂漠では、時間を稼ぐことすら容易ではない」

ディルフレッドの言葉を背中で聞きながら、俺はゆるりと歩いていく。

「言われなくとも、重々気をつけるつもりだぞ。不滅を真に受け、うっかり滅ぼしてしまわぬようにな」

§9.【終焉《しゅうえん》の知】

砂嵐が押し寄せ、集落を覆いつくしていく。ゆらゆらとゆらめく陽炎《かげろう》、蜃気楼《しんきろう》が作り出した砂漠の村を、白い砂塵《さじん》が飲《の》み込み、そして炎上した。

そこかしこから真白な炎が上がり、淡い火の粉が目の前をちらつく。それは命の灯火、ダ・ク・カダーテを循環する火露《ほろ》の火だ。なにもかもを飲《の》み込《こ》んでいく白き砂嵐に向かい、俺は悠然と歩を進めた。

一瞬、目の前に光が煌《きら》めいた。俺は腕を伸ばし、隣の空間をぐっとつかんだ。

「どこへ行くつもりだ、終焉神アナヘム？」

押し寄せる砂塵《さじん》よりも速く、一足飛びでこの場を通過しようとしたのは、白いマントとターバンを身につけた神である。右腕をつかまれ、アナヘムは鋭い眼光を俺へ向けた。

「俺の眼前を、易々《やすやす》と通り抜けられると思ったか？」

「不適合者め」

アナヘムはつかまれた右腕にぐっと力を入れる。筋肉が怒張し、魔力の粒子が荒れ狂う。その余波で砂塵《さじん》が舞った。

「ほう。力比べを所望か」

豪腕を振り上げようとするアナヘムに対し、俺は右腕に魔力を込め、ぐっとそれを押さえつける。黒き魔力と白き魔力が鬩《せめ》ぎ合い、足場の砂という砂が弾《はじ》け飛んでいく。

「この集落に住む人間の子を使い、なにを企《たくら》んでいる？」

そう問えば、アナヘムは眉根を寄せた。

「人間の子？　戯《たわ》けたことを。枯焉《こえん》砂漠に命はない。すべては終焉《しゅうえん》の灯火が見せる蜃気楼《しんきろう》ぞ」

「ふむ。循環する火露を利用し、お前が子供を作ったのではないか？」

アナヘムの魔力が更に上がり、押さえつけた俺の腕をじりじりと持ち上げ始めた。

「火露を盗んだのはうぬだ。己が犯した罪を、このアナヘムになすりつけようとは、恥知らずめがっ！」

言い放つと同時、ぐんとアナヘムは俺の腕を押し返した。

「力比べで敗れるのは初めてか？　不適合者っ!!」

砂嵐を彷彿《ほうふつ》させる魔力が全身から放たれ、アナヘムが俺の腕を思いきり押し上げる。奴《やつ》は勢いのままに腕を振り払おうとしたが、しかしそこでピタリと止まった。

「すまぬな、少々考え事をしていた。お前が嘘《うそ》をついているのか、それとも、ただの馬鹿なのか」

「ぬっ……!?」

右腕に魔力を込め、思いきり下へ押し返す。じりじりとアナヘムの豪腕が押し込まれていき、再び元の高さに戻った。

「片手間で力負けするとはな。なかなかどうして、凄《すさ》まじい豪腕だな、終焉神」

「ぐぬぅぅぅっ……‼」

　魔力と意識を集中し、思いきり押してやれば、終焉神が膝を折る。

「ほう。よく持ちこたえた。並の神ならば、とうに潰れている」

「たわけ。枯焉《こえん》砂漠にてこのアナヘムに挑むとは愚鈍な男だ」

　アナヘムの気勢に呼応して、白き砂嵐が更に勢いを増す。ぐっと歯を食いしばり、終焉神は思いきり砂の地面を蹴った。枯焉《こえん》砂漠が奴《やつ》に味方するが如《ごと》く、渦巻く砂塵《さじん》が俺の腕に絡《から》みつき、白き砂は奴《やつ》の手足を後押しする。膂力《りょりょく》と魔力を尽くし、神域の加護を力に変えて、俺をはね除《の》けるように奴《やつ》は豪腕を振り上げた。

「逆にひねり潰してくれるわっ。ぬあああぁぁぁぁぁぁぁっっっ――へぶしゃっ！」

　渾身《こんしん》の力で腕を振り下ろし、ぺしゃり、と奴《やつ》を押し込めた。アナヘムは潰れるように埋もれ、文字通り砂を舐《な》める。

「訊《き》きたいことがある」

　砂に埋まった奴《やつ》の頭を足で踏みつける。しかし、すぐにその感触が消えた。終焉神の体が白い砂と化し、崩れ去ったのだ。枯焉《こえん》砂漠と混じり合ったかのように、姿は見えぬ。だが、その魔力は辺り一帯に立ちこめていた。

「ふむ。まあ、そのまま聞け。枯焉《こえん》砂漠に人間の子がいるのは事実だ。彼らは自らホロを名乗っている。命の存在せぬはずのこの砂漠、終焉神アナヘムの神域で、お前の神眼《め》をくぐり抜けて生きているというのは、妙に思わぬか？」

「たわけ」

どこからともなく、アナヘムの声が響く。

「このアナヘムに、疑念など意味なきことだ。思考も推察も、持たざる者の所業にすぎん。この身に刻まれるは終焉《しゅうえん》の知。小賢《こざか》しいディルフレッドと違い、深淵《しんえん》を覗《のぞ》く必要すらない。一つの命が終われば、そのすべての知がこの手にもたらされる」

「なるほど。よくわかった」

砂嵐が激しく渦巻き、俺の視界を奪っていく。

「終わりを知れ。不適合者っ！」

突如、白い砂塵《さじん》の中から人影が飛び出した。奴《やつ》は帯剣していた曲刀、枯焉刀グゼラミを抜き、突き出している。

「お前はただの馬鹿だ」

《根源母胎《エレオノール》》の魔法を使い、疑似根源を目の前に作り出す。淡い光は盾と化し、根源のみを斬り裂く枯焉刀を阻《はば》むだろう。その一瞬の間に、《根源死殺《ベブズド》》の指先にて、奴《やつ》の根源を抉《えぐ》る。

「あがけどもあがけども、生者は終焉神の足元に及ばず。うぬらは砂漠の砂塵《さじん》に等しく、グゼラミの炎に燃え落ちる」

《滅紫《めつし》の魔眼《まがん》》で奴《やつ》の秩序を睨《にら》んだものの、なんの抵抗にもならず、張り巡らした幾重もの疑似根源の盾は、グゼラミに触れた瞬間炎上し、白い砂粒に変わった。まっすぐ突き出された刃が、俺の反魔法と魔法障壁をすり抜け、皮膚を通る。それが根源に届く前に、《根源死殺《ベブズド》》の手にて奴《やつ》の右腕を押さえた。

「エレオノールらと戦ったときとは少々違うな？」

枯焉刀には、火の粉がまとわりついている。火露の火だ。その終焉《しゅうえん》の秩序を味方にし、刃は赤白に染まっていた。

「終わらぬものは存在せん。うぬらは、このアナヘムの前には砂の一粒に等しき矮小《わいしょう》な命。グゼラミの炎刃《えんじん》の前には、ひたすら燃え落ちるのみ」

その炎の刀身は、煌々《こうこう》と赤白に輝いている。大言を吐くだけあって、尋常な魔力ではない。

「ふむ。根源のみを問答無用で焼き切る刃といったところか」

すべてをすり抜ける刃に、根源に対しての切れ味も加わった。《根源死殺《ベブズド》》を遙《はる》かに超える、根源殺しの刃であろう。

「だが、当たらなければ、そこらの棒きれと違いはあるまい」

俺の全身から黒き魔力の粒子が噴出する。ぐっと腕に力を入れてやれば、奴《やつ》の右腕が押し返され、皮膚まで通っていたグゼラミの刀身が少しずつ抜けていく。更に力を入れてやれば、ミシミシとアナヘムの右腕が軋《きし》んだ。直後、ぐしゃりとその手首が潰れる。違う。再び白き砂塵《さじん》と化して、奴《やつ》は砂嵐の中に紛れた。

「終焉《しゅうえん》に没せ、不適合者。枯焉砂地獄《こえんさじごく》」

ずん、と足が砂漠に沈み込む。足場が崩落し、体が落下した。白き砂粒がみるみる崩れ落ちていき、周囲に深く広い穴ができていた。更に、その砂地獄はみるみる範囲を広げていた。まるで砂の滝壺《たきつぼ》だ。すでに膝まで砂に埋まり、足が上がらぬ。《飛行《フレス》》にて飛び上がろうにも、足首が何者かにつかまれているかのように引っぱられ、上昇を妨げる。

「枯焉砂漠の砂地獄は、終焉《しゅうえん》へ至る道。飲み込まれれば、ひたすらに沈み、七分で枯れ果てる。残るは生者本来の姿、砂の一粒だ」

俺の背後に終焉神アナヘムが姿を現す。確かに足から魔力が抜けていく。この砂に吸収されているのだろう。

「ほう。七分も俺から逃げ延びるつもりか？」

「ほざくな。見るがよい、うぬが向かう先を」

俺の正面に、砂に埋まった骸骨が見える。それは白き炎に飲まれ、みるみる崩れ落ちていった。

「それが末路。骸《むくろ》が燃え尽きるときが、うぬの終焉《しゅうえん》。最《も》早《はや》、後ろさえ振り向けぬうぬに、後戻りをする術はない。あの骸に向かい、あの末路へと引き寄せられ、ただひたすらに進むのみ」

アナヘムは枯焉刀をゆるりと持ち上げる。

「今のうぬに、このアナヘムの枯焉刀を避ける術は存在せん」

奴《やつ》の手の中の炎刃が、赤白に輝く。

「体の向き程度で大層な口を叩《たた》くものだ。是が非でも後ろを振り向いてやりたくなった」

足元に手の平をかざし、魔法陣を一〇門描く。そこから、《獄炎殲滅砲《ジオ・グレイズ》》を乱れ撃った。着弾する度に、白い砂が舞い上がり、砂地獄が抉《えぐ》れていく。

「砂を弾《はじ》き飛《と》ばす猶予など与えん。あがけどもあがけども、このアナヘムの前には、砂漠の砂の一粒に等しき矮小《わいしょう》な命。神の足元からは決して逃れられず、グゼラミの炎刃の前には、燃え落ちるのみ」

その言葉が力に変わるように、グゼラミが煌々《こうこう》と輝いた。目にも止まらぬ速度で終焉神は地面を蹴った。砂嵐のように吹《ふ》き荒《すさ》び、グゼラミの炎刃が俺の背後に迫る。

「さあ、終焉《しゅうえん》のときだ、不適合者。永久《とこしえ》に沈め」

奴《やつ》の腕が伸び、命を終焉《しゅうえん》に導くグゼラミが赤白に煌《きら》めく。埋まった足はそのままに、身を捻《ひね》って刃を避け、俺はその腕をつかみにかかる。それを見透かしたかのように、アナヘムはくるりと回転し、俺の背中を曲刀で斬りつける。

「そこだ」

後ろ手で終焉神の手を叩《たた》き落《お》とす。手応えはあったが、しかし、枯焉刀は落とさぬ。奴《やつ》は俺の死角へと移動している。体を捻《ひね》っても避けづらく、後ろ手ではつかめぬ位置取りで、アナヘムは高速で突きを繰り出した。

「ぬあっ！」

赤白の刃が燃え、まっすぐ俺の根源へ突き出される。かろうじて、それをかわしても、二手目、三手目で体勢を崩され、枯焉刀の餌食《えじき》になるだろう。ならば――

「……ぬうっ……!?」

背中を極限まで反り、ブリッジのような姿勢でその刃をやりすごす。右腕で奴《やつ》の手をつかんだ。砂に変わるならば、このまま枯焉刀を奪う。

「《根源死殺《ベブズド》》」

黒く染まった指先を、アナヘムは寸前のところでかわした。ターバンがはらりと落ち、奴《やつ》のこめかみから、僅かに血が滴《したた》る。怯《ひる》みもせず、奴《やつ》は両腕で枯焉刀を握り、渾身《こんしん》の力を込めた。

「《根源威滅強体《ガヴデア》》」

アナヘムの根源が一瞬消滅に近づいたかと思えば、その力が瞬く間《またたくま》に膨れあがった。命を削り、力に変えているのだ。枯焉刀の切っ先が俺の額に触れる。

背中を反った姿勢で、こちらは片腕。砂地獄に魔力を吸収されている。十分な体勢で渾身《こんしん》の力を込めたアナヘムの曲刀を、押し返すことはできぬ。

「終わりぞっ……!!」

アナヘムが膂力《りょりょく》を振り絞った瞬間、俺は更に背中を反り、地面に手をついて刃を避ける。

鼻先を枯焉刀グゼラミが通り過ぎ、地面に刺さった。

「これでもう動けん」

グゼラミが地面から抜かれ、そのスレスレにある俺の顔面を狙う。体を起こしてかわしたとて、そのまま無防備な背中を貫くだろう。炎刃が煌《きら》めき、閃光《せんこう》と化した——砂嵐さえも斬り裂くような鋭い一閃《いっせん》は、しかし、ただ空を切った。アナヘムが目を見開く。目の前にいた俺の姿が消えていたのだ。

「くはは。残念だったな。振り向いてやったぞ」

俺の声に奴《やつ》は頭上を見上げる。宙を飛び、振り返った俺の姿が目に映っただろう。奴《やつ》が反応するよりも早く、俺はアナヘムの後頭部をわしづかみにしていた。

「お前も砂に埋もれるがよい」

思いきりアナヘムを押し倒すと同時に、《獄炎鎖縛魔法陣《ソーラ・エ・デイプト》》にて、その神体を縛り上げる。

奴《やつ》はうつぶせに倒れ、俺は地面に着地した。あぐらをかく俺を見て、アナヘムが神眼《め》を丸くする。

「……貴様……足をいっ……」

「お前の砂を払うために《獄炎殲滅砲《ジオ・グレイズ》》を撃ったと思っていたか？」

砂に飲まれた足首を漆黒の太陽にて燃やし、いつでも切り離せるようにしておいたのだ。

「さて、お前は不滅ということだが、どのぐらいのものか、一つ確かめてやろう」

奴《やつ》の後頭部をつかんだ指先に魔力を込め、魔法陣を描く。

「《斬首刎滅極刑執行《ギギヌヴエヌエヌズ》》」

漆黒の断頭台がゆらりと現れる。奴《やつ》が砂に変わろうとするも、極炎鎖に《四界牆壁《ベノ・イエヴン》》を重ねがけし、《滅紫の魔眼》を加えて、それを阻《はば》む。

「……ぬぅっ……!!」

「矮小《わいしょう》な砂の一粒に、命を握られた気分はどうだ？」

砂を舐《な》めながら、奴《やつ》は猛然と俺を睨《にら》みつける。

「たわけ。あがけどもあがけども、このアナヘムの足元からは逃れられ――」

指先を縦に落とす。

「執行」

ギロチンの刃ががくんと落ち、アナヘムの首が刎《は》ねられた。

§10.【砂の城】

白い砂上に、終焉神の首が落ちる。斬首の呪いを受けたその根源は、確かに俺の目の前で滅び去った。その様子を魔眼で観察しながら、自ら焼いて切った両足に魔法陣を描く。

《総魔完全治癒《エイ・シェアル》》の光が切断面に集ったが、しかし、妙な手応えだ。治らぬ。回復魔法の効果が、まるで働いていなかった。

「ここは終焉《しゅうえん》の砂上ぞ。枯焉《こえん》砂漠で終わったものは、なんであれ元には戻らん」

どこからともなく声が響き、目の前の白い砂が人型を象《かたど》り始める。みるみるそれは、白いターバンとマントの男、終焉神アナヘムへと変わった。

「ふむ。ディルフレッドの忠告通りか。斬首の呪いを受けても蘇《よみがえ》るとは、なかなか不滅のようだな」

俺は《飛行《フレス》》にて地面スレスレに浮かび上がる。

「だが、どうする？　足がなくなってしまっては、俺を砂地獄に飲み込むことはできまい？」

「たわけ」

終焉神が砂を踏みしめる。次の瞬間、一足飛びで奴《やつ》は俺の間合いに入った。

「《根源死殺《ベブズド》》」

漆黒の指先を、アナヘムの首へ突き出す。奴《やつ》はそれを左手で受け止め、俺の懐《ふところ》へ潜り込んだ。

「だぁっ!!」

渾身《こんしん》の右拳を受け、俺の体が数メートル退く。左手の《四界牆壁《ベノ・イエヴン》》で防御してなお、痺《しび》れが残るほどの一撃だ。

「ほう。先程までは手を抜いていた――いや、違うな」

奴《やつ》の深淵《しんえん》を覗《のぞ》きながら、俺は笑う。

「滅びる前より、明らかに魔力も膂力《りょりょく》も上がっている」

白き砂漠に魔法陣を描く。四方より現れた極炎鎖が、終焉神アナヘムに絡《から》みつく。その神体を縛り上げようとしたが、奴《やつ》はそれをわしづかみにする。

「ぬあぁぁっ!!」

全身の筋肉を躍動させ、アナヘムはつかんだ炎の鎖を思いきり引っぱった。力と秩序により、極炎鎖はギチギチと悲鳴をあげ、脆《もろ》くも引きちぎられる。

「つまり、こういうことか？　滅びを迎える毎《ごと》に、終焉《しゅうえん》の神は力を増す」

「背後に押し寄せる絶望こそが、終焉《しゅうえん》ぞ」

奴《やつ》が両拳を構えると、その体を中心に白き砂嵐が渦を巻く。

「あがけどもあがけども、終焉《しゅうえん》から逃れる術はなし。一切等しく終わりを迎え、このアナヘムの足元で、砂の一粒と成り果てる」

姿勢を低くして、奴《やつ》は今にも飛びかかろうという構えをとった。

「あらゆる命が生誕を迎えた日に、終焉《しゅうえん》は定められた。ゆえに逃れた者は、この世にただ一人としていない」

アナヘムが地面を蹴る。伸ばされた右手を左手で受け止め、突き出された左手を右手でつかむ。手四つで俺と奴《やつ》はがっぷりと組み合った。

「沈め」

重たい声とともに、俺の足元の砂が蠢《うごめ》き、手の形となってつかみかかってきた。

「砂地獄の正体など、とっくに見抜いているぞ」

足を焼いたときに周囲にバラまいておいた《獄炎殲滅砲《ジオ・グレイズ》》にて魔法陣を構築し、《焦死焼滅燦火焚炎《アヴィアスタン・ジアラ》》を使う。欠損している足に輝く黒炎を纏《まと》わせ、つかみかかってきた砂の手を軽く蹴り飛ばす。そのまま奴《やつ》の鳩尾《みぞおち》へ、《焦死焼滅燦火焚炎《アヴィアスタン・ジアラ》》の足をぶち込んだ。

「……ぐぬぅっ……」

「足がないからといって、蹴れぬとでも思ったか？」

《飛行《フレス》》にて勢いをつけ、輝く黒炎の足がアナヘムの神体にめり込む。俺の手と奴《やつ》の手が離れ、終焉神は押されるがままに後退した。砂には引きずられたような足跡がつき、アナヘムの腹がみるみる灰に変わっていく。しかし意にも介さず、奴《やつ》は俺の足を両手でつかんだ。

「いかに背を向け、走ったところで終焉《しゅうえん》は常に傍《かたわ》らぞ」

奴《やつ》は俺の勢いを利用するように、その場でくるりと回転を始める。一回、二回、三回回り、極限まで加速した後、俺を砂に叩《たた》きつける勢いで思いきり放り投げた。白き砂に黒炎の足をつき、俺は受け身をとる。奴《やつ》に視線を向ければ、首を刎《は》ねられた際に落とした枯焉刀グゼラミを、その手に握っていた。

「あがけどもあがけども、うぬらが築くは砂上の楼閣」

不気味な声が頭に響く。それは枯焉刀グゼラミの鳴き声だ。音が反響し、砂塵《さじん》が俺の周囲に渦巻く。瞬く間《またたま》に砂によって構築されていくのは、いくつもの塔である。やがて、その無数の塔が外壁となり、俺を内側に閉じ込める。完成したのは巨大な砂の楼閣だった。

「グゼラミの一鳴きに、すべては崩れ、枯れ落ちる」

アナヘムが枯焉刀を真横に振れば、その刃が不気味に鳴く。すると、俺の腕からサラサラと砂粒が舞った。体が砂に変わっているのだ。

「《魔黒雷帝《ジラスド》》」

漆黒の稲妻をアナヘムに放つ。楼閣から砂が舞い上がったかと思えば、それが《魔黒雷帝《ジラスド》》を阻《はば》む盾となった。

「《根源母胎《エレオノール》》」

疑似根源を使った光の結界を全方位に張り巡らせ、グゼラミの鳴き声を遮断する。体が砂と化すのが止まったかと思えば、直後、結界が砕け散った。

「――させん」

アナヘムが一足飛びに間合いを詰め、疑似根源の結界を斬り裂いていた。滅紫《けしむらさき》に染まった魔眼にて、奴《やつ》の秩序を睨《にら》みつけつつ、縮まった距離を俺は更に詰める。

「自死するか、不適合者。このアナヘムの懐《ふところ》は死地、終焉《しゅうえん》そのものぞ」

「あいにく死地も終焉《しゅうえん》も、飽きるほど乗り越えてきたものでな」

至近距離にて、俺の魔眼《め》と奴《やつ》の神眼《め》が交錯する。

「《焦死焼滅燦火焚炎《アヴィアスタン・ジアラ》》」

両足のみならず、両腕を輝く黒炎に染める。構わず、終焉神は枯焉刀をまっすぐ突き出していた。その炎刃が俺の胸に触れる。根源を一刀のもとに滅ぼすグゼラミは、そこで停止した。

黒炎の手に奴《やつ》が意識を集中した瞬間、《獄炎鎖縛魔法陣《ソーラ・エ・ディプト》》にて、その体を縛りつけていたのだ。そのまま奴《やつ》の喉をわしづかみにして、ぐっと締めつける。ギロリ、とその神眼《め》が俺を睨《ね》めつけた。

「このアナヘムに、二度も同じ手は通じぬというのが、まだわからんか」

ギチギチと音を響かせ、《獄炎鎖縛魔法陣《ソーラ・エ・ディプト》》が軋《きし》む。大した束縛ではないとばかりに、奴《やつ》は極炎鎖を力尽くで引きちぎった。

「俺が三度も同じ手を試すと思ったか？」

アナヘムの首をつかんでいた黒炎の手が輝きを弱めると、そこに黒き首輪が見えた。《羈束《ネド》首輪夢現《ネリアズ》》。黒炎の手にて、奴《やつ》の喉を焼き続けたのは、それを隠すためだ。

「不滅でなくなった夢でも見てくるがよい」

《羈束首輪夢現《ネドネリアズ》》を発動し、再び俺は《獄炎鎖縛魔法陣《ソーラ・エ・ディプト》》を使う。大魔法を発動するため、極炎鎖が魔法陣を描いていく。

「夢など見るはずもなし」

《羈束首輪夢現《ネドネリアズ》》の発動を意に介さず、終焉神は半歩踏み込み、俺の心臓に枯焉刀グゼラミを突き刺した。反魔法と魔法障壁、肉や骨さえもすり抜け、その終焉《しゅうえん》の炎刃はただ根源を斬り裂いた。これまでにないほど夥《おびただ》しい量の魔王の血が、溢《あふ》れ出《だ》しては砂を腐食させ、返り血を食らったアナヘムの神体さえ蝕《むしば》んでいく。

「砂上の楼閣崩れゆき、グゼラミ鳴くは、終焉《しゅうえん》の跡」

詠《うた》うように、アナヘムが唱えた。

「たとえ、擦《す》り傷一つとて、抵抗空《むな》しく幕ぞ引け」

不気味な鳴き声が響き、激しく砂の楼閣が揺れる。周囲の塔という塔が形を失い、ただの砂に戻るように、一斉に崩れ始めた。

「埋没枯焉《まいぼつこえん》――終刀《しゅうとう》グゼラミ」

万物を腐食させる魔王の血が、グゼラミの刃により、みるみる砂塵《さじん》へと変わっていく。血が止まった。品定めをするように、アナヘムが俺を睨《にら》む。

「血が涸《か》れ、没すは、不適合者」

赤白に輝く炎刃が、俺の根源にぐっと押し込まれた。

「たとえ滅びの根源とて、終焉《しゅうえん》の前には砂の一粒。その刃が前に、終わらぬものがあるわけもなし」

「ほう。ではこれが、最初の一つというわけだ」

俺が顔を上げ、ニヤリと笑いかけてやれば、奴《やつ》は驚愕《きょうがく》の感情をあらわにした。

「……な……………っ……」

言葉を失ったようにアナヘムが、笑っている俺をただ見やった。

「……な、ぜ……だ…………」

俺の体に刺し込んだ枯焉刀を、奴《やつ》は更にグリッとねじ込む。僅かな血が俺の口から滴《したた》る。狼《ろう》狽《ばい》したのは、刺した奴《やつ》の方だった。

「……なぜっ……!?　なぜ……こ、ん…………な……？」

信じられないものを見たかのように、奴《やつ》はわなわなと震えている。

「うぬは……うぬは、とうに終わっている！　グゼラミに手応えはない。この根源は、とうに、終焉《しゅうえん》を迎えたっ……!!」

更に力任せに、アナヘムはグゼラミを押し込んだ。血を吐きながらも、俺はニヤリと笑った。

「……なぜ……笑っている……終わった命が……このアナヘムの前で、終焉《しゅうえん》が笑うなど……？　これは夢か……」

「くはは。夢は見ないのではなかったか、アナヘム。やはり、お前はただの馬鹿だ。もっとよく神眼《め》を凝らし、深淵《しんえん》を覗《のぞ》け」

挑発するように、俺は言った。

「お前が見ているのは俺の根源ではなく、虚無ではないか？」

はっとしたようにアナヘムは枯焉刀グゼラミを引き抜いた。刀身の先が、欠けている。まるで虚無に呑《の》まれたかのように。

「グラハムの根げ――」

アナヘムが後退するより先に、その土手っ腹に《焦死焼滅燦火焚炎《アヴィアスタン・ジアラ》》の指先をねじ込んだ。

終焉神が吐血する。

「擦り傷一つで、根源を斬り滅ぼす枯焉刀。疑似根源で盾代わりにならぬのなら、もっと頑丈な盾を用意してやればいい。偶然にも、俺の根源の中でなかなか滅びぬ虚無があったものでな。それを使わせてもらった」

根源の内側に取り込んだグラハムの虚無の根源を盾に使い、グゼラミを受け止めたのだ。擦り傷一つで終焉《しゅうえん》に導くとの謳《うた》い文句《もんく》だったが、虚無に傷などつくはずもない。

「ないものを終わらせることはできないようだな、終焉神」

《焦死焼滅燦火焚炎《アヴィアスタン・ジアラ》》に《根源死殺《ベブズド》》を重ねがけし、アナヘムの根源ごと神体を貫いた。

「……ごっ、ふぅっ……が、はぁぁ……」

「今度はこちらの番だ。終わった神の命はこの枯焉砂漠《こえん》を訪れる。ゆえにお前は終わりを迎えぬとのことだが、ではこの神界自体が滅びたとすればどうだ？」

描かれた多重魔法陣が、砲塔と化して、枯焉《こえん》砂漠の上空に狙いを定めた。漆黒の粒子がそこに絡《から》みつき、七重の螺旋《らせん》を描く。終焉神の顔が青ざめる。

「……暴挙、なり……！　そんな、ことを……すれば……」

「終わりなどいらぬ」

一蹴し、俺は言った。

「《極獄界滅灰燼魔砲《エギル・グローネ・アングドロア》》」

その言葉に、アナヘムは息を呑《の》む。緊迫した面持ちで、奴《やつ》は俺をじっと見つめ、終わりを待つことしかできないでいた。

「く、くくくく。くはははははっ」

アナヘムの神妙な表情を笑い飛ばして、俺は言った。

「許せ、ほんの戯《たわむ》れだ。終焉《しゅうえん》はときに救済となる。終わりがなくば、永劫《えいごう》の苦しみを味わい続ける者もいよう」

アナヘムの神体を貫いたまま、もう片方の手で　その顔面をわしづかみにする。

「要は、終わらぬ程度に痛めつければいいのだろう？」

ぐっと手に力を入れれば、奴《やつ》の体が砂に変わり、サラサラと真下に落ちていく。

「足元は見ておくことだ」

砂が落ちた先、そこにあったのは闇の棺《ひつぎ》だ。先程、構築しておいた《獄炎鎖縛魔法陣《ソーラ・エ・デイブト》》にて、《永劫死殺闇棺《ベヘリウス》》を作っておいたのだ。《極獄界滅灰燼魔砲《エギル・グローネ・アングドロア》》の脅しで気を逸《そ》らされ、奴《やつ》はそれに気がつかなかった。積層されたアナヘムの砂が、《永劫死殺闇棺《ベヘリウス》》から抜け出ようとした瞬間、最後に落ちてきた呪いの首輪、《羈束首輪夢現《ネドネリアズ》》がそれを叩《たた》き、闇の粒子が十字を描く。

砂が外に這い出《はいで》ようとも、棺《ひつぎ》を覆った魔法障壁に阻《はば》まれ、出ることができない。再び奴《やつ》は、神体に戻った。アナヘムは渾身《こんしん》の力で魔法障壁を叩《たた》くが、《永劫死殺闇棺《ベヘリウス》》に入ってしまった以上素手での破壊はそうそう叶《かな》わぬ。かといって、奴《やつ》の最大の武器であるグゼラミは根源しか切れぬ。

「遺体の魔力を糧《かて》に、永劫《えいごう》に死に続ける闇の棺《ひつぎ》だ。お前の魔力が尽きぬ限り、死は終わらぬが、さて、この枯焉《こえん》砂漠でお前の魔力に終わりがあるのやら？」

死に続ける限り、滅びはない。そして滅ぶことがなければ、奴《やつ》も蘇《よみがえ》ることはできぬ。

「おのれ……おのれ、この終焉神アナヘムに、なんという屈辱を……！　終わらぬ死だと……!?　たわけたことを！　覚えておけ、不適合者め……！　うぬの生は、うぬが築き上げたものなど、所詮はすべて、砂上の楼閣だということを、ここから出た後に思い知らせてやる……!!」

「とうに承知だ、アナヘム」

指先を向け、魔力を込めれば、棺《ひつぎ》に入っていた《羈束首輪夢現《ネドネリアズ》》が奴《やつ》の首に巻きついた。

《永劫死殺闇棺《ベヘリウス》》と併用すれば、防ぎようもあるまい。

「だからこそ尊く、だからこそ守るのだ。皆で築いたこの砂の城が、決して崩れ落ちぬように な」

魔力の十字線が広がり、棺《ひつぎ》の蓋が閉められた。

§11. 【転変神】

無数の枝葉が折り重なる、球状の空——樹冠天球。

生誕神ウェンゼルは翠緑《すいりょく》の風に乗り、そこを飛んでいた。エレオノールを経由し、彼女とは《魔王軍《ガイズ》》の魔法線がつながっている。それゆえ、その神眼《め》から、視界を共有することができた。《思念通信《リークス》》を使い、俺は告げる。

『終焉神はこちらで押さえた。これで警戒すべきは淘汰神ロムエヌとやらだけだ』

もっとも淘汰神に扮《ふん》していたのが、アナヘムということも考えられる。それなら、それでラウゼルの身の安全は保証されるだろう。

「ありがとうございます。それにしても、枯焉《こえん》砂漠でアナヘムを無力化するというのは、本当にあなたは毎度、驚くことばかりをしますね、魔王アノス」

ウェンゼルの視界の遠くに、巨大な鳥の巣が見えた。開花神ラウゼルの神域だ。見たところ、花は枯れていない。彼女は、ほっと胸を撫《な》で下《お》ろした。

そのとき、ぐらりと視界が反転する。火露の風が唐突に乱れたのだ。次の瞬間、翠緑《すいりょく》の気流はウェンゼルの体を手放すようにふっと拡散していき、彼女は真っ逆さまに空に落ちた。

「これは……？」

険しい表情をしながらも、ウェンゼルは自らが纏《まと》う布の一部を手にする。それを解くように腕を振れば、神の布がまっすぐ伸び、近くの枝に巻きついた。振り子のように生誕神は空を移動し、別の枝に飛び移った。

「やあやあ。久しぶりじゃないかー、ウェンゼル。二、三千年ぐらい経《た》ったかなぁ？」

樹冠天球の空に、翠緑《すいりょく》の風が吹く。それに乗って、ウェンゼルの前に姿を現したのは、吟遊詩人のような男だった。羽根付き帽子を被《かぶ》り、長い笛を手にしている。その表情、佇《たたず》まいからは、飄々《ひょうひょう》とした軽さが漂っていた。

「そんなに急いで、どこへ行くのかなぁ？」

彼に正対し、ウェンゼルは静謐《せいひつ》な声を発した。

「開花神ラウゼルのもとへ。ギェテナロス。樹冠天球を支配するあなたなら、すでに聞き及んでいると思いますが、淘汰神ロムエヌを名乗る神が、私たち神族を手にかけています。彼も狙われた一人です」

「あぁ、そのことかー」

軽い調子で、彼はうなずく。この男が、転変神ギェテナロスか。静謐《せいひつ》や威厳とは、ほど遠い神だな。発する言葉もどこか軽く、ともすれば風のように飛んでいきそうな印象を覚える。

「なにか知っているのですか？」

「あぁ、よーく知っているよぉ、ウェンゼル」

転変神は長い笛を軽やかに振る。そこへ翠緑《すいりょく》の風が入っていき、牧歌的な曲を奏《かな》で始めた。

「淘汰神はボクのことだからねぇ」

ウェンゼルの表情が驚きに染まる。

「なーんてねっ。ウソだよ、ウソ。そんなに驚かなくてもいいじゃないかぁ」

「ギェテナロス。今はあなたのウソにつき合っている暇はありません」

「そうだろうさ。なんたって」

ギェテナロスの奏《かな》でていた曲が一瞬、激しく、危機迫る曲調に転調した。

「淘汰神はキミが生んだんだから」

またしても、ウェンゼルは目を丸くする。そうして、すぐに頭を振った。

「……なにをおっしゃるのですか？　わたくしは二千年の間、ダ・ク・カダーテを離れ、蒼《そう》穹《きゅう》の狭間《はざま》、芽宮神都にいました。あなたもご存知のはずでしょう」

「うん、知っているよぉ。だけど、おかしな話もあるものさ」

ギェテナロスは翠緑《すいりょく》の風に腰かける。くるり、くるりと指先で風を操りながら、笛に通し、再び牧歌的な曲を奏《かな》で始めた。

「生誕神ウェンゼルがいなくなった後、淘汰神ロムエヌが現れ、神々を殺し始めた。この樹冠天球で、ボクの風から隠れながらそんなことができる神は、一人しかいないよ？」

疑いをかけているというには、やはり言葉が軽い。およそ感情の伴わぬ軽薄な声で、そいつは言った。

「生誕は転変を超えるって、頭でっかちのディルフレッドが言ってたよねぇ。つまり、ここで悪さができる神は、ウェンゼルしかいないってことさ」

「ですが、わたくしは――」

「たった今戻ってきたばかり、って言うんだろうぅ？　確かにキミはダ・ク・カダーテにいなかったぁ」

ギエテナロスは飄々《ひょうひょう》とした微笑《ほほえ》みを覗《のぞ》かせる。

「まるで自分の仕業じゃないことを証明するかのようにねぇ」

「……わたくしを疑っているのですか？」

「そうだよー。だって、キミはあの変わり者の創造神の友達じゃないか。人に肩入れするあまり、秩序を軽く扱う。どうなんだろうねぇ、ミリティアはぁ？　何億年もずっとそんなことで悩んで。嫌なら、最初からもっとちゃんと創ればよかったのに」

悪意のない声で、ギエテナロスは軽やかに言う。

「まー、それはいいのさ。問題は、淘汰神ロムエヌなんてものを生めるのは、生誕を司《つかさど》るキミ以外にいないってことだよぉ」

「誤解です、ギエテナロス。わたくしはそのようなことは――」

「どうだろうねぇ。キミがいなくても、大樹母海の深淵《しんえん》はボクに見えない。証拠を見つけろと言っても、見つからないのさ。だけど近頃、どうも風がおかしい」

「……おかしいというのは？」

「さあねー。キミの大樹母海で、なにか起きているんじゃないかと思ってさ。ちゃんと水に変わっていない火露があるとか？　知っているかい、火露の流量が減っているのを？」

ウェンゼルはこくりとうなずく。

「ボクが思うに、キミが盗んだんじゃないかなぁ。少しずつ、少しずつ盗んで、火露を使って淘汰神ロムエヌを生んだ。そして、いよいよ、循環する火露の量が、目に見えてわかるほど減り始めた」

転変神は指先で笛を弾く。

「今度はなにを生もうとしているのかなぁ、ウェンゼル？」

「……わたくしが、ラウゼルたちを手にかけたと？　なんのために、そんなことをするというのですか？」

「知らないよー」

そうギェテナロスが言い、ウェンゼルは息を呑《の》む。

「知るわけがないのさ。だって、そうだろう？　地上の人々のためかもしれないし、それ以外の理由があるのかもしれない。いずれにしても秩序で判断しない神の考えなんて、まともな神には到底わかりっこないのさ。キミはおかしくなっているのだから。創造神と同じように」

「心を持つことが、おかしいこととはわたくしは思いません。あなたにもきっとわかるときが――」

「ボクは待っていたのさ」

火露の風の上でギェテナロスは立ち上がる。

「この樹冠天球に来た直後、キミはまっすぐ開花神ラウゼルのもとへ向かったぁ。気になっていたんじゃないかなー？　うまく彼らを抹殺することができたのかどーか」

くすり、と彼は笑った。

「淘汰神と生誕神をつなぐ証拠を、ちゃんと消せたのかどうかをさ」

「濡《ぬ》れ衣《ぎぬ》です、転変神。わたくしがラウゼルを殺そうとしていたのなら、エンネスオーネを連れてくることはなかったはず。彼女のおかげで、ラウゼルは一命をとりとめました」

「そうだねー。そうかもしれない。だから、ボクはまた待っていたのさ。やんちゃ盛りのアナヘムに追われて、キミたちは大樹母海に逃げ込んだ。アナヘムを撃退した後、キミはいったいどうするのかって？」

笛を軽やかに振り回しながら、ギェテナロスは曲を奏《かな》でる。

「もしも、キミが魔王の配下を連れてきたなら、キミにラウゼルを害する意図はない。彼女たちがきっと邪魔するだろうからねぇ。だけど、もしも、キミが一人でやってきたなら、それはきっと、証拠を消しにきたのさ。つまり、口封じだよー」

ぴたりと笛を止め、ギェテナロスは生誕神を指す。

「ざーんねんっ。キミは一人でやってきたぁ」

翠緑《すいりょく》の風が吹く。それがみるみる笛に吸い込まれ、樹冠天球に大きな音を奏《かな》でていく。

「ウソをつくなら、もっと上手《うま》くやりなよ、ウェンゼル。ボクみたいにさ」

「ギェテナロス。違います」

「なにを企《たくら》んでいるのさ？　不適合者に取り入ったのも、エンネスオーネを連れてきたのも、キミではなく、彼らがやったと思わせるためなんじゃないかなぁ？　つまり、キミは不適合者たちを利用したんだー」

　穏やかな曲が、激しく転調する。戦いの行進曲のように、胸を奮い立たせるその調べが、樹冠天球に広がった。その瞬間、雷鳴が轟《とどろ》き、風が蒼《あお》い稲妻へと変化する。

「待ってください、ギェテナロス。もう一度よく話を」

「つまらない話は嫌いさ。それより、歌おう」

　くすり、と転変神は笑った。風が吹く。彼の体から、魔力の風が溢《あふ》れ出《だ》していた。

「歌おう。詠《うた》おう。ああ、謡《うた》おう。それはそれは風のように、ときに青天の霹靂《へきれき》のように。転《てん》変神笛《べんしんてき》イディードロエンド」

　天球全域を、雷鳴とともに雷が覆う。上下左右いずれにも、ウェンゼルの逃げ場はない。

「空は移り気、心模様」

　歌うような転変神の言葉とともに、無数の蒼《あお》い稲妻が四方八方からウェンゼルを襲った。飛ぶこともできず、枝の上に立つ彼女に、避ける術はない。しかし――

「始まりの一滴が、やがて池となり、母なる海となるでしょう。優しい我が子、起きてちょうだい。生誕命盾アヴロヘリアン」

　紺碧《こんぺき》の盾が輝いた瞬間、稲妻が蝶々《ちょうちょう》へと変わった。生誕は転変を超える。ギェテナロスの秩序から、生誕神は命を生んだのだ。

「あなたは、わたくしには勝てません」

「そうだねー。だけど、ここは樹冠天球、ボクの神域だ」

ギェテナロスは、転変神笛イディードロエンドを口元へ運び、そっと息を吹き込む。再び曲が転調して、空が転変する。

一寸先も見えない闇夜が、樹冠天球に訪れた――

§12. 【火露の行方】

「んー？」

大樹母海。海にそびえ立つ巨大な樹《き》の穴にて、ふとエレオノールは顔を上げた。立ち上がり、彼女は上空に目を凝らす。

「なんか、空が暗くなってきてなあい？」

転変神ギェテナロスの権能により樹冠天球に夜が訪れたからか、隣接する大樹母海の空が薄暗くなっていた。

『エレオノール』

俺の《思念通信《リークス》》に、彼女は耳を傾ける仕草をした。

『つい今しがた、転変神ギェテナロスが発した言葉によれば、大樹母海にて火露が盗まれているとのことだ』

エレオノールは不思議そうに首をかしげ、人差し指を立てた。

「でも、ここはウェンゼルの神域だぞ？　生誕神はミーシャちゃんの昔からの友達なんじゃなかった？」

『さて、事情があるのやもしれぬ。ウェンゼルが大樹母海を長らく留守にしていたこともある。いかに彼女の神域とて、不在の間ならば、他の神族がそこで権能を使うことも不可能ではあるまい』

「あー、そっかそっか。ウェンゼルがいない間に、誰かが悪いことをしたんだ」

「……悪戯《いたずら》は……いけません……！」

ゼシアが立ち上がり、《思念通信《リークス》》に入ってくる。

『なにもなければ、それでよい。だが、探らぬわけにはいくまい』

「了解だぞ」

「どこを探せばいいの？」

エンネスオーネが頭の翼をひょこひょこと動かす。

『ギェテナロスは風がおかしいと口にした。まずは空を探れ。水に変わる前の火露の風に、ヒントがあるやもしれぬ』

「わかり……ました……！」

ゼシアは元気よく返事をして、エンネスオーネと手をつなぐ。それを頭上に何度か突き上げるようにして言った。

「えいっえいっ……おさがし……ですっ……！」

ぴょんっと二人は大樹の穴から飛び出して、《飛行《フレス》》にて上昇していく。

「こらっ、あんまり勝手に先行っちゃだめだぞ。またターバンの神様みたいな、すっごいのが出てきたら、大変だし」

「今度は……返り討ち……です……！　ゼシアたちの本気を……見せます……！」

勢い勇んでゼシアが言うと、エレオノールは困ったように苦笑する。

「えーと、普通に本気だったぞ……。ほら、ゼシアはまだ成長期だし、ボクは元々、戦闘向きじゃないから。エンネちゃんも」

「でも、エレオノール。エンネスオーネは思ったよ？」

ピッと頭の翼を伸ばしながら、彼女は言う。

「《根源降誕《エンネスオーネ》》の魔法をもっとうまく使えば、ゼシアお姉ちゃんとエレオノールの力になるはずだって」

「んー……どういうことだ？　《根源降誕《エンネスオーネ》》は、新しい命を生む魔法じゃなあい？」

エレオノールが不思議そうに尋ねる。

「うん。秩序に囚《とら》われない新しい命を生むの。このダ・ク・カダーテが示すように、火露の流量は決まっていて、世界の命の上限は決まっている。だから、《根源母胎《エレオノール》》で生める疑似根源の上限も決まっている」

ゼシアが難しい顔をしながら、こくこくとうなずいている。

「だけど、《根源降誕《エンネスオーネ》》はそれに囚《とら》われない。世界の命の上限を無視できるはずなんだよ？」

「あー、そっかそっか。それじゃ、《根源母胎《エレオノール》》でもっと沢山――」

エレオノールはそこで言葉を切り、再び疑問が生じたように視線だけを上にやった。

「……んー？　それって、なにかおかしくなあい？」

《根源母胎《エレオノール》》の魔法で疑似根源を作り、心を魔力に変換する。生まれた魔力でまた《根源母胎《エレオノール》》を使い、疑似根源を作る。それを繰り返して、エレオノールは《聖域《アスク》》にて集められる魔力を最大まで高めているが、生産できる疑似根源には上限があった。だが、もしも、その上限が取り外せるのだとしたら――

「《聖域《アスク》》と《根源母胎《エレオノール》》で魔力を無限に生めちゃわないかな……？」

「たぶん、そのはずだと思うのっ。だって、エンネスオーネは魔王の魔法秩序だからっ」

するると、なぜかゼシアが得意気に胸を張った。

「魔王の魔力は、暴虐のぼです。暴虐のぼは、無限のぼです」

「ゼシアー、無限にぼはないぞっ」

軽く突っ込み、エレオノールは指先をピッと立てる。

「でも、それなら、アノス君に任せないで、あのターバンをぶっ飛ばしてやればよかったぞ」

『ふむ。あまり不用意には使わぬことだ』

俺の言葉に、エレオノールが首を捻《ひね》った。

「どうしてだ？」

『力が強大になればなるほど、制御は困難となる。無限の魔力を生めたとして、そんなものに耐えられる器はない。俺の力をお前が制御すると考えてみろ』

「……あー……滅びるぞ……」

『手が届く範囲にしておけ。せいぜい疑似根源一〇万が限度といったところか。命がけで守りたいものがあれば、別だがな』

「くすくすっ、命なんて懸けないぞ。ボクには魔王様がついてるしっ」

エレオノールたちの前に大きな雲が迫る。それを突き破り、彼女たちは大樹母海の遙《はる》か上空にまで到達した。

「んー？　どこか怪しいところはあるかな？」

三人はじっとその空に魔眼《め》を凝らす。

「あそこっ」

エンネスオーネが更に上空へ上り、指をさす。

「光って見えるよ」

そこは大樹母海の空と樹冠天球の空が交わる場所。樹冠天球に夜が訪れたことで、境界である空の一部に微《かす》かな輝きが見えていた。

「……オーロラ……です……！」

ゼシアが言う。

「風がオーロラに変わってるのかな……？」

エレオノールがそのオーロラに魔眼《め》を向ける。しかし、さすがにその距離ではわからなかったようだ。

「行ってみよう」

三人は微《かす》かに輝くオーロラを目印に飛んでいく。そこに近づけば近づくほど、《飛行《フレス》》が不安定になり、今にも落下しそうになる。樹冠天球が近づいているためだろう。もう少しでオーロラに手が届くが、それ以上は上がれなかった。

「……近づけ……ません……」

「どうしよっか？　下の木からながーいハシゴを伸ばすとかどーだ？」

遙《はる》か海面を振り返ったエレオノールの黒髪がふわりと浮き上がる。

「あ……！」

と、エンネスオーネが声を上げる。

「風が来てるのっ」

「……音もしないのに……どこからだ……？」

彼女は風の強い場所を探し、辺りを飛び回った。すると、ふいにその長い髪がバサバサと持ち上がる。強い上昇気流だ。

「わーお、すっごいぞっ」

「エンネスオーネにつかまって」

エレオノールとゼシアは、言われた通りエンネスオーネの手を取った。少女の背中の翼が大きく広がる。それは、上昇する風を受け止め、一気に飛んだ。《飛行《フレス》》の使えない空域を超えて、みるみる光が近づいてくる。次の瞬間、ぱっと目の前の景色が変わった。先程までは微《かす》かな輝きにすぎなかったが、中に入った途端、その光彩が鮮明になっていた。そこは、まるでオーロラで作られた神殿の内部である。

「足がつくよ」

エンネスオーネが、オーロラの床をとことこと歩く。ゼシアがぴょんぴょんと跳ねるが、足場はびくともしなかった。

「えいえいおさがし……成功です……！」

ゼシアとエンネスオーネは両手をつなぎ、二人で飛び跳ねるように踊っている。

「こら、気が早いぞ。まだなにがあるかわからないんだし」

言いながら、エレオノールは先頭に立って、前へ進む。曲がり角を抜けると、すぐに開けた場所に辿《たど》り着《つ》いた。部屋というには大きすぎる広大なオーロラの空間。そこにあったものを見て、エレオノールは思わず、あっと声を上げた。

「……これ……⁉」

空間には所狭しとばかりに、聖水球が無数に浮かんでいた。中に入っているのは、剣兵神《けんぺいしん》ガルムグンド。槍兵神《そうへいしん》シュネルデ。弓兵神《きゅうへいしん》アミシュウス。術兵神《じゅつへいしん》ドルゾォーク。

「……神の軍勢だぞっ……！」

軍神ペルペドロが率いていた神の兵士だ。注意深く、エレオノールは神殿と聖水球の深淵《しんえん》を覗《のぞ》く。すると、その場に火露の風が流れてきて、聖水球に入っていくのがわかった。火露を糧《かて》にし、中で次々と生まれているその神々の兵は、ざっと見て、すでに一万はくだらぬ。なおも、増え続けているようだ。

「お姉ちゃん、エレオノール、あれっ！」

エンネスオーネが、神殿の奥にあった巨大な扉を指さす。

「神の扉なの」

神々の蒼穹《そうきゅう》から地上へ降りるための一方通行の扉。それが兵を生産する魔法とともにここにあるならば、考えられることは一つ。

火露を奪っている何者かが、ここで地上を侵略する準備を進めているのだ。

§13.【地上へ迫る影】

エレオノールは聖水球の中の神々に視線を向ける。

「とりあえず、動き出す前にぜんぶ滅ぼしちゃおっか」

ゼシアとエンネスオーネが大きくうなずいた。

「了解……です……」

「エンネスオーネもがんばるよっ！」

神の軍勢が地上へ降りれば、厄介なことになるやもしれぬ。俺の配下たちが相手ならばいざ知らず、戦う術を持たぬ人々が襲われては被害は甚大《じんだい》なものとなる。今、ここで滅ぼしておくのが得策だ。

「我ら神の軍勢を滅ぼすことは叶《かな》わず」

オーロラの神殿に、低い声が木霊《こだま》する。エレオノールが振り向き、一つの聖水球に魔眼《めを》向けた。中に入っているのは、赤銅《しゃくどう》色の全身鎧《よろい》を纏《まと》った神である。フルフェイスの兜《かぶと》から、光った視線が彼女たちを射抜く。地上で滅びたはずの軍神ペルペドロだ。

「戦火は摂理。地上を焼き尽くすまで、我らは無限に生み落とされる。滅べども全滅はなく、ゆえに無敗を常とする」

ペルペドロの周囲の聖水球から、水が勢いよく溢《あふ》れ出《だ》す。オーロラの床に足をついた軍神は、手をかざす。そこに光が集い始めた。

「天父神《てんぷしん》が生み損なった、失敗作の貴様らとは似て非なる存在なり」

エレオノールははっとして、周囲を見つめた。火露の力を注《つ》ぎ込《こ》まれ、聖水球にて生まれ落ちる神の軍勢。種類はいくつかあれど、奴《やつ》らはほぼ同じ個体だ。より正確に言えば、ひどく似通った別物である。

「……そっか。君たち神の軍勢は、ゼシアと同じ、根源クローンなんだ……」

悲しげに、エレオノールは言う。

「是である。かつて貴様が維持し損なった秩序を、我々が担《にな》うのだ。魔族を滅ぼし、人間を滅ぼし、竜人を滅ぼして、世界に戦火の花を咲かせよう」

赤銅《しやくどう》の輝きを放つ神剣が、軍神ペルペドロの手に握られる。

「さあ目覚めよ、無敗の軍勢。開けよ、神の扉。進軍のときは来たり！」

ゆっくりとペルペドロは神剣を振り下ろす。赤銅《しやくどう》の光が、オーロラの神殿全体に魔法陣を描き、そして、次々と聖水球が割れ始めた。一万を超える神の軍勢がみるみる目覚めていき、神殿奥の神の扉がゆっくりと開かれていく。その先は、地上につながっているのだろう。

「させないぞっ！」

エレオノールが《聖域熾光砲《テオ・トライアス》》を神の軍勢へ向けて発射する。しかし、光の砲弾が奴《やつ》らの結界に侵入した途端、悉《ことごと》く石へと変わった。術兵神ドルゾォークの魔法である。

「《複製魔法鏡《レガロイミテイン》》……ですっ……！」

ゼシアが駆《か》け、《複製魔法鏡《レガロイミテイン》》にてエンハーレを無数に増やす。合計一〇〇〇本の刃にて、彼女は神の軍勢に斬りかかった。一気に蹴散らしたかに思えたが、しかし、倒せたのは一体のみだ。彼女たちはすでに、万の兵に包囲されている。そして、その兵たちがとった陣形が、赤《しゃく》銅《どう》色に輝く魔法陣を構築していた。

《攻囲秩序法陣《アルネスト》》。軍神ペルペドロの秩序であるその陣形魔法陣は、兵法をより強化する。多数をもって、少数を制す。その秩序の前には、個の力は限りなく限定的となる。

「所詮、半端《はんぱ》な人間である紀律人形とは違い、我々は秩序そのもの。上位存在である神の軍勢に、人形と壊れた魔法秩序如《ごと》きが敵《かな》う道理はない。これこそ、戦の秩序なり」

ザッと軍靴《ぐんか》の音を鳴らし、剣兵神ガルムグンド、槍兵神シュネルデが前へ出た。ゼシアが大きく後退し、エレオノールと背中を合わせる。彼女たちは完全に包囲されていた。

「慈悲を期待するな。貴様たち失敗作と違い、神である我々に心はない。ただ忠実に秩序を実行するのみ」

軍神ペルペドロは命令を発す。

「放て」

弓兵神アミシュウスが巨大な神弓から矢を放つ。エレオノールが構築した《四属結界封《デ・イジエリア》》に、それは突き刺さり、次々と穴を穿《うが》つ。《攻囲秩序法陣《アルネスト》》の影響下では、その結界も十分な力を発揮できず、あっという間に突破された。

容赦なく、武器を構えた兵たちが前進する。ゼシアが光の聖剣にて、剣兵神を弾《はじ》き飛《と》ばすと、後ろから槍《やり》兵神が槍を突き出した。

「ゼシアッ!!」

エレオノールが身を盾にして、六本の槍《やり》に腹部を貫かれる。赤い血がどくどくと流れ落ちていく。槍兵神たちは、一糸乱れぬ動きで、槍《やり》を立てる。エレオノールは体を串刺しにされたまま担《かつ》ぎ上《あ》げられた。

「次は貴様だ。できそこないの紀律人形」

剣兵神の小隊がその神剣にて斬りかかり、エンハーレを封じた隙に、槍兵神がゼシアの体めがけ、神槍を突き出した。甲高い音が鳴り響く。その槍《やり》は、目映《まばゆ》い光に受け止められていた。

「ゼシアは、ボクの自慢の子だぞ。勝手にできそこない扱いしたら、許さないから」

エレオノールの周囲に魔法文字が漂い、聖水が溢《あふ》れ出《だ》している。槍《やり》を受け止めたのは、《根源母胎《エレオノール》》で作った疑似根源の魔法障壁。多数が力を持つ《攻囲秩序法陣《アルネスト》》。神の軍勢は根源クローン、その兵は一人と数えられる。ならば、疑似根源は三分の一として計算されるはずとエレオノールは考えた。その予想は的中した。

「いくよっ、エンネちゃんっ！」

「うんっ」

翼を広げ、エンネスオーネは飛んでいた。エレオノールは疑似根源にて神槍を封じ、体から抜く。そうして、彼女の下腹部とエンネスオーネのへそから魔法線が互いに伸び、静かに結ばれた。

「集中砲火。放て」

ペルペドロの号令とともに、術兵神ドルゾォークから《獄炎殲滅砲《ジオ・グレイズ》》が一斉に放たれ、弓兵神アミシュウスが神の矢を放つ。漆黒の太陽と光の矢は、エレオノールとエンネスオーネめがけ、怒濤《どとう》の如《ごと》く押し寄せた。同時に剣兵神と槍兵神が、ゼシアに襲いかかる。

「《根源母胎《エレオノール》》、《四属結界封《デ・イジエリア》》」

疑似根源の魔法障壁と《四属結界封《デ・イジエリア》》を同時に張り巡らし、エレオノールは、自身とゼシア、エンネスオーネを守護する。そして、全身から光り輝く魔力を放った。

「《根源降誕母胎《エンネスオーネ・エレオノール》》」

エレオノールの声を合図にエンネスオーネが手を広げれば、そこに魔法陣が描かれ、中心から一〇〇二三羽《わ》のコウノトリが神殿の天井へ飛び上がった。

エレオノールからエンネスオーネへ魔法線を通して魔力が送られる。エンネスオーネの体が輝き、背中の翼がぐんと伸びる。それは背丈の一〇倍ほどにまで達した。

彼女が一〇〇二三羽目のコウノトリ。この世界の秩序では、存在しないはずの魔王《エンネスオーネ》の魔法。すなわち、《根源母胎《エレオノール》》で生める疑似根源の上限が解放された証明だ。

「いっくぞぉおっ――――！」

エレオノールが魔力を送れば、エンネスオーネが背中の翼をはためかせる。ひらひらと舞い落ちるコウノトリの羽は、淡く光を放つ疑似根源。その心を《聖域《アスク》》にて魔力に変換し、エレオノールは再びエンネスオーネに魔力を送る。

送られた魔力は、疑似根源の羽に変わり、心を生み出す。繰り返し、繰り返し、エレオノールの魔力が際限なく膨れあがる。

「《聖体錬成《エリオール》》」

エレオノールの周囲に漂う魔法文字が、翼を広げるように室内全体を覆っていく。そこから、聖水が溢《あふ》れ出《だ》し、球状に象《かたど》られた。千の聖水球だ。かつてゼシアを生んだ魔法の一つ、根源クローンの体を構築するためのものである。

その中へ次々とコウノトリの羽が舞い降り、入っていく。すると、聖水球は人型を象《かたど》り始めた。ゼシアによく似た、彼女より少し髪の長い少女たちだ。左右の髪がアシンメトリーになっている。

「これが、ボクたちのとっておき、《疑似紀律人形《ジーナレーナ》》だぞっ。今、考えたんだけどどっ！」

生まれたのは、聖水の魔法人形、一〇〇〇体の《疑似紀律人形《ジーナレーナ》》。一つの聖水球に対し、疑似根源一〇〇を使い、簡単な命令に従う命なき人形を作ったのである。一〇万の疑似根源を《聖域《アスク》》にて魔力に変換し、初めて為《な》せることだが、秩序を超えた力を引き出すエレオノールの体には、大きな負担がかかっているだろう。長時間の戦闘には耐えられまい。

「全軍進め。神の兵法は不敗なり」

軍神ペルペドロの命令で、神の軍勢は一斉になだれ込んできた。術兵神の魔法砲撃により、爆炎が舞い、視界が乱れる。

「こっちも突撃だぞ。蹴散らしちゃえ、《疑似紀律人形《ジーナレーナ》》ッ!!」

完璧に秩序だった陣形を敷く神の軍勢に対し、エレオノールの《疑似紀律人形《ジーナレーナ》》は、無秩序にそれぞれ攻撃を仕掛け、一気に混戦状態に陥った。

聖水の剣が神剣を払いのけ、いとも容易《たやす》く神を斬り裂く。《疑似紀律人形《ジーナレーナ》》に命はないが、一〇〇の疑似根源を持つ。根源三三個分に匹敵するのだ。神の軍勢は魔法人形の無秩序な突撃に、次々と斬り伏せられ、防戦一方だった。

「……馬鹿な……！　上位の存在である我々が……偽物《にせもの》の紀律人形如《ごと》きに……！」

「アノス君の代わりに、新しい兵法を教えてあげよっか？」

《疑似紀律人形《ジーナレーナ》》を突撃させながら、エレオノールは人差し指をピッと立てる。

「悪い子より、良い子が勝つんだぞっ」

「……つまり……ゼシアとエンネは……無敗の勇者です……！」

《疑似紀律人形《ジーナレーナ》》に混ざって、ゼシアも一緒に突撃する。

「ジーナたち……レーナたち……お姉さんに続く……です……！」

多数が少数を制す秩序を持った軍神ペルペドロには、まさに《疑似紀律人形《ジーナレーナ》》は天敵である。

彼女たちは一〇〇〇体で、一万いる神の軍勢の三倍以上の戦力を持つのだから。

「迎え撃てっ！　人形一体を三三名と計上し、包囲せよ。我々は神の軍勢、不敗の兵法を見せるときっ！」

一糸乱れぬ統率で、完璧なまでの陣形を敷き、《疑似紀律人形《ジーナレーナ》》に極力多数で挑む神の軍勢。

しかし、一体につき常に三四名以上で攻撃するのは、さすがに難しい。無秩序に攻撃をしかける《疑似紀律人形《ジーナレーナ》》にバッタバッタと薙《な》ぎ倒《たお》され、神の兵たちは瞬《また》く間《ま》に沈黙していった。

およそ一〇分が経過し、ほぼ大勢が決した頃――

「エレオノール。神の軍勢の数が減ってる。どこかに隠れてるかも？」

「……ペルペドロが……いません……」

エンネスオーネとゼシアが言う。兵の半数近くを蹴散らし、魔法砲撃による爆炎も収まると、前線で神の軍勢を指揮していたはずのペルペドロが、姿を消していた。

「陽動である」

神殿の奥から、声が響いた。

「すでに我々は地上への進軍を開始した」

再び姿を現したペルペドロは、神の扉の前に立っていた。神の軍勢たちは、《疑似紀律人形《ジーナレーナ》》に敵《かな》わぬと見るや、その注意を引きつけながら、別動隊が神の扉をくぐり抜けていたのだ。

「……どうりで、ちょっと簡単だと思ったぞ……」

《疑似紀律人形《ジーナレーナ》》たちが残った軍勢たちを斬り裂いた。崩れ落ちる神々の兵。この場で動ける神は、最早《もはや》、軍神ペルペドロしか残されていない。

「神の扉は神族しか通れぬ。貴様たちが地上へ危機を伝える手段はない」

「軍神のくせに、逃げるなんて格好悪いぞ」

「神の軍勢に撤退はない。進軍なり！　貴様は戦に負けたのだ」

エレオノールが《聖域熾光砲《テオ・トライアス》》を放つも、それより早くペルペドロは神の扉に入っていく。

「いかに抗《あらが》おうと、秩序の前には無駄なこと。貴様たちは帰る場所を失うのだ」

そう言い残し、軍神の姿が消える。

エレオノールたちは、すぐに神殿の奥にあった巨大な神の扉へ駆けよった。

「……真っ白で……見えません……」

「……んー、ペルペドロが言ってたけど、神族じゃないとだめってことかな……困ったぞ……」

ゼシアとエレオノールが言う。すると、エンネスオーネが前に出て、頭の翼をひょこひょこと動かした。

「エンネスオーネは、見えるよ？」

「ほんとに、エンネちゃんっ？　なにが見える？　あいつらが、どこへ行ったかわかるかな？」

魔眼《め》を凝らすようにしながら、エンネスオーネは神の扉の奥を覗《のぞ》く。

「魔法線に送るの」

「……ゼシアも……見たいです……」

エレオノールはエンネスオーネから送られてくる視界を、そのまま魔法陣に映像として映し、ゼシアに見せる。地上の光景だ。夜なのか、辺りは暗い。映っている風景はアゼシオンのものだ。ガイラディーテの街並みが見える。街の人々が驚いたように空を見上げていた。次第に、昼と夜が反転するかのように世界が明るさを取り戻していく。

「これって、もしかして……⁉」

エレオノールがはっとしたように息を呑《の》む。

「エンネちゃん、空は見える……？」

魔法陣に空が映った。禍々《まがまが》しくそこを彩《いろど》るのは、太陽の影。黒き粒子を放つそれは破壊神アベルニユーの権能、《破滅の太陽》サージエルドナーヴェであった。

§14.【日蝕《にっしょく》】

「アノスくーん、あとサーシャちゃーんっ！　これ見えるかな？　なんだか、ものすっごく大変そうなことになってるぞっ！」

エレオノールが《魔王軍《ガイズ》》の魔法線を通じて俺たちに呼びかける。サーシャにも状況がわかるように、魔法陣の映像を送っておいた。

『……嘘《うそ》……』

すぐさま《思念通信《リークス》》にて、サーシャの声が聞こえてくる。

『さて、エンネスオーネの魔眼を通している上、神の扉の向こう側では判然とせぬが、贋物《がんぶつ》の可能性は？』

そう問うと、息を呑《の》む音がこぼれた。

『……残念だけど、間違いないわ。あれはわたしの、破壊神アベルニユーの権能、《破滅の太陽》サージエルドナーヴェよ……』

地上の空に《破滅の太陽》を浮かべる。デルゾゲードを奪った者の仕業だろうが、その目的は明白だ。元よりあれに、破壊する以外の秩序など備わっていない。俺たちが見つめる中、次第にその太陽の影が濃くなっていき、空を禍々《まがまが》しく彩《いろど》り始める。

『……完全顕現するわ……』

サーシャが言った直後だった。巨大な球状の影が反転し、そこに闇色の日輪が姿を現す。だが、すぐにその滅びの光が放たれることはなく、日輪の一部、右側が僅かに欠けた。

『《創造の月》』

《思念通信《リークス》》にて、今度はミーシャが言った。

『月が太陽と重なった』

『つまり、《破滅の太陽》と《創造の月》が日蝕《にっしょく》を起こしているということか？』

『たぶん』

『……それって、なにが起きるの？』

サーシャが問う。

『今持っている記憶にない……。だけど、アーティエルトノアの皆既月蝕《げっしょく》は、世界を新しく創り直すためのもの……』

ミーシャの言わんとすることはよくわかる。創造神と破壊神、その二つの権能を重ね合わせたとき、アーティエルトノアの力が解き放たれる。それはサージエルドナーヴェにおいても同じことだろう。

『ふむ。では、サージエルドナーヴェの皆既日蝕《にっしょく》は、その真逆の力といったところか』

『そんなの……』

サーシャが不安そうな声をこぼす。《破滅の太陽》は破壊の秩序。この世界を創った創造神の逆さの力だ。その最たる権能が、この世界を完全に終わらせるものであったとしても不思議はあるまい。

『どうやらこれが、デルゾゲードとエーベラストアンゼッタを奪った者の狙いらしいな』

しかし、地上を焼くにしても過ぎた力だ。魔族や人間を滅ぼすだけならば、従来の《破滅の太陽》で十分だろう。ならば、これは俺を追い詰めるための手段か？　それとも、神族たちの口にしていたこと――これまで俺が押さえ込んできた破壊の秩序が、世界を滅ぼすほどに蓄積されているからこそ起こるのか？

『軍神ペルペドロは地上に戦火をもたらすと言ったが、なかなかどうして、思った以上に大それたことをしてくれる』

「ガイラディーテの空ってことは、目標はアゼシオンなのかなっ？」

エレオノールが焦《あせ》ったように言う。彼女の故郷だ。そう冷静ではいられまい。

「地上に……戻りますか……？」

ゼシアが心配そうに言った。

『《創造の月》と《破滅の太陽》はあそこにあるようだが、それを御するデルゾゲードとエーベラストアンゼッタまで、地上に戻ったとは限らぬ』

「地上には隠せないから」

ミーシャが言う。あれだけの魔力を持った城だ。地上においておけば、否《いや》が応《おう》でも見つけられるだろう。そんなマヌケな真似《まね》は恐らくするまい。

『月と太陽を落としたとて、破壊神と創造神を押さえなければ、何度でも同じことが起きるだろう。慌てて地上へ赴けば、これを企《たくら》んだ者の思うつぼだ』

そいつは神界の門を閉ざし、神々の蒼穹《そうきゅう》への道を断つだろう。ますます《破滅の太陽》に手が出せなくなる。

「でも、サージエルドナーヴェの皆既日蝕《にっしょく》が起きちゃったら、アゼシオンは焼かれちゃうぞっ？」

『それまでに決着をつけるのが一番だな』

アゼシオンだけが標的とも思えぬ。あの空からでも、ディルヘイドを撃つことはできるだろう。あるいは、照準などお構いなしに、《極獄界滅灰燼魔砲《エギル・グローネ・アングドロア》》さながら、なにもかもを終わらせる力やもしれぬ。神族がそこまで世界を傷つけるとは思えぬが、淘汰神は神さえ殺している。秩序を守らぬ神が相手だとすれば、なにをしでかすかわかったものではない。

『俺は戻るわけにはいかぬ。だが、地上にいる配下に事態を伝えておいた方がいいだろう。神の軍勢には警戒しているだろうが、《破滅の太陽》の皆既日蝕《にっしょく》は理解が及ばぬはずだ』

「じゃ、今度は神界の門を探せばいいのかな？」

エレオノールがピッと人差し指を立てる。ここから、地上へ《思念通信《リークス》》が届かぬ以上、誰かが戻るしか手立てはない。だが――

『神界の門はあちらの制御下にある。ここへ来たとき同様、地上へ戻った瞬間に閉め出されては、再び分断されよう。まずは地上との連絡路を築く。そうしなければ、アゼシオンやディルヘイドを守りきれる保証はない』

このサージエルドナーヴェの日蝕《にっしょく》さえ布石で、次の手がないとも限らぬ。

「……んー、じゃ、どうすればいいんだ？」

『そこにある神の扉を使え』

『でも、神の扉は一方通行だし、神族以外は通れないでしょ？』

　サーシャがそう疑問を浮かべる。

『そうだ。だからこそ、あちらも俺に利用されることを考えていまい。エンネスオーネには地上の様子が見えているのだろう？』

　俺の問いに、頭の翼をピンと立てて、エンネスオーネが答えた。

「うんっ。見えるよ。でも、ぜんぶじゃないの」

『魔法秩序であるエンネスオーネは、神族と似た存在だ。奴《やつ》らはエンネスオーネを想定していなかったため、神の扉は彼女を完全に阻《はば》むことができぬのだろう』

「んー、じゃ、一方通行はどうするんだ？　こっちから向こうに行けても、戻って来られなかったら連絡できないぞ。《思念通信《リークス》》も返ってこないんじゃないかな？」

　エレオノールが言う。

『お前を経由すればよい。お前たち母子《おやこ》をつなぐ魔法線は魔法秩序とそれを用いて発動する魔法術式を結ぶもの。つまり、秩序のつながりだ。神の扉をくぐろうとも機能するはずだ』

「えーと、へその緒をつないだまま、エンネちゃんだけ地上へ降ろせばいいってことかな？」

『そういうことだ。地上にいるエンネスオーネと神界にいるお前は魔法線を通して《思念通信《リークス》》で交信できる。地上と神界を結ぶ連絡路となるわけだ』

　理解したように、エレオノールはうんうんとうなずいている。

「エンネ……一人で、大丈夫ですか……？」

　心配そうにゼシアが言う。

「あっちは、神の軍勢が……います……」

「大丈夫だよっ。戦わなくても、連絡できればいいんだから。それにねっ、アゼシオンは、ゼシアお姉ちゃんやエレオノールの故郷でしょ。それにそれに、ミリティアや、魔王アノスの……みんなの故郷も守らなきゃ。エンネスオーネは平和のために生まれたんだから」

するとゼシアはエンネスオーネの両手をぎゅっと握る。

「ゼシアの……応援パワーを……送ります……えいっえいっ、おーえん……ですっ……！」

「ありがとう。エンネスオーネは無敵だよ」

嬉《うれ》しそうに、エンネスオーネは笑う。

「じゃ、とりあえず、この扉に神族が手出しできないようにするぞ」

エレオノールが手を上げると、後ろに控えていた《疑似紀律人形《ジーナレーナ》》が動き出し、神の扉を囲む。

「《四属結界封《デ・イジエリア》》」

《疑似紀律人形《ジーナレーナ》》たちは、それぞれ四方に地水火風の大きな魔法陣を構築し、神の扉を結界で覆った。

「行ってくる」

「無理はしないんだぞ」

こくりとうなずき、エンネスオーネは四枚の翼を広げる。飛び上がり、彼女は神の扉に入っていった。その先は、次元が不安定な異界となっており、バチバチと魔力の粒子が荒れ狂っている。神族に似ているとはいえ、エンネスオーネは正確には神族ではない。想定外の異物が侵入してきたことにより、神の扉の秩序に異変が生じ、魔力が暴れ出したのだ。

エンネスオーネが苦痛に表情を歪《ゆが》める。彼女のへそからつながった魔法線が、荒れ狂う魔力場に削られ、みるみる細くなっていった。

「……けっこう……しんどいぞ……」

エレオノールは片手をそっと下腹部に当てる。そうして、《疑似紀律人形《ジーナレーナ》》に入れてある一〇万の疑似根源を《聖域《アスク》》にて魔力に変換し、エンネスオーネにつながる魔法線を補強した。激しく暴れる魔力場にも、どうにか耐えることができそうだ。しかし、これだけの魔力を行使すれば、エレオノールの根源は疲弊する。連絡路を築けても、長くはもつまい。

「……見えてきたよ……アゼシオン、かな……？」

エンネスオーネの視界に魔眼《めめ》を移せば、荒れ狂う魔力場の隙間に、ところどころ地上の風景が映っていた。

「呼びかけてみて、エンネちゃん。《魔王軍《ガイズ》》が使える人と魔法線がつなげれば、ボクの声も届くはず」

エレオノールが言う。地上と神界の隔たりは思った以上に大きい。エンネスオーネを経由しても、エレオノールの声を直接地上へ飛ばすことは難しいようだ。エンネスオーネに呼びかけてもらうしかない。

『誰か』

エンネスオーネが無差別に《思念通信《リークス》》を飛ばす。

『暴虐の魔王を知っている誰か。魔王アノスを知っている誰か。お願い。応えて。地上に危機が迫っているの』

魔力場を通り過ぎ、視界が開けた。エンネスオーネの体が衝撃を覚え、がくんと揺れた。神の扉を抜け、彼女は大地に倒れていた。すぐに聞こえてきたのは、剣戟《けんげき》の音だ。それから、爆音が響き渡った。

素早くエンネスオーネが顔を上げれば、辺りは戦場だ。人間の兵士と神の軍勢が戦っていた。無論、この時代の人間の兵が神に太刀打できるはずもなく、彼らは後退を余儀なくされている。エンネスオーネが到着したのは、神の軍勢側の陣地だった。ザッと足音が響く。彼女が背後を振り向けば、剣兵神が神剣を振り上げていた。

「あ……！」

容赦なく、神剣が振り下ろされた。咄嗟《とっさ》のことでエンネスオーネは動くことができない。首を斬り裂こうという剣が、しかし寸前で空を切った。遠くから走ってきた人影が、エンネスオーネを抱き抱え、庇《かば》ったのだ。剣兵神が一歩詰め寄り、その少女を睨《にら》む。

「「「なんちゃってベブズドォォォォッ!!」」」

「……ゴホォ……」

後ろから、剣兵神は七つの穴を穿《うが》たれる。粘つく黒き光を纏《まと》った棒が、神を容易《たやす》く貫いたのだ。

「どうしたの、エレン、こんな遠くまで飛んできてっ」

「本隊と離れすぎたら、やられちゃうよっ」

「それにエミリア先生が撤退だって言ってたよ。今の戦力じゃ全然歯が立たないって。早く逃げなきゃっ」

その場に現れたのは、漆黒のローブを纏《まと》った魔王学院の少女たち。アノス・ファンユニオンこと、魔王聖歌隊のメンバーだった。

「ちょっと待って。今、この子、アノス様って言った気がしたのっ！」

エンネスオーネを抱き抱えながら、エレンが真面目な顔で言った。

§15.【アゼシオンの混乱】

「あのっ……！」

咄嗟《とっさ》のことで驚いていたエンネスオーネが、エレンの腕の中で声を上げた。

「エンネスオーネは魔王アノスの味方だよっ。あの空の日蝕《にっしょく》のことを伝えに来たのっ」

「えっと、日蝕《にっしょく》って……？」

エレンが空を見上げる。太陽が僅かに欠けているだけでは、まだ日蝕《にっしょく》かどうかの判別が難しいのだろう。

「……あれって、あれだよね？　確か、《破滅の太陽》とかいう、ほら前にアヴォス・ディルヘヴィアにミッドヘイズが占領されたときにも見た」

ジェシカが言う。

「うんっ、そうなのっ。破壊神と創造神の力を宿したデルゾゲードとエーベラストアンゼッタが神族に奪われて、魔王アノスは今、それを取り返すために神々の蒼穹《そうきゅう》にいるんだよ。あの

《破滅の太陽》が皆既日蝕《にっしょく》になったら、地上を滅ぼすぐらいの大魔法が放たれるからっ」

ピンと頭の翼を伸ばし、真剣な顔でエンネスオーネは言う。

「それを魔王アノスが止めようとしてるの。アゼシオンにはどうにもならないから、神の軍勢への対処だけを考えて。それから、エンネスオーネは地上と神界をつなぐ連絡路だから、守ってほしいの」

ファンユニオンの少女たちは、顔を見合わせる。

「アノス様とは話せないの？」

エレンが訊《き》いた。

「ここから神界は遠すぎるから、今はエンネスオーネが口づてに伝えるしかないよ。《魔王軍《ガイズ》》の魔法を使える人がいたら、エンネスオーネと魔法線をつないで、エレオノールと話せると思う」

「《魔王軍《ガイズ》》の魔法はあたしたちじゃ……。エミリア先生を呼んでこなきゃ……」

ノノが言う。

「とりあえず、この子を連れて本陣まで後退しようよっ。ここにいたら、いつ敵が来るか――」

言いかけて、マイアは口を噤《つぐ》む。前方に神の軍勢の影が見えたのだ。五体……一〇体……一五体と次から次へと神の兵たちがやってくる。合計で一〇〇体ほどの部隊だろう。《攻囲秩序法陣《アルネスト》》を使ってくる奴《やつ》らを相手にしては、魔王聖歌隊だけでは太刀打できぬ。

「行こう。早く逃げなきゃ」

「だ、だめなのっ。それは、できないんだよっ」

エンネスオーネが言うと、エレンは戸惑ったような表情を浮かべた。

「できないって、どういうこと？　ここにいたら、神族の兵士にやられちゃうよ？」

「エンネスオーネは、神界にいるエレオノールから神の扉を経由して、魔法線でつながってるから……」

エンネスオーネは自らのへそから伸びる魔法線を見せる。それを魔眼《め》で辿《たど》ってみれば、空間が歪《ゆが》んだ箇所、神の扉に続いている。

「……神の扉って、この魔法線が途切れてるところにあるの？」

エレンたちの魔眼では、まだまだ神の扉を認識することができない。《狂愛域《ガルド・アスク》》は攻防ともに強力だが、魔眼を強化するわけではないのだ。

「これ以上、魔法線は伸ばせないから、エンネスオーネは動けないんだ。だから、ここに《魔王軍《ガイズ》》を使える人を連れてきてほしいのっ」

ファンユニオンの少女たちは困ったような表情を浮かべる。そうしている間にも、神の軍勢は目前まで迫ってきていた。

『魔王聖歌隊、応答してください。魔王聖歌隊。状況を報告してください』

《思念通信《リークス》》が届いた。エンネスオーネが見たその魔力は、エミリアのものだ。

「エミリア先生。敵陣でエンネスオーネという女の子を発見しました。アノス様の使いだと言っています」

エレンがたった今エンネスオーネから確認した情報を、エミリアに報告していく。すると、彼女は言った。

『――わかりました。魔法線を切ってエンネスオーネを本隊まで連れてくるか、無理ならそこに放置してください』

「え……でも、アノス様との連絡路だって……」

『そうかもしれませんが、怪しすぎます。敵陣に突如出現したのでしたら、敵の罠《わな》かもしれません。《魔王軍《ガイズ》》を使える術者を誘い出すのが目的の可能性もあります』

ふむ。まあ、そう考えるのが道理か。戦場だ。馬鹿正直に得体の知れない者を信じては、痛い目にあうだろう。とはいえ、困ったものだ。

「……でも、この子は、嘘《うそ》を言っていないと思います……」

エレンが言った。

『確証はないでしょう？』

「ありますっ！」

即答し、彼女は続けた。

「だって、この子、アノス様の匂いがするからっ！」

一瞬、エミリアは絶句する。

『……匂い……ですか……？』

エレンがエンネスオーネの体に顔を埋め、くんくんと嗅ぐ。

「えっ、あの……えぇぇっ？」

エンネスオーネが戸惑ったような声を上げる。無理もない話だ。なにせ、幼い少女を取り囲み、ファンユニオンたちは皆、鼻を近づけている。

「ほんとに、エレン？　あたしには全然……」

「あ、あの……え、あの……？」

エンネスオーネは困ったようにきゅうと頭の翼を縮ませる。

「ああぁっ……！　こ、この気高くも崇高で、鼻を蹂躙《じゅうりん》する暴虐な香りはっ……⁉」

「ねっ、するよねっ？」

「うんうんっ、するするっ、圧倒的アノス様臭っ！」

「アノス様臭とかっ、言い方っ！　残り香っ、残り香だからっ」

「最近公務が続いて嗅いでなかったから、すぐわかったよね」

「この子、絶対、ちょっと前までアノス様と一緒にいたよ」

恐るべきは、ファンユニオンの嗅覚といったところか。

「アノス様と会って、それでここにいるんなら味方だよっ。だって、あたしたちを陥《おとしい》れようとしている敵なら、アノス様が見逃すはずがないっ。エンネスオーネはここに来られないはずだから」

少女たちはうなずき合い、覚悟を決めた表情で棒を構える。

「エミリア先生。あたしたちは、ここを動きません」

「きっと、アノス様があたしたちのために送り届けてくれた子だから」

「守らなきゃいけないんだと思います」

粘つく黒い光が、八人を覆う。彼女たちの思いに呼応するが如《ごと》く、《狂愛域《ガルド・アスク》》が、狂ったように猛《たけ》っていた。だが、それだけではない。彼女たちは心を蓄えるとばかりに、再びエンネスオーネに顔を埋め、すーっと深呼吸をした。

「……あぅぅ……」

蚊が鳴くようなエンネスオーネの声が響く。すると、黒い光が更に粘性を帯び、まるで泥のように粘ついた。

「間接抱擁で――」

「「――なんちゃって、ジオグレェエエッッッ！」」

突き出された八本の棒。そこから放出された粘つく黒き光が太陽を模して、迫りくる神の軍勢に撃ち放たれた。しかし、それが奴《やつ》らの結界に侵入した瞬間、石へと変わる。間合いの遠い魔法砲撃は、すべて術兵神の魔法に阻《はば》まれ、ダメージを与えることができない。かといって接近すれば、《攻囲秩序法陣《アルネスト》》の餌食《えじき》だ。神族の弱点である《狂愛域《ガルド・アスク》》とて、人数に優《まさ》る軍勢には一歩及ばぬだろう。

「負けるもんかっ！」

「時間さえ稼げれば――」

「守りきるんだっ！」

《狂愛域《ガルド・アスク》》の太陽を連続で撃ち放ち、ファンユニオンの少女たちは足止めに徹する。魔法砲撃を石に変えられるとはいえ、無条件ではない。結界を維持している術兵神を倒せば、形勢は一気に逆転するだろう。

神の軍勢は強引に突破するようなことはせず、慎重に《狂愛域《ガルド・アスク》》を無効化しながら、石を破壊し、少しずつ、少しずつ、距離を詰めてくる。次第に奴《やつ》らは、少女たちを包囲するように陣形を広げ始めた。

「……このままじゃ……」

退路が断たれる。同時にそれは、《攻囲秩序法陣《アルネスト》》の完成を意味する。

「だけど、ここを動くわけにはいかないよっ……！」

包囲の陣形魔法陣が構築されれば、奴《やつ》らは数の利を十二分に生かし、あっという間にファンユニオンを殲滅《せんめつ》するだろう。諦めず魔法砲撃を続ける少女たち。そのとき、神の軍勢の速度が増し、砲撃を一気にくぐり抜けた。

「エレンッ！　先頭の神族をっ！　包囲されたら終わりだよっ！」

「わかってるけど……速くてっ……!!」

神の軍勢が高速で駆け抜けていき、《攻囲秩序法陣《アルネスト》》を発動させようとしたそのときだった。

先陣を切っていた剣兵神たちが、次々と炎上した。《聖爆結界滅《ジ・ファイゼン》》。《聖域《アスク》》を利用した魔法結界だ。地中に隠蔽された結界内に入った敵は、聖なる爆炎に包まれる。

「必ず包囲陣形を取るなんて、罠《わな》に引っかかりたいと言ってるようなものです」

エレンたちがやってきた方角から姿を現したのは、エミリア率いるアゼシオン軍の本隊であった。

「魔法砲撃発射。敵を《聖爆結界滅《ジ・ファイゼン》》のポイントに誘導し、撃破します。地力ではあちらが優《まさ》りますが、《攻囲秩序法陣《アルネスト》》を発動させれば数の勝負。人数で一気に押し潰しますよっ！」

「「「了解っ！」」」

アゼシオン軍は約八〇〇名。まともにやれば、とても神には敵《かな》わぬが、《聖爆結界滅《ジ・ファイゼン》》を上手《うま》く使い、エミリアは奴《やつ》らを爆炎の罠《わな》にはめていく。

包囲せずに襲って来れば、魔王聖歌隊の《狂愛域《ガルド・アスク》》に対抗する術はなく、包囲して《攻囲秩序法陣《アルネスト》》を発動すれば、数に優《まさ》るアゼシオン軍を逆に有利にしてしまう。危機に陥った人間たちは想《おも》いを一つにし、《聖域《アスク》》の力をより高めていた。

だが、それでも、一〇〇体ほどの神の軍勢とはかろうじて拮抗《きっこう》する程度。それも、不意を突いた一時のみだ。あっという間に彼らは押し返されていた。

「エレンさんっ！」

《飛行《フレス》》にて、エミリアはファンユニオンたちに合流する。

「本当にもう、仕方のない生徒たちですね」

彼女はエレンが抱いたエンネスオーネに視線を合わす。

「彼女に《魔王軍《ガイズ》》を使えばいいんですね？」

「……そうですけど、でも、エミリア先生は神族の罠《わな》かもしれないって、さっき……？」

エレンが言う。

「仕方ないでしょう。あなたたちを見捨てていくわけにもいきません。罠《わな》か罠《わな》じゃないか、確かめてみればはっきりします。わたしになにかあったら、すぐに拘束してください」

そう言って、エミリアはエンネスオーネに《魔王軍《ガイズ》》を使い、魔法線を彼女とつないだ。

『わーお、エミリア先生、格好いいぞっ』

「……この声と、魔力………エレオノールさん……？」

魔法線がつながったことにより、《思念通信《リークス》》にてエレオノールの声が届くようになった。

『ということで、エンネちゃんの言ったことは本当だぞっ。ボクたちは今、神界であの日蝕《にっしょく》の元凶を探してるから、なんとかこの連絡路を死守してくれるかな？』

エミリアが険しい表情を浮かべる。

「……罠《わな》の方がまだ助かったんですが……今交戦中の神の軍勢は一〇〇〇名足らずですが、敵本隊は確認できているだけでも五〇〇〇はいます。その兵が一割でもこっちに来れば、勝ち目はありません……」

『んー、そこをなんとか、エミリア先生の知恵でできないかな？　レイ君たちもそっちにいるでしょ？』

「彼は今、ガイラディーテ南方に出現した神の扉にて交戦中です。戦力が足りないものは、どうしようもありません」

エミリアは厳しい面持ちで考え込む。そうして、今度は別の場所へ《思念通信《リークス》》を飛ばすガイラディーテだ。

「勇議会、応答願います。エミリアです」

すぐに通信はつながった。

『勇議会会長、ロイドだ。撤退は完了したか？』

「いいえ。魔王アノスが、神界への連絡路を構築しました。あの太陽はやはり神族の仕業の様子。この危機を脱するためには、敵陣にて連絡路を築くエンネスオーネという少女を守らなければなりません。聖明湖《せいめいこ》の使用許可と、勇者学院の出陣を要請します」

『……どういうことかね？』

『説明してくれたまえ、エミリア君』

要領を得ない勇議会の議員たちの声に、エミリアはため息をつく。そうして、可能な限り速やかに事情を説明した。それを受け、会長のロイドは言う。

『……話はわかった。だが、戦力を融通できるのは、残り三個中隊が限界だ。勇者学院と聖明湖はあの空に描かれている太陽の魔法術式を封殺せねばならない。今、動かすわけには……』

『あー、そんなのなんの意味もないぞ。君たちにどうにかできる魔法じゃないから』

エレオノールが会話に入ると、ロイドは訝《いぶか》しげに言った。

『……君は……誰かね？』

『魔王様の配下だぞっ。《破滅の太陽》サージエルドナーヴェは、二千年前の魔族だって滅ぼした力なんだ。あの空域には君たちじゃ近づくこともできないぞ。その上、今回はそのときよりももっと強力な日蝕《にっしょく》だから』

『しかし……魔法が発動する前の今は、なんの魔力も感じない……急げば、止めることができるはずだ……』

ロイドの判断は、決して間違っているものではない。あまりにも莫大《ばくだい》なサージエルドナーヴェの魔力を、微《かす》かにさえ感じることができないということを除けば。この時代の魔族が、転生した俺の魔力を感じとれなかったのと同じ現象が、今、《破滅の太陽》と勇議会の間で起きていた。

『魔王が止めるというのなら、話はわかるが、それならばこちらに姿を見せるのが筋というも

『確かに、口だけで動いたところも見せぬのではな。ディルヘイドとは友好を築きたいと思っているが、一方的に要求を呑《の》むばかりというのでは面子《メンツ》に関わる』

『しかし、あの魔王の言うことだ。一考の価値はあるとも思えるが』

『それはそうだが、我々とて、まったくの考えなしというわけではないのだ。こちらが要請していないのに、しゃしゃり出てくるのはいかがなものか』

『言葉が過ぎるのでは？　彼のこれまでの尽力を忘れたわけではあるまい？』

『とはいえ、だ。そもそも、こちらは神の軍勢の対処に精一杯なのだ。援軍をくれるというのならともかく、一方的に戦力を割けと言われても……』

『魔王の言葉がなければ、とうに撤退は完了していた。悪戯《いたずら》に被害が増えているだけなのでは？』

『なんであれ、正式な書面で打診をいただきたいものだ』

議員たちの声が次々と上がった。

『諸君。余裕がないのはわかるが、落ちつこう。ディルヘイドの魔王はこれまで我々に多くのものをもたらしてくれた。勇議会が決起できたのも、元を正せばアノス・ヴォルディゴードのおかげだ。無下にするわけにはいかんだろう』

ロイドがそう言うと、不承不承ながら議員たちは引き下がった。とはいえ、ぼやく声は止まらぬようだが。

「……こっちは戦場にいるんですよ……」

勇議会へは聞こえぬように、エミリアが呟《つぶや》く。どうやら未だ勇議会は揉《も》めているようだな。有事の際の意思決定の方法がまとまらぬままこの事態では、無理もないと言えば無理もないが、そろそろ腹を決めてほしいものだ。

『……すまない。エミリア学院長、こちらも手一杯なのだ……』

エミリアにだけ聞こえる秘匿通信でロイドが言う。

「謝られたからって、どうしようもありません。せめて、この件だけでもわたしに全権を任せてください。レイ君……勇者カノンでも構いません」

『それは……しかし……』

「手をこまねいていたら、アゼシオンの民が死ぬだけですよ」

沈黙が続く。一時的とはいえ、魔族に実権は譲れぬといったところか。平和なことに、彼らはこの件が落着した後のことを考えているのだろう。そんなものは、あるかどうかもわからぬというに。今こうしている間にも、人間の兵は神の刃に貫かれているのだ。

『あー、もうわかったぞ。だったら、エンネちゃんを守るメリットがあることを見せてあげるから』

エレオノールが声を上げ、それと同時にエンネスオーネが翼を伸ばした。目映《まばゆ》い光に包まれ、そこから羽と魔法文字が舞い落ちる。いくつもの聖水球が構築され、その中へ淡い光を放ちながら羽が入っていく。みるみる内に、それらは少女の姿を象《かたど》り始めた。生まれたのは、二〇〇体の《疑似紀律人形《ジーナレーナ》》である。

「え……これは……？　ゼシアさん……？」

エミリアが呆然《ぼうぜん》と《疑似紀律人形《ジーナレーナ》》に視線を注ぐ。その外見と魔力の強大さに、驚いているのだろう。

『やっちゃえ』

二〇〇体の魔法人形は、飛ぶような速度でアゼシオン軍に合流すると、聖水の剣を抜き放ち、一斉に神の軍勢へと突撃した――

§16. 【蠟《ろう》の翼】

アゼシオン軍はたった数分の交戦で総崩れとなっており、負傷兵が続々と増えている。エミリアの指示で一斉に後退した人間の兵の代わりに前戦をたもったのが、エレオノールが生んだ魔法人形たちである。

《疑似紀律人形《ジーナレーナ》》は瞬《またた》く間に神の軍勢を斬り伏せ、その陣形を真っ二つに割った。そうして、部隊の奥にいた術兵神ドルゾォークへと突撃し、一刀両断に斬り裂いた。その瞬間、神の軍勢を守っていた結界が消える――

『エレンちゃんたち、今だぞっ』

エレオノールの合図で、魔王聖歌隊はアノッス棒を構えた。

「「なんちゃって、ジオグレェエエエッ!!!」」

粘つく《狂愛域《ガルド・アスク》》の太陽が次々と降り注ぎ、神の兵を一掃した。陣形を崩され、魔法砲撃を防ぐ手段を失った神の軍勢に勝機はあるまい。それを悟ったか、奴《やつ》らはすぐさま後退に転じた。波が引くように、彼女たちの前から神族は去っていく。思いも寄らぬ勝利に、死すら覚悟していたアゼシオン軍の兵士たちは沸き立つ。彼らは力の限り勝《か》ち鬨《どき》を上げたのだった。

エミリアは油断なく、伏兵がいないか確認するよう指示を出す。しかし、どうやらその心配もなさそうだ。

「──というか、そんなことができるんでしたら、わたしたちに守られなくても、大丈夫なんじゃありませんか？」

エミリアが、《思念通信《リークス》》でエレオノールに話しかける。だが、すぐに応答がなかった。

「エレオノールさん？」

「だめなのっ。本当は使っちゃいけないんだよ。エレオノールは連絡路を作るだけでも負担が大きいから。その上、神界から《疑似紀律人形《ジーナレーナ》》まで使ったら、体がもたないよっ！」

エンネスオーネの強い訴えに、エミリアはただただじろぐしかない。

『……こら、それは内緒だぞ。《疑似紀律人形《ジーナレーナ》》が戦力になるってわかったら、みんなの士気もあがるし、勇議会を説得しやすいでしょ……』

少々苦しげに、エレオノールが言う。神界側にも一〇〇〇体の《疑似紀律人形《ジーナレーナ》》がおり、それは魔法線を維持するために必要だ。その上、地上でも《疑似紀律人形《ジーナレーナ》》を使うとなれば、疑似根源一〇万の限界は超えている。エンネスオーネの言う通り負担は大きいが、しかし今はまだ休んでもらうわけにもいかぬ。

「……ごめんなさい……」

しゅん、とエンネスオーネが頭の翼を縮こませる。

『落ち込まないの。怒ってないぞ』

エミリアが表情を険しくしながら、勇議会に《思念通信《リークス》》した。

「勇議会へ。エミリアです。魔王軍の加勢により、神の軍勢を撃退しました。ここに拠点を敷き、ガイラディーテへの防衛網とします。構いませんね？」

『撃退……？　おお、撃退か！　さすがは、エミリア学院長。よくやってくれた。諸君らも異論はないな？』

ロイドが各議員に確認をとる。敵を退けたとなれば、異論もなさそうだ。

『君に任せよう、エミリア学院長』

「聖明湖と勇者学院の件は？」

『……それはまた検討しよう……すぐまとめられる問題ではない……』

ロイドが言うと、僅かに平原が暗くなった。空を見上げれば、《破滅の太陽》がまた欠けたのだ。日蝕《にっしょく》が進んでいる。

『敵を退け、時間もできたことだ。続きはガイラディーテにて。では』

《思念通信《リークス》》が切断された。エミリアが大きくため息をつく。

「……無能ですか……まったく……」

なかなか苦労をしているようだな。しかし、あまり泰然と構えていられる余裕もない。地上の動きも知りたいところだ。

『──ん？　うんうん。了解したぞ』

俺が飛ばした《思念通信《リークス》》にエレオノールが応答する。直接地上につながれば話は早いのだが、まあ、贅沢《ぜいたく》は言えまい。

「どうしたんですか？」

エミリアが訊《き》く。

『アノス君が、地上の状況も知りたいって。ディルヘイドのことはわかるのかな？』

「それなら、レイ君たちの方が詳しいですよ。わたしはアゼシオンの馬鹿たちを相手するので手一杯です」

『わーお、エミリア先生、なんか溜《た》まってない？』

すると、エミリアは再びため息をつく。

「一人一人は、人も良《い》いんですけどね」

据わった目で彼女は口火を切った。

「あの人たち。なんで人数が集まると、馬鹿なことを言い出すのか、意味がわかりません。それに平和ボケがすぎます。自分たちが死なないとでも思っているのか。有事のときは無能なんだから黙ってればいいのに」

『あー、わかった。わかったぞー。どうどう』

エレオノールに宥《なだ》められるように言われ、エミリアはバツが悪そうな顔で「忘れてください」と小さく言った。そうして、また別の場所へ《思念通信《リークス》》を飛ばす。

「レイ君、ミサさん。戦局が落ちつき次第、連絡をください。魔王アノスからの呼び出しですので、速やかに」

あちらの返答に、エミリアは二言、三言返し、状況を説明している。

「そうですか、エールドメード先生も。わかりました」

エミリアがファンユニオンの少女たちを振り向く。彼女らと軍の隊長に言った。

「わたしは一度、ガイラディーテへ戻ります。この場は各部隊長と魔王聖歌隊に預けます。敵影を確認次第、すぐに報告してください」

「わかりました」

「「了解」」

エミリアが《転移《ガトム》》の魔法陣を描く。指先から魔力を込めれば、彼女の視界が真っ白に染まった。

『エミリア先生、《転移《ガトム》》を覚えたんだ』

「勇議会の仕事に、学院の業務。敵性勢力の排除。飛んで移動してたら、体がいくつあっても足りません。下手なので、行き先は限定的ですけどね」

次の瞬間、王都ガイラディーテの門と聖明湖が見えた。

「ここで、レイ君たちと合流します」

言って、彼女は聖明湖の方へ歩いていく。湖の僅か上には、聖水にて巨大な魔法陣が描かれていた。この時代の人間のものにしては、かなり大規模な魔法だ。湖の中にいる術者たちが《勇者部隊《アスラ》》で一人に魔力を集中して行っているといったところか。聖明湖の中には、何人か勇者学院の制服を纏《まと》った者の姿が見える。勇者学院の出陣を却下されたことから考えれば、ここに全生徒がいると思って間違いあるまい。

『んー？　これはなにしてるんだ？　前に勇者学院で習った術式のような気もするけど……？』

「長距離結界魔法《聖刻十八星《レイアカネッツ》》。簡単に言えば、聖水を遠くに飛ばして、遠隔地に結界を構築する魔法です」

あー、とエレオノールは思い出したように声を上げた。術式を見たところ、《聖刻十八星《レイアカネッツ》》の照準は空に向いている。

「勇議会の決定では、この《聖刻十八星《レイアカネッツ》》で、あの空に浮かんだ不気味な太陽を封じ込めるそうです」

すると、カカカカカ、と声が聞こえた。エミリアのすぐ後ろ、笑い声とともに転移してきたのは、シルクハットを被《かぶ》り、杖《つえ》をついた魔族、熾死王《ししおう》エールドメードだ。

「カカカ、カカカカカカッ、カーカッカッカッカッ‼」

彼は盛大に笑い、そして笑い、なおも笑った。

笑い続けている。

『エールドメード先生、いきなり現れて笑ってばかりじゃ、全然意味がわからないぞっ』

「いやいや、魔王の魔法。お前もたった今、聞いたではないか。まさか蠟《ろう》の翼で太陽に迫ろうとは、カカカッ、軽率、軽率、もう一つオマケに軽率だっ。無知、無策、無力の三拍子で、無能のワルツでも踊るつもりか？」

啞然《あぜん》とするエミリアをよそに、熾死王は杖《つえ》をゆるりと持ち上げ、《破滅の太陽》をさす。

「アレは二千年前、屈強な魔族どもが滅びを覚悟して挑み、魔王とその右腕を送り込んでようやく堕とした《破滅の太陽》サージエルドナーヴェ。そのときよりも更に、きな臭い匂いがする」

愉快そうにエールドメードは唇を吊《つ》り上《あ》げる。

「やめておきたまえ。封じるどころか、あの空にさえ届きはしない。オマエたちが今できることは一つ」

彼はくるくると杖《つえ》を回し、ビシィッとエミリアを指した。

「全力で逃げる準備をすることだ」

「――わたしどもも、できればそうしたいのですが」

聖明湖から浮かび上がってきたのは、蒼髪《あお》で眼鏡をかけた男。勇者学院の生徒、レドリアーノである。

「何分、勇議会の決定に逆らえる身分ではありませんので。人類の砦《とりで》、王都ガイラディーテを捨てて逃げるという発想は、彼らにはないでしょうね」

「大体さ」

緋色《ひいろ》の制服を纏《まと》った金髪の少年が姿を現す。ハイネだ。

「あんなの無理だって見ればわかるのに、あいつらの魔眼じゃ魔力さえ感じられないっていうんだからお笑いだよね」

続いて、赤毛の男、ラオスが湖から上がってきた。

「つーか、正直、もう逃げてぇけどよ。俺たちが逃げちゃ、ガイラディーテの人間は助からねぇ」

口々に文句を言った三人は、しかしすでに腹を決めているような目をしている。それが気に入ったか、ニヤリと熾死王は笑った。

「なるほどなるほど。そうかそうか、不可能は承知というわけだ。しかし、だ。魔王抜きでアレを堕とすには奇跡の一つでも起こすしかないぞ。なあ、勇者カノン」

エールドメードが振り向くと、そこにレイと真体を現したミサがいた。たった今、転移してきたのだ。

「アノスは間に合うのかい？」

レイが、エミリアの方に向かって問う。

『デルゾゲードとエーベラストアンゼッタは神界のどこかにあって、今探している途中だぞ。見つかれば破壊神と創造神の権能は無力化できるはず。でも、そっちで《破滅の太陽》を止められるなら、それが一番だって』

俺の言葉を、エレオノールが《思念通信《リークス》》にて伝えた。

『あと今の地上の状況が知りたいぞ』

その言葉に、エールドメードが口を開き、説明した。

「精霊の住処《すみか》にも神の扉がいくつか出現しているそうだ。魔王の右腕は、母なる大精霊とともに精霊を率いて、奴《やつ》らを討伐して回っている。ディルヘイド各地にも神の軍勢が現れ、街を襲っている。地底も概《おおむ》ね同じ状況だ」

今エレオノールたちがいるオーロラの神殿以外にも、神の軍勢を生産する場が、神界のどこかにあるのだろう。

《破滅の太陽》を空に浮かべ、奴《やつ》らは一気に進軍を開始した。無力な民を狙うことで、《破滅の太陽》を堕とす戦力を整えさせせぬつもりだろう。そしてときが満ち、日蝕《にっしょく》が訪れれば、更なる危機が地上を襲う。

「オレの見たてでは、ひねり出せて、飛空城艦《ひくうじょうかん》四隻がいいところではないか？　オマエたち二人に行ってもらうしかあるまい。ん？」

エールドメードは、杖《つえ》の先端でレイとミサを指す。

「霊神人剣《れいしんじんけん》で、《破滅の太陽》の宿命を断ち切りますの？」

「さてさて、いかに伝説の聖剣でも、そう都合良く切れるとは限らないが？　アレは魔族のものではなく、神の力だ」

熾死王がレイを見れば、彼はいつものように気負いなく微笑《ほほえ》んだ。

「切るしかないなら、切るよ。あの中に破壊神がいないなら、アノスがやったときよりは楽だろうからね」

「カカカッ、さすがは勇者だ。そうこなくてはな」

エールドメードが、エミリアとレドリアーノたちに視線をやる。

「あとはどこぞの連中が、蠟《ろう》の翼で太陽の周りをうろちょろしなければいいのだが？」

「お偉いさんがなんて言おうと、邪魔する気はねえけどよ」

ラオスが言うと、彼の顔にエールドメードは杖《つえ》を突きつけた。

「素晴らしい、素晴らしい、素晴らしいではないか。権力に逆らってでも、なすべきことをなす。カッカッカ、なかなかできることではないな」

杖《つえ》を宙に浮かせたまま、熾死王は大げさに拍手をした。

「賢明な勇者よ。この際だ、協力したまえ。使いようによっては、蠟《ろう》の翼も役に立つ」

「そりゃ、協力できるもんならしてえけど」

「……正直、勇議会がなんと言うかわかりませんね……」

レドリアーノが言う。

「カッカッカ、構わん、構わん、構わんではないか。馬鹿の言うことなど無視してやってしまえ。言う通りにしたところで失敗すれば、どのみち責任を押しつけられるぞ。ん？　だが、結果を出せば、オマエたちは英雄だ。万が一、罪に問われれば魔王学院へ来たまえ」

面倒を見てやる、と言わんばかりにエールドメードは笑う。勇者の魔法に興味があるのやもしれぬな。

「最悪、ぼくたちはそれでもいいんだけどさ」

ハイネが言い、三人はエミリアを見た。

「つまらないことは気にしてないで、あなたたちは生き延びる最善の努力をしてください。死んだら、終わりですよ」

言って、エミリアは歩き出す。

「どちらへ参りますの？」

ミサが問うと、僅かに振り向き、エミリアは言った。

「馬鹿たちと話してきます」

§17.【魔王の弟子】

枯焉《こえん》砂漠。

《飛行《フレス》》にて浮かせた闇の棺《ひつぎ》に腰かけ、俺は砂の階段を降下していた。辺りの外壁が、時折蜃《しん》気楼《きろう》のように朧《おぼろげ》気に歪《ゆが》むのは、ここがホロの井戸だからだ。今俺が座っている《永劫死殺闇棺《ベヘリウス》》にアナヘムを納めた後、エレオノールと《思念通信《リークス》》を行いながら、この井戸へ入った。アナヘムから隠れるためか、ホロの子供たちは姿を消しており、ディルフレッドに《思念通信《リークス》》を飛ばしたが、どういうわけか応答せぬ。

道案内がいない中、少々複雑に入り組んだ井戸の奥を目指し、俺は進んでいた。やがて階段が終わり、目の前に白い砂地が見えてくる。燃えていた。外の砂漠同様、純白の炎が砂から立ち上り、淡い火の粉が無数に舞う。その火の粉は引き寄せられるかのように、一点に集っていた。砂地の中央にある紺碧《こんぺき》のオアシスへ。

水面に触れた火の粉は消える。樹冠天球へ向かうはずの火露の火が、ここで水に変わっているということか？

きゃっきゃ、と楽しげな声が聞こえた。オアシスの周囲にはホロの子供たちが水をかけ合って遊んでいる。一人ぽつんと離れた位置に、深化神ディルフレッドが立ちつくしていた。彼は《深奥《しんおう》の神眼》にて、紺碧《こんぺき》のオアシスをじっと覗《のぞ》いている。

「なにかわかったか？」

後ろから声をかけたが、ディルフレッドはぴくりとも反応しない。

「だめだぜ。その深化神のオジサン、少し考えるって言ったっきり、全然返事をしなくなっちゃったんだ」

ボロ布を纏《まと》ったホロの少年、ヴェイドが声をかけてきた。ふむ。思索にふけっているといったところか。ディルフレッドの体はぴくりとも動いていないが、《深奥の神眼《しんおう》》には凄《すさ》まじい魔力が集まっている。思考に没頭するあまり、他のことが耳に入らぬのだろう。

「ここがホロが生まれる場所か？」

「ざっばぁぁーんっ！」

と、ヴェイドは飛び上がった。

「って、そのオアシスから、浮き上がってくるんだぞ。カッケエだろ？」

自慢げな顔で、彼は言う。火露の火が消え、そしてホロが生まれるオアシスの深淵《しんえん》を、ディルフレッドは覗《のぞ》いている。答えが出るまで、待った方がよさそうだな。

「ところで、不適合者のオジサン。これ、なんだ？」

ヴェイドは俺が乗る棺《ひつぎ》に近づき、マジマジと見る。

「不適合者というのはどこで知った？」

「深化神のオジサンが言ってたぞ。それで、これなんなんだ？」

コンコン、とヴェイドは棺《ひつぎ》を叩《たた》いた。

「アナヘムの棺《ひつぎ》だ」

「うっぎゃあぁぁぁぁぁっ!!」

慌てふためき、ヴェイドは高速で後ずさった。

「つ、つ……連れてきたのかよっ⁉　オレたちホロをっ、ど、ど、どうするつもりだっ？」

「脅《おび》えずともよい。死んでいるぞ」

「へ？」

間の抜けた顔をした後、ヴェイドは恐る恐るといった風にまた近づいてくる。

「アナヘムを殺したのか？　不適合者のオジサンが？」

「造作もない」

「だって、あいつ、滅ぼしても蘇《よみがえ》るんだぜ？　滅ぼしたことねえけど？」

きょとんとした顔で、ヴェイドは俺を見る。

「ゆえに、この棺《ひつぎ》の中で終わりなく死に続けているのだ。死が終わらねば、滅びもない。奴《やつ》の領域である終焉《しゅうえん》までは辿《たど》り着《つ》かぬというわけだ」

「マジかよ……全然意味わかんねえけど、すっげえオジサンだな、不適合者って。ちょ～カッケェっ‼」

安心したのか、ヴェイドは勢いよくこちらへ走ってきて、闇の棺《ひつぎ》をゴンゴンと叩《たた》く。

「散々脅《おび》えさせやがってっ！　やーい、この死に損ないのアナヘムッ！　ホロを舐《な》めんなよっ！」

ふむ。子供らしいことだな。しかし、アナヘムはホロの存在を知らぬと言っていたな。

「お前たちは、アナヘムに会ったことはあるか？」

「ねえよっ、そんなのっ。だって、あいつ、枯焉《こえん》砂漠で生きてる奴《やつ》を見つけたら、すぐに殺そうとするだろ？　会ってたら、死んじまうって」

　終焉神のあの性格ならば、不思議な話でもないな。

「どうやって逃げのびていた？　アナヘムを相手にしては身を隠すことすら、容易ではあるまい」

「へっへーっ！　この井戸の奥まで逃げ込めば、アナヘムにはホロの集落がただの蜃気楼《しんきろう》にしか見えなくなるんだ。ホロの知恵だぜ。スッゲェだろっ！」

　ホロの知恵か。いったい、それは誰が与えたものか？　会ったことがないにもかかわらず、アナヘムのことを知っているのもそうだ。偶然に生まれたとはとても思えぬ。

「では、終焉神はホロの子供たちの存在に気がついていたか？」

「たぶん、知らないと思うぜっ。ちょっとおかしいって思ったことはあるかもしれないけど、オレの予想じゃ、あいつは馬鹿なんだ」

　その物言いに、俺は思わず笑みをこぼす。

「それは当たっているな」

　だとすれば、アナヘムがここへ向かってきたのは、枯焉《こえん》砂漠に入ってきたディルフレッドを追い出そうとしたといったところか？

「なあ、不適合者のオジサン」

　ゴンゴンと俺の注意を引くように、ヴェイドは棺《ひつぎ》を叩《たた》く。

「オレを弟子にしてくれよっ！」

「ほう？」

俺がヴェイドに視線を向けると、彼は続けて言った。

「この棺《ひつぎ》の作り方、教えてくれないかっ？　アナへムをぶっ飛ばせるようになったら、外も自由に歩けるし、色んなところにいけるだろ？　オレは外の世界に出たいんだっ」

「外に出てどうする？」

「だって、外はスッゲェんだろ？　色んなものがあって、楽しいことが沢山あって、オレはそれを見たいんだっ。枯焉《こえん》砂漠にはなんにもないからさ」

子供らしく大きな身振り手振りで、ホロの少年は俺に訴える。

「外ってどんななんだ？　不適合者のオジサンは旅をしてるんだろ？　じゃ、色んなものを見てきたんだよな？　教えてくれよっ！」

矢継ぎ早にヴェイドは質問を重ねる。

「ふむ。まあ、外といっても様々だ。お前たちが生まれたのは、樹理廻庭園ダ・ク・カダーテの一つ、枯焉《こえん》砂漠。樹理廻庭園には更に三つの神域があり、その外には数多《あまた》無数の神域がある。そこは神々の蒼穹《そうきゆう》と呼ばれる、神族たちの国。神界の門をくぐれば、俺が生まれた魔族の国や、人間の国がある」

魔力の粒子で立体的な地図を作り、神々の蒼穹《そうきゆう》と地上を見せてやる。

「この集落はここだ」

すると、ヴェイドはキラキラと瞳を輝かせ、地図にかぶりついた。

「スッゲェッ！　世界ってこんなにでかいのかっ！　スッゲェッ！」

嬉々《きき》として地図を見つめた後、ヴェイドはばっと振り返る。

「なあ、不適合者のオジサン。弟子にしてくれよ。それで、オレも外の世界に連れていってくれっ！」

「では、一つ教えてやろう」

俺はゆるりと魔法陣を描く。魔力の粒子が集い、闇の棺《ひつぎ》《永劫死殺闇棺《べへりうす》》が現れた。

「真似《まね》してみせよ。俺の弟子になりたいのならな」

すると、ヴェイドは見よう見まねで魔力を操った。なかなか筋が良い《い》。呼吸をするように魔力の制御ができていた。俺が作ったものとまったく同じ魔法陣が描かれていき、魔力の粒子が集い始める。そうして、そこに《永劫死殺闇棺《べへりうす》》が現れていた。

「ほう」

「どうだっ⁉　できただろっ！　長老だからな、オレはっ！　すごいんだぞっ！」

ただの人間ではないと思っていたが、一度見せただけで《永劫死殺闇棺《べへりうす》》を完全に模倣するとはな。ますます不可解だな。誰が、なんのために、ホロを生んだ？　彼らがダ・ク・カダーテにいることで、なにが起きる？

「なあっ！　なんとか言ってくれよ、不適合者のオジサンッ！　だめなのか？」

「なに、大した才能だと感心していた」

すると、ヴェイドは得意気な顔になった。

「じゃ、弟子にしてくれるよな？」

「考えておくが、少々野暮用があってな。お前を弟子にするとしても、それが終わった後だ」

「いつ終わるんだっ？　一時間後かっ？」

浮かんだ《永劫死殺闇棺《ベヘリウス》》の上に飛び乗り、ヴェイドは言う。

「くはは。そう急《せ》くな。まずはディルフレッドが思考の深淵《しんえん》から戻ってこぬことにはな」

すると、生真面目な声が飛んできた。

「アナヘムを打倒したか、不適合者」

視線をやれば、ディルフレッドが首だけをこちらへ向けていた。

「終焉《しゅうえん》の神に、終わりなき死を強制するとは。神であるこの身が、恐怖を既知のものにするかのようだ」

「真顔で言われても、怖気《おじけ》づいたようには見えぬぞ、ディルフレッド」

闇の棺《ひつぎ》を飛ばして、俺は深化神に近づいていく。

「それで？　深淵《しんえん》は見えたのか？」

ディルフレッドは再びオアシスを向いた。

「この水が、火が消えた後に残った火露を集合させ、生命に変換している。ホロの子供たちは少しずつ増殖を続けているようだ。この枯焉《こえん》砂漠にて、本来循環すべき火露が盗まれているのは明白だ」

「誰の仕業だ？」

「枯焉《こえん》砂漠に構築されたものならば、第一に疑惑の対象となるのは終焉神アナヘムに他ならない」

「なるほど」

俺は《飛行《フレス》》にて浮かび上がり、闇の棺《ひつぎ》から下りる。

刺す。

「下がっていろ、ヴェイド」

「わっ、わっ」

直立していく《永劫死殺闇棺《ベヘリウス》》から、慌ててヴェイドが飛び降りた。棺《ひつぎ》を立て、砂地に突き刺す。

「死に続ける終焉神は、走馬燈《そうまとう》のように《羈束首輪夢現《ネドネリアズ》》の悪夢を見ている。その夢をこちらへつなげ、直接話すとしよう」

《永劫死殺闇棺《ベヘリウス》》に魔力を送れば、小窓が開く。あらわになったアナヘムの顔が、次の瞬間目を開いた。

「……つまらん悪夢だ……」

アナヘムが、ヴェイドやホロの子供たちを見て口走った。

「枯焉《こえん》砂漠に、このアナヘムの与《あずか》り知らぬ命が存在するわけもなし」

「あいにくとこれは現実だぞ、終焉神。少々お前に聞きたいことがあってな。一時的に悪夢に現実を再現している」

俺の言葉に、アナヘムが眉根を寄せる。

「アナヘム。枯焉《こえん》砂漠の主である貴君が秩序に逆らい、ホロの子たちを生誕させた。この状況はそう推考される事柄だ」

深淵《しんえん》を覗《のぞ》き込むような神眼《めこ》を向け、深化神ディルフレッドが言う。

「なぜ樹理四神でありながら、秩序を乱したか？」

「このアナヘムに濡《ぬ》れ衣《ぎぬ》を着せるか、痴《し》れ者《もの》め」

ガタガタと《永劫死殺闇棺《ベヘリウス》》が音を立てて振動した。

「枯焉《こえん》砂漠の命など、ここから這《は》い出《で》て残らず屠《ほふ》ってくれるわ」

ギシギシと闇の棺《ひつぎ》が悲鳴を上げるように軋《きし》んでいる。今この瞬間も死に続けているというに、さすがは終焉《しゅうえん》の神といったところか。

「さて。どこまで本当か確かめるとするか」

バタンッと棺《ひつぎ》の小窓を閉め、アナヘムを黙らせる。そうして、《羈束首輪夢現《ネドネリアズ》》を制御し、新たな夢を見せた。

「……ふむ。なるほど。奴《やつ》が望む夢の続きを見せてやったが、棺《ひつぎ》から出た後、ホロの子供とこの井戸を滅ぼしているな」

ディルフレッドは両手を組み、思索にふける。

「この神域を司《つかさど》るのはアナヘムだが、あの猪突猛進《ちょとつもうしん》な男がここまでの芝居をし、俺たちを謀《たばか》っているというのも腑《ふ》に落ちぬ」

「然り。貴君の意見には一考の価値がある」

「ホロの子供たちがこの井戸の奥へ身を隠せば、アナヘムに悟られぬことができた。つまり、この場には終焉神の神眼《めが》が及ばぬ仕掛けがある」

「然り」

ディルフレッドが首肯する。

「転変は終焉《しゅうえん》を凌駕《りようが》する。転変神ギェテナロスならば、可能な事柄だ」

§18.【生誕神と転変神】

樹冠天球。

ギェテナロスが演奏する転変神笛《てんぺんしんてき》の音色が、球状の夜空に響き渡る。転変神は歌うように言う。

「変わろう、替わろう、さあ、換わろう。それはそれは夜のように、ときに移り気な秋旻《しゅうびん》のように」

ウェンゼルが立っている巨大な枝が、あっという間に木の葉に変わり、舞い散った。樹冠天球の枝という枝が、すべて葉に変わっていき、彼女は足場を失う。

「キミは空へと落ちていく。ああ、変わり続ける空は果てしなく、終わりはいつまでもやってこない」

ウェンゼルの体が空へ落ちる。激しい曲に転調したイディードロエンドの音色に従うように、彼女は真っ逆さまに落下していた。樹冠天球はすべてが空。平素は枯焉砂漠《こえん》か、大樹母海につながっているはずが今はどこまで落ちても、そこに辿《たど》り着かない。空が転変し、本来のものとは別物と化しているのだ。ウェンゼルの体はただひたすら落下を続け、勢いが加速していくばかりだ。

「ボクの秩序は転変さ。これがキミの生誕に敵《かな》わないなら、敵《かな》う秩序に転変させればいいのさ」

再び曲が転調し、今度は鬱蒼《うっそう》とした森をイメージさせる音が奏《かな》でられた。すると、ギエテナロスの目の前で、舞い散った木の葉が杖《つえ》の形に変わっていく。現れたのは、先端が螺旋《らせん》を描く木の杖《つえ》だ。その螺旋《らせん》には始まりがなく、そして終わりもない。

「どうかなー？　ディルフレッドの深化考杖《しんかこうじょう》ボストゥム。キミの苦手な秩序さ」

ギエテナロスが更に曲を奏《かな》でれば、次々と舞い散る木の葉は螺旋《らせん》の杖《つえ》へ変わっていく。一〇〇本の深化考杖ボストゥムが、ウェンゼルとともに落下していき、彼女の周囲を取り囲んでいた。

「なんだっけ？　ディルフレッドが得意なアレ？　えーと、深淵《しんえん》……そうそう、深淵草棘《しんえんそうきょく》」

イディードロエンドの音色が、静寂と静謐《せいひつ》に満ちる。浮かんだ螺旋《らせん》の杖《つえ》に魔法陣が描かれ、魔眼《め》を凝らさなければ見えないほどの極小の棘《とげ》が現れた。

「さあ、歌おう」

徐々に盛り上がり始めた曲調とともに、一〇〇本の棘《とげ》がウェンゼルに向かって勢いよく放たれた。速度はさほどでもない。だが、《飛行《フレス》》の使えない樹冠天球で、足場を失ったウェンゼルに全方位からの攻撃を避ける術はなかった。

彼女が構えた紺碧《こんぺき》の盾を、しかし、その小さき棘《とげ》はいとも容易《たやす》く貫通し、ウェンゼルの神体を貫いていく。

「無駄さー。その棘《とげ》は万物の深淵《しんえん》まで深く突き刺さるってディルフレッドが言ってただろう？」

「……そう、ですね……」

一〇〇本の棘《とげ》に神体を貫かれ、ウェンゼルは少々苦しげに言葉を返した。

「……ですが、深淵《しんえん》を覗《のぞ》くディルフレッドの神眼《め》があってこその深淵草棘です……。彼の言葉を借りるなら、万物の深淵《しんえん》にこそ、ただ一点の要《かなめ》がある。その要を刺すなら、どんな矮小《わいしょう》な刃であっても、それを瓦解《がかい》させることが可能……」

自らの体に手を向け、魔法陣を描きながら、ウェンゼルは言う。

「あなたのように、気の向くまま風の向くまま数を撃っても、小さな傷を穿《うが》つのみ」

魔法陣に魔力が込められると、ウェンゼルの腹部が淡く輝き、そこから小さな棘《とげ》が次々と出てくる。

「起きてちょうだい、可愛《かわい》い我が子」

小さな棘《とげ》が光に包まれ種へと変わり、割れて芽が出て、勢いよく成長していく。瞬《またた》く間に巨大な大木が現れていた。数十本の樹木は樹冠天球に根を伸ばし、枝を伸ばして、果てしない空を覆い始めた。

「深淵草棘といえど、元を正せば樹冠天球の葉。わたくしの胎内に、転変の秩序を入れたのは迂闊《うかつ》でしたね、ギェテナロス」

みるみる内に樹冠天球が、枝と葉の重なり合う元の姿を取り戻す。

「そうかーい？　何度でも空に落としてあげるさ。ここはボクの神域だよー」

ギェテナロスが再び転変神笛を口元に近づけた瞬間、ウェンゼルの投げた紺碧《こんぺき》の盾アヴロヘリアンがそれを弾《はじ》き飛《と》ばした。

「……いいのかい？　大事な盾を投げちゃってさー」

空に舞う神の笛に、ギェテナロスは手を伸ばす。

「させませんっ」

ウェンゼルが、体から抜いた棘《とげ》を数本投擲《とうてき》した。ギェテナロスの右腕にそれが突き刺さったが、彼は構わず転変神笛をその手につかんだ。そうして、すぐに翠緑《すいりょく》の風が入り込み、曲が奏《かな》でられる。

「ざーんねん。ボクの体で芽を成長させようと思ったんだろうけど、ほらご覧の通り」

彼の体内から、すうっと風が抜けていき、その身を守るように渦を巻いた。

「もう風に戻して取り除いたさ」

「あなたが転変させた深淵草棘は、でしょう?」

ウェンゼルが指先をすっと伸ばすと、ギェテナロスが表情を歪《ゆが》めた。棘《とげ》が入り込んだ彼の腕から、芽が生えていたのだ。

「……がぁっ……！」

歯を食いしばり、ギェテナロスはイディードロエンドに息を吹き込む。静かな曲が演奏されたが、その腕からはますます芽が伸び、転変神を蝕《むしば》んだ。

「……こ、れは、キミが……」

「ええ。投げた棘《とげ》のうち一本だけは、わたくしが新しく生んだものです。いくら曲を奏《かな》でようと、始まりの命はあなたの支配下にはありません」

あっという間に芽は成長し、ギェテナロスの腕を突き破る。

「……あぁっ……くっ……ぐぅ……」

養分を求めるかのように、木の根が彼の神体を突き刺し、がんじがらめに拘束して、その魔力を吸収し始めた。神の笛はギェテナロスの手元から離れ、それにも木の根が巻きつく。彼はしばらく抵抗していたが、しかし途中でさじを投げるかのように脱力した。

「あーあ、ボクの負けさ。つまんないの」

半ば投げやりに、転変神は言った。

「それで？　ボクをどうするつもりさ？　殺すのかい？」

「何度も言うように、わたくしは、淘汰神ではありません。しばらく大人しくしていてもらうだけです」

「どうかなー？　まー、いいさ。それじゃ、暇だから、歌って待つよー」

窮地に陥ったにもかかわらず、ギェテナロスは軽い言葉を放ち、そして本当に鼻歌を歌い始めた。生誕神の木の根に拘束されているためか、それとも元々効力はないのか、その歌はなんの魔力も伴っていない。

ギェテナロスに抵抗する意思はないと悟ったか、ウェンゼルはほっと胸を撫《な》で下《お》ろす。そのとき、花びらがひらひらと彼女のもとへ舞い落ちた。

「ラウゼル」

ウェンゼルが口にすると、その花びらは農夫姿の神、開花神ラウゼルへ変わった。

「びっくりしたよ。いきなり樹冠天球が荒れ出したと思ったら、君がギェテナロスと戦っているんだからね。大丈夫かい？」

「それはわたくしの台詞《せりふ》です。淘汰神がまた来るといけません。あなたの神域を、大樹母海へ移動させましょう」

『ふむ。その前に一ついいか、ウェンゼル』

《思念通信《リークス》》にて、俺はウェンゼルに言った。

「なんでしょう？」

『そのまま樹冠天球を探ってはくれぬか？　ギェテナロスがアナへムの神域に悪戯《いたずら》をし、火露を奪っていた可能性があってな。そこにも、なにかあるやもしれぬ』

「……アナへムの神域に……？　ええ……勿論《もちろん》、それは構いませんが、場所の見当はついていますか？」

『まずは樹冠天球と枯焉《こえん》砂漠の境界を探るがよい』

うなずき、ウェンゼルは言った。

「ラウゼル。少しだけここで待っていてください。もしも淘汰神が現れたなら、すぐにわたくしを呼んでください」

彼女はギェテナロスから生えている樹木の枝に飛び乗る。

「すみません。ギェテナロス。少々あなたの魔力を借ります」

彼女が指先にて魔法陣を描くと、木の根がギェテナロスの魔力を吸収して、ウェンゼルが乗った枝を成長させ始めた。

「うわっ……うあああああああああああああぁぁぁぁあっっっ……！！！　や、やっぱりボクを殺す気かーっ？」

「これぐらいでは死にません。良い子ですから、我慢してください。あなたは樹理四神でしょう」

ギェテナロスの悲鳴とともにぐんぐん枝は伸び、樹冠天球の空を突き破る勢いで、ウェンゼルをその果てに連れていく。しばらくして、暗闇が満ちた夜の空に、白い煙が漂っているのが見えた。枯焉《こえん》砂漠から立ち上る火露の煙だ。陽炎《かげろう》のようにゆらめき、朧気《おぼろげ》である。

本来ならば風に変わって樹冠天球へ吹いていくはずのそれが、煙のまま緩く渦を巻き、辺りに滞留していた。

「……これは…………？」

不思議そうな表情を浮かべながら、ウェンゼルはその煙に向かって枝を伸ばした。煙の中に入った瞬間、朧気《おぼろげ》だったそれが明確になる。そこはまるで煙の城の内側であった。大樹母海にあったオーロラの神殿同様、中には無数の聖水球がある。すでに中は空っぽだ。だが、火露の煙がその聖水球の中へと入ってきており、なんらかの魔法術式が起動していた。

『わかるか？』

「……火露を奪い、神を生む術式でしょう……」

生誕の秩序を持つウェンゼルは、一目でそう見抜いた。恐らくは、神の軍勢か。地上にも、地底にも、精霊界にも奴《やつ》らは侵攻している。ここから送り込んだというわけだ。

「いらっしゃい」

ウェンゼルが枝を手にしてそう告げると、伸びた枝の反対側が一気に縮まり、「うあぁぁぁあぁ……！」という悲鳴とともに、根っこごと転変神がすっ飛んできた。

「いったい、さっきから、なんだって言うのさ？　鼻歌ぐらい歌わせてよー」

ギェテナロスはそうぼやいたが、しかし目の前の聖水球を見て、目を丸くした。

「心して答えてください。ギェテナロス、これはどういうことですか？」

鋭く問《と》い質《ただ》されるが、転変神はただ呆然《ぼうぜん》と見つめるばかりだ。

「……どうして……こんなものが……ボクの樹冠天球に……？」

ギェテナロスが驚愕《きょうがく》の表情を浮かべる。

「あなたの仕業ではないのですか？」

「つまらない質問は嫌いさ。ボクは樹理四神だよぉ。樹理廻庭園の秩序を守りこそすれ、火露を奪う理由なんてどこにもない。それより、樹冠天球にこんなことができるのは、キミぐらいじゃないかい、ウェンゼル？」

ギェテナロスが疑いをかけるが、ウェンゼルはそれを軽く受け流した。

「わたくしにもこんなことをする理由はありません」

ウェンゼルは両手を広げ、魔力を発する。聖水球の水がみるみる彼女に吸い込まれ、次々と消えていった。

「魔王アノス。いったい、誰がこんなことをしたのですか？」

『さて。順当に考えればデルゾゲードとエーベラストアンゼッタを奪った奴《やつ》の仕業だとは思うが、まだわからぬ。ひとまず、ギェテナロスを連れて枯焉《こえん》砂漠へ来い。アナヘムとディルフレッドもそこにいる』

深層森羅はミーシャとサーシャが探っている。調べがつき次第、彼女たちも呼ぶとしよう。

「わかりました。それではただちに――」

言いかけて、ウェンゼルはなにかに気がついたように振り向いた。広大な室内の中央には、巨大な神の扉がある。開いているその扉の向こう側に、ウェンゼルはその神眼《め》を向けていた。

見えたのは、地上の空だ。

《破滅の太陽》サージエルドナーヴェが四割ほど欠けていた。思った以上に、日蝕《にっしょく》の進みが速い。少しずつこちらも真相に近づいているが、デルゾゲードとエーベラストアンゼッタに辿《たど》り着《つ》くにはまだ幾分か遠い。辿《たど》り着《つ》いたとて、一筋縄で二つの城を取り返せるとも限らぬ。

なにせ、俺とミーシャの目の前で奪われたのだからな。どうやら、ここはレイたちに時間を稼いでもらわねばなるまい。

§19.【円卓の議場】

ガイラディーテ、勇議会宮殿。

かつてのガイラディーテ王が住んでいた王宮を解体し、その跡地に建てられた議員たちの話し合いの場である。この宮殿に設けられた円卓の議場にて、様々な議論が行われ、アゼシオンの方針や方策が取り決められる。現ガイラディーテの政治の中枢だ。

しかし、新たな政治の仕組みである議会制への移行は未だ道半ばであり、その本丸である勇議会も十全に機能してはいなかった。

「――ですからっ、何度も申し上げているようにっ」

円卓の議場にて、エミリアは語調を激しくし、議員たちに訴えていた。

「《聖刻十八星《レイアカネッツ》》では《破滅の太陽》を封じられませんっ。勇者学院の人員と貴重な聖水を悪戯《いたずら》に消耗するだけですっ！」

彼女は《聖刻十八星《レイアカネッツ》》と《破滅の太陽》サージエルドナーヴェについて、懇切丁寧に説明をした。しかし、アゼシオンの意思決定を担《にな》う議員たちは、《破滅の太陽》を封殺するという方針を改めようとしないのだ。

「これはわたしだけではなく、勇者学院一同、また魔王学院のエールドメード先生や暴虐の魔王アノス・ヴォルディゴードも同じ見解です」

エミリアの言葉に対して、議員たちは思い思いの顔で皆考え込んでいる。

「しかしねえ、エミリア学院長」

議員の一人、シヴァルが言った。アゼシオン連合国の一つ、ルグランを治める王だ。いかにも腹に一物あるといった顔つきである。

「《破滅の太陽》が我々の手に余るほどの大魔法だというのはわかった。だからといって、アゼシオンを担《にな》う我らがなんの対策もせず、あれを放っておいても構わないというのかね？」

「《破滅の太陽》への対処は、すでにディルヘイドが進めています。アゼシオンの英雄、勇者カノンが先頭に立つのです。なんの不安があるというんですか？」

シヴァルがため息をつく。わかっていないという風に首を振るが、しかし、明確に反論しようともしなかった。

「ルグラン王。なにかおっしゃりたいことがあるなら――」

「かつての英雄――」

別の声がエミリアに向けられる。

「そう、かつての英雄、とおっしゃりたいのではないのかな、ルグラン王は」

そう口にしたのは、ポルトスを治める王、エンリケだ。

「確かに勇者カノンは神話の時代の英雄。民衆の信頼も厚い。しかし、我々は古いアゼシオンから脱却するために、この勇議会を立ち上げた。王の身分を捨てようとも国のため、あらゆる特権を廃止するために、ここにいるのだ。平等な社会を築くために」

理路整然とエンリケは言う。

「平等、公平の象徴たる勇議会が、かつての英雄だからと特別視するのはどうかと」

「力があると言っているんです。特別に扱えとは一言も言ってはいません。勇者カノンをもって、国に迫る脅威を打つ。それ以外の思惑はありません」

毅然《きぜん》とエミリアが言葉を放つと、もう一人の王、ネブラヒリエを治めるカテナスが言った。

「確か勇者カノンは、レイ・グランズドリィを名乗り、魔王学院に通っているとか？　ゆくゆくはディルヘイドのいずこかを治める魔皇になるのでしょうね？」

「今、それがなんの関係があるって言うんですか？」

エミリアが問うと、ネブラヒリエ王カテナスは穏やかに微笑《ほほえ》む。

「聡明《そうめい》なエミリア学院長ならおわかりなのでは？　この《破滅の太陽》撃滅作戦を勇者カノンに一任すれば、ディルヘイドに借りを作ることになります」

「ふーむ。そうすると後がいささか厄介ではあるな」

示し合わせたようにルグラン王シヴァルが言う。

「なにが厄介だと言うんですか？」

「まあまあ、エミリア学院長。気持ちはわかるが、そう熱くならずに」

窘《たしな》めるようにポルトス王エンリケが言った。

「わかっていませんよ。後があると信じて疑わないあなたたちに、わたしのなにがわかるって言うんですか。今、ここで、どんな手段を講じてでも、あの《破滅の太陽》を堕とさなければ、アゼシオンは地図から消えるかもしれないんですよ！」

ルグラン王シヴァルが、唸《うな》るようなため息を吐く。

「それは何度も聞いた。あの《破滅の太陽》が魔力を隠しているために、私どもには危機が察知できないというのも理解している」

「魔力を隠しているんじゃありませんっ！　魔力が強大すぎて、感じることができないんですっ」

「細かな違いはいい。要は魔力が見えないということだ」

エミリアは開いた口が塞がらない様子だ。魔力の隠蔽と、強大すぎて感じとれないのでは、状況がまるで違う。後者は感じとればそれだけで死にかねないということを意味する。

「アゼシオンが地図から消えるかもしれない。それぐらいの覚悟で、我々も臨むつもりでいる」

「……それぐらいの覚悟？」

心構えの話ではないと彼女は言いたげだった。

「お言葉ですが、お三方はあれだけ説明して、まだわからないんですか？」

「いやいや、わかっているよ。大変なことだ。そのために勇者学院による《聖刻十八星《レイアカネッツ》》をなんとしてでも成功させなければならない」

エミリアが奥歯をぐっと嚙《か》みしめる。さっきから、この堂々巡りなのだ。

「なにが不服かね、エミリア学院長。魔力が見えない。アゼシオンが地図から消えるほどの大規模魔法攻撃が行われる。勇者カノンを投入し、《破滅の太陽》を打ち破る。我々も譲歩して、君の説明と作戦を受け入れた。ディルヘイドに手を出すなとは言わん。こちらの《聖刻十八星《レイアカネッツ》》ぐらいは、呑《の》んでくれてもいいだろう？」

「……《聖刻十八星《レイアカネッツ》》が通用しなくてもいいってことなんですね……」

低い声で、エミリアが言う。話が嚙《か》み合《あ》わない理由を、ようやく理解したのだろう。つまりは身内でありながら、これまでは腹の探り合いだったわけだ。

「《聖刻十八星《レイアカネッツ》》が《破滅の太陽》を堕とすのに貢献したって、そう民に思わせれば満足ということですか？」

「言葉がすぎるぞ、エミリア学院長」

怒りをあらわにしたようにシヴァルは言った。

「綺麗事《きれいごと》だけでなにが救える？　張り子の虎とて必要だ。勇議会にはアゼシオンの民を守る力がない。そう思われれば、国は瓦解《がかい》する」

両手を組み、静かに彼は息を吐く。

「血は混ざっていますが、あなたは純粋な人間ではないですからね」

カテナスが小さく呟《つぶや》く。

「ネブラヒリエ王」

シヴァルが窘《たしな》めるような声を発した。

「君も言葉がすぎるのでは？　彼女は我らがアゼシオンのために尽力してくれている。立派な仲間、勇議会の一員として扱うべきだろう」

「これは失礼。申し訳ございません」

そう言って、カテナスはエミリアに頭を下げる。彼女が口を開くまで、頭を上げようとしなかった。

「……いえ。そんなことはどうでもいいんですよ……」

「あなたが寛大な人で助かりました」

カテナスは言う。

「無論、君の立場も理解はするがね」

婉曲《えんきょく》な言い回しで、シヴァルがエミリアに言った。

「わたしが、魔族だから――」

「諸君」

エミリアが口を開いた瞬間、それまで議論を静観していた会長のロイドが言った。

「一旦、休議しよう。再開は一時間後に」

それを聞くと、シヴァルたちは立ち上がり、円卓の議場を出ていく。俯《うつむ》き、立ちつくしたままのエミリアを心配そうに見ていた議員もいたが、ロイドに促され、その部屋を後にした。

「彼らの賛同を得ないことには、私とてどうにもならない」

ロイドが心苦しそうに言う。

「……わかっています……」

「君も休みなさい」

そう言い残し、ロイドは出ていった。

ルグラン王シヴァル、ポルトス王エンリケ、ネブラヒリエ王カテナス。広大な国土を有するこの三者が王権を捨て、一議員になると確約しているからこそ、勇議会には意義があり、発言力がある。率先して王の身分から退く者がいなければ、後が続かない。議会制への移行はただの絵空事で終わるだろう。

勇議会は腐敗したガイラディーテの政治を見かねて決起した。シヴァルも、エンリケも、カテナスもそうだ。理想の国を夢見て、集まってきた者たちばかりだが、やはり、それぞれ望む絵は違い、譲れぬものがある。

エミリアには、理想は遙《はる》か彼方《かなた》にあるように見えたのかもしれぬ。

「……皮肉な話ですよね……」

首につけた《思念の鐘》に、話しかけるようにエミリアは言う。

「……今度は人間じゃないって、差別されるわけですか……」

エミリアは窓の外を見つめた。《破滅の太陽》の日蝕《にっしょく》は、四割ほどまで進んでいる。

「中途半端《ちゅうとはんぱ》に血を混ぜるんなら、いっそ完全に人間にしてくれればよかったのに」

『魔族など放っておけと言われるかもしれぬぞ』

「…………え……？」

《思念の鐘》を通して聞こえてきたアノシュの声に、エミリアは驚く。

「アノシュ君……？」

『どの立場に立とうと、不都合はあるものだ』

エミリアとはエレオノールを経由して魔法線がつながっている。神界からでも、《思念の鐘》を持つ彼女にだけは、声を直接届けることができた。《思念の鐘》を渡した経緯上、魔王アノスとして話しかけるわけにはいかぬがな。

「もう……。また知ったようなことを言って」

僅かに彼女は顔を綻ばせる。

「今まで呼びかけても、全然応答しなかったのに……」

『すまぬな。少々たてこんでいた』

それを聞き、エミリアは表情を険しくした。

「……もしかして、アノシュ君まで神の軍勢の討伐にかり出されてるんですか……？　それとも、レイ君たちと一緒に《破滅の太陽》を……？」

『さて、どうなるかわからぬが、故郷を焼かれるのを見過ごすわけにはいかぬ。あれを止めるのは力あるものの責務だ』

俺の言葉に、エミリアは唇を噛《か》む。

「……わたしに、もっと力があればよかったんですが……」

『ないものを嘆いても仕方あるまい』

エミリアは黙り込む。

『お前にしかできぬこともあろう。その戦場で力を振るえ、エミリア』

《思念通信《リークス》》を切断すると、エミリアは「アノシュ君？」と呼びかける。

「……言いたいことだけ言って……」

彼女はため息を一つつく。だが、すぐに思い直したように顔を上げた。

「……悠長に話している余裕も、ないんでしょうね……ディルヘイドも……」

険しい表情のまま、エミリアは《飛行《フレス》》を使い、窓から外に出た。街の様子を見て回っているのか、その視界は上空からガイラディーテを観察しているようだ。しばらく飛んでいると、下から声が聞こえた。

「エミリア学院長ーっ！」

街で手を振っている人間たちがいた。エミリアはゆっくりと高度を下げ、彼らのもとへ降り立つ。すると、沢山の人々が彼女のもとへ集まってきた。

「ガイラディーテ付近に敵兵が現れたって聞いたけど、大丈夫だったか？」

「ええ。ディルヘイドから援軍が来てくれましたから、協力し、撃退しました。心配をおかけしました。ガイラディーテの防衛に問題はありません」

すると、人間たちは安堵《あんど》の表情を浮かべる。

「いやあ、よかったよかった。こんなところまで敵兵が迫ってるって聞いたときにゃ、どうなることかと」

「だから、言ったじゃねえか。エミリア学院長に任しときゃ、大丈夫だって。うちの息子も心配ねえって言ってたぜ」

「なあ。竜の群れが迫ってきたときも、エミリア学院長が撃退してくれたんだし、そこらの兵隊じゃ相手にならんだろ」

「ほんとにねえ。ディエゴ学院長のときはわけもわからない間に戦争になったりもしたけど、エミリア学院長はこうして街に顔を見せてくれるし、安心だわ」

「ああ、そうよ。あれ、訊《き》いてみたらどうかしら？」

「でも……余計なお世話じゃない？」

「なによっ。訊《き》くだけなら、ただじゃないの」

主婦らしき女性たちのやりとりに、エミリアは疑問を浮かべた。

「あの、なんの話でしょうか？」

「いやねえ。ほら、勇者学院の生徒さん方が、聖明湖で頑張ってくれてるでしょ。だから、なにか差し入れを持っていってあげたらって話してたのよ」

「お仕事中に悪いわよ。だって、あの不気味な太陽をどうにかする大魔法を使ってるところなんでしょ？　それにねえ、あたしらが作ったものなんかより、アルクランイスカの料理人《シェフ》がもっといいものを作るでしょうし」

「いいのよっ、育ち盛りなんだから、量があればっ！　ラオス君もハイネ君も、死ぬほど食べるわよ。ああ見えて、レドリアーノ君も」

「そうよねぇ！　ガイラディーテを守ってくれてるんだから、あたしたちにできることぐらいは、なにかしてあげなきゃっ」

「だからって、大魔法の邪魔しちゃ悪いわよ」

「こそっと渡してくればいいじゃないのっ。お腹《なか》が空いちゃ、力が出ないわよ」

なかなかどうして、知らぬ間にレドリアーノたちは主婦層の人気を得たようだな。なおも姦《かしま》しいやりとりを続ける彼女らに、エミリアは苦笑しながら言った。

「差し入れは助かりますよ。生徒の皆さんも、喜んでくれると思いますし」

「ほらっ、だから言ったじゃない！　決まりよっ！」

女性たちは嬉《うれ》しそうな顔をしていた。ガイラディーテの危機に立ち向かう若者たちに、なにかしてあげたかったのだろう。

「あの、エミリア学院長、それっ、お怪我《けが》をなさっているんじゃ？」

一人の女性が心配そうに言う。エミリアの服の袖が破れ、血が滲《にじ》んでいた。

「いえ、これぐらいは大したことありませんよ。放っておけば血も止まります」

「いや、そりゃいけねえ。大事な体だからな。俺に任せてくれ」

男がやってきて鞄《かばん》から薬瓶を取り出す。僅かだが、魔力が宿っている。その魔法薬に、彼は包帯をつけ込んでいる。手慣れているところを見ると、医師か薬屋なのだろう。

「回復魔法がありますから」

「いやいや、大事な魔力を使わせるわけにゃいかねえっ！　大丈夫だ。こう見えて、この傷薬は効くんだよ。ガイラディーテでも、一級品だからよ」

「ああ！　ゲッツのところの傷薬なら、安心だ！　顔はわりいが、腕は確かだからよ」

「顔は関係ねえだろうが！」

そう言いながら、ゲッツという男はエミリアの袖をハサミで切って、傷薬と包帯で手早く治療してくれている。エミリアにとっては、気づかずに会議をしていたほどのかすり傷だが、住民たちの勢いに押され、なすがままになっていた。

「しっかし、ありゃ、本当に不気味な太陽だよな。こんな恐ろしい日蝕《にっしょく》は見たことねえ」

「どうなっちまうんだかねぇ……？」

「また深き暗黒が来なきゃいいんだが……」

「なあに、心配はいらねえよ。ガイラディーテにゃ、エミリア学院長と勇者たちがいるんだからよ」

「ははっ、ちがいねえ」

エミリアは俯《うつむ》く。そんな彼女に、民の一人が言った。

「でも先生、無理だけはしねえでくださいよ。先生は毎日あっちこっちで仕事してて、いつ休んでんのかって、みんな心配してますから」

「ほんと、今、エミリア学院長に倒れられちゃ、ガイラディーテはおしまいだもんな。勇議会もなにやってんだか、わかんねえし」

「馬鹿っ、縁起でもねえこと言うんじゃねえって」

ますます俯《うつむ》き、エミリアはぐっと拳を握る。手の甲にこぼれ落ちた涙の雫《しずく》を、彼女は必死に隠した。

「大丈夫ですよ」

決意を固めて、エミリアは言う。

「ガイラディーテも、アゼシオンも、必ず守りますから」

§20.【淘汰神の正体】

枯焉《こえん》砂漠。

蜃気楼《しんきろう》の井戸深くに、俺とディルフレッドはいた。傍《かたわ》らには、アナヘムを納めた闇の棺《ひつぎ》が立てられており、オアシスではホロの子供たちがはしゃぎ回り、互いに水をかけ合っている。

「来訪したようだ」

ディルフレッドが言う。階段から、ウェンゼルが空を飛んでやってきた。彼女の後ろには、木の根に縛りつけられた転変神ギェテナロスがいた。ウェンゼルはギェテナロスを浮かせて運びながら、俺たちの前に着地した。

「お待たせいたしました。アノス、ディルフレッド」

「久方ぶりだ、ウェンゼル」

ディルフレッドが言うと、ウェンゼルは薄く微笑《ほほえ》んだ。

「ええ。あなたも健勝そうでなによりです」

「否。思索にふけり、混迷するばかりだ」

ディルフレッドはホロの子供たちに視線をやる。彼らを見て、ウェンゼルはやはり驚いたような表情を浮かべた。

「枯焉《こえん》砂漠の火露と引き換えに、生誕している」

ウェンゼルは視線を険しくし、じっと考え込む。

「……なぜ、樹理廻庭園にこのようなことが……？　樹冠天球でも、似たようなことが起きています。火露が奪われ、代わりに神の軍勢が」

「エレオノールが調べたところ、お前の大樹母海でもそうだ」

俺が告げれば、ウェンゼルが目を丸くした。

「……淘汰神の仕業なのでしょうか……？」

「まあ、待て。そろそろ来る頃だ」

そう口にすると、ちょうど階段から二人の少女が飛んできた。サーシャとミーシャだ。彼女たちは、俺の傍《かたわ》らに着地する。

「二人には、深層森羅を探らせていた。枯焉《こえん》砂漠、大樹母海、樹冠天球。ダ・ク・カダーテの内、三つの神域に火露を奪う場所があった。深層森羅にもなにかありそうなものだが？」

「否。深層森羅の深淵《しんえん》は、私が常に覗《のぞ》いている。たとえ、この神眼《めが》到達しない場が存在しようと、思考が異物を発見するだろう」

生真面目な口調で、ディルフレッドが言う。俺がミーシャたちに視線を向けると、二人はうなずいた。

「ディルフレッドの言う通り、深層森羅にはなにもなかったわ」

「どうかなー？　見つからなかっただけって可能性もあるんじゃないかい？」

軽々しく転変神ギェテナロスが言葉を放った。ミーシャは首を左右に振る。

「ぜんぶ探した」

「……つまり、深層森羅にだけは火露を奪う仕組みを作れなかった、ということでしょうか？」

ウェンゼルの問いに、俺はうなずく。

「樹冠天球にて開花神ラウゼルを襲い、神々を殺した者と、火露を奪い、ダ・ク・カダーテの秩序を乱している者は、恐らく同一人物だろう。秩序を乱す要因がこの神々の蒼穹《そうきゅう》にて、偶然二つも同時に発生するとは考え難《がた》い」

《羈束首輪夢現《ネドネリアズ》》に魔力を送り、アナヘムの夢とこの現実をつないでやる。闇の棺《ひつぎ》の小窓が開き、奴《やつ》は目を開けた。

「神々の蒼穹《そうきゅう》で、火露に干渉できる神は樹理四神のみ」

終焉神アナヘム、転変神ギェテナロス、深化神ディルフレッド、生誕神ウェンゼルへ俺は視線を向け、言った。

「つまり、ダ・ク・カダーテの火露を奪い、樹冠天球の神々を滅ぼした淘汰神は、この中にいる」

沈黙がその場を襲う。ただホロの子供たちの無邪気な声だけが、緊張感なく響いていた。

「それならさー」

最初に口火を切ったのは、ギェテナロスだ。

「ディルフレッドが怪しいんじゃないかなー？　どうして、深層森羅にだけ、火露を奪う仕組みがないのさ。自分の神域にだけ、火露を奪う魔法を構築しなかったんじゃないかい？」

転変神は風のように軽い言葉を放つ。

「疑われないように、わざと作らなかったとか？」

「否。私が淘汰神だとすれば、この枯焉《こえん》砂漠にて火露を奪う魔法を使ったと推察される」

固い口調で、ディルフレッドは反論した。

「されど、終焉《しゅうえん》は深化を克す。この深化神ディルフレッドの秩序は、枯焉《こえん》砂漠の火露に干渉することが難しい。万が一それができたとして、すぐさまアナヘムに察知されよう」

ディルフレッドは、ホロの子を生むオアシスを振り向く。それを作ることは、深化神の秩序では不可能と言いたいのだ。

「まー、確かにそうかもね。じゃ、やっぱりキミかな、生誕神？　ボクの最初の予想通り、キミが淘汰神を生んだぁ」

「生誕神に、神を殺す神を生むことは可能だ」

ディルフレッドが言うと、ギェテナロスはケラケラと笑った。

「ほら一」

「だが、それほど秩序を逸脱するならば、火露の力を行使する必要がある。彼女が樹理廻庭園から去る前、火露の流量に変化はなかった」

「長らくダ・ク・カダーテを留守にしていた生誕神に、淘汰神を生むことはできなかったというわけだ」

生誕神ウェンゼルに、樹冠天球にいた神々を滅ぼすことはできなかった。俺たちと一緒にダ・ク・カダーテへ来た彼女が、火露を奪う魔法を仕掛けられるとも思えぬ。彼女もやはり淘汰神とは考え難《がた》い。

俺は続けて言った。

「またアナヘムも淘汰神ではない。樹冠天球でも火露が奪われていた以上、奴《やつ》にそれを行うのは不可能だ。転変は終焉《しゅうえん》を凌駕《りょうが》するのだからな」

そもそも終焉《しゅうえん》を司《つかさど》るアナヘムの秩序で、ホロの子供や神の軍勢を生めるとは考え難《がた》い。自らの枯焉《こえん》砂漠ではやりようがあるかもしれぬが、他の神域では不可能だろう。ましてや、相性の悪い樹冠天球では尚更《なおさら》だ。奴《やつ》が直情的な性格なのも、淘汰神であることを否定する要因となる。

「へー？　じゃ、誰が淘汰神なのさ？」

「お前はどうだ、転変神？」

「ボクが？　まさかー。なんだって、そんな面倒なことをしなきゃいけないのさ」

ギエテナロスは軽々しく否定した。

「自らの神域に、火露を奪う魔法を仕掛けるのは容易《たやす》い。お前は樹冠天球に、それを作ることができた。自らの魔力を生誕の秩序に転変させてな」

「もちろんできるさ。やらないけどねー」

特に動じず、ギエテナロスは言った。

「大樹母海にも火露を奪う仕掛けがあった。生誕は転変を超える。あの海ではお前の秩序は役に立たないが、神域の主である生誕神ウェンゼルは長らく不在だった。その状況ならば、お前は魔力を深化の秩序に転変させることにより、大樹母海に神の軍勢を生む魔法を構築することが可能だった」

深化は生誕に優《まさ》る。ディルフレッドの秩序ならば、大樹母海に干渉するのは容易《たやす》い。

「そうかもしれないねー」

どこ吹く風でギェテナロスは声を発する。俺は説明を続けた。

「転変は終焉《しゅうえん》を凌駕《りょうが》する。同じようにお前は、この枯焉《こえん》砂漠に火露を奪う魔法の仕掛けを作ることができた。転変神の秩序により、火露は転変し、ホロという名の人間が生まれた」

ディルフレッド、アナヘム、ウェンゼルの神眼《め》が、転変神ギェテナロスに集中する。

「だが、常に深層森羅の深淵《しんえん》を覗《のぞ》き続ける深化神ディルフレッドの神眼《め》と思考を欺くことだけはできなかった」

終焉神の秩序に転変させようとも、ディルフレッドの思考は異変を察知する。

「だから、深層森羅でだけは火露が奪われてないって？　ボクがやったって言うのかい？　火露を奪って人間の子供を作って、神の軍勢を生む？　なんのためにさ？」

「さてな。だが馬鹿でもわかるぞ。樹冠天球、大樹母海、枯焉《こえん》砂漠、この三つの神域に、火露を奪う仕掛けを作ることができた神は、転変神ギェテナロスをおいて他にはおらぬ」

俺は転変神ギェテナロスがいる方向を、明確に指さした。

「ゆえに、お前が淘汰神だ」

先程まで笑っていたギェテナロスが、鋭い神眼《め》で睨《にら》みを利《き》かせてくる。その体には、風のような魔力が溢《あふ》れかえった。

俺は言う。

「──ヴェイド」

目を丸くし、転変神は後ろを振り向く。俺が指さした方向、彼の真後ろに、ホロの子、ヴェイドはいた。彼はきょとんとした表情で、こちらを見ている。

「どういうことだい？」

ギェテナロスが訊《き》く。

「馬鹿でもわかると言ったはずだ。三つの神域に火露を奪う仕掛けを作れたのはお前だけ。淘汰神を名乗り、正体を隠しておいて、こんなにもあからさまな形跡を残すとは思えぬ。考えられることは二つ。お前が馬鹿なのか、それともお前をハメようとした者がいるのか」

「なるほど。そこまでの馬鹿ではないと判断したか」

ディルフレッドが言う。

「私もその見解には同意しておこう」

ギェテナロスが渋い表情を浮かべた。そこまでの馬鹿ではない、という表現が気に入らなかったのだろう。

「ギェテナロスをハメようとした者がいるのだとすれば、そいつこそが神域に火露を奪う仕掛けを作った犯人──淘汰神だろう。しかし、神々の蒼穹《そうきゅう》では樹理四神以外は火露に干渉できぬ」

ゆるりと歩を進ませ、俺はヴェイドに近づいていく。

「神ならば、な」

樹理四神とサーシャ、ミーシャの視線がヴェイドに注がれる。

「人間であれば、なんの関係もない。火露に干渉することも、神を殺すこととて可能だ。秩序に従う必要などないのだからな」

俺は足を止める。数メートルの距離に、ヴェイドは立っている。なぜ神を殺したのか？　なぜ火露を奪うのか？　破壊と創造を等しくしても、滅びに近づく世界。そして、俺の根源に直接響く、ノイズ交じりの声。すべてが一本の線につながり始めている。恐らく、この神々の蒼《そう》穹《きゅう》にはずっと隠されてきたものがある。創造神ミリティアにも、樹理四神にも、いずれの神にも気がつかれず、隠蔽し続けられてきた。はじまりの日より、今日にいたるまで。いや、恐らくは、もっとずっと以前から――

「秩序の枠から外れた存在。お前は不適合者だな、ヴェイド」

俺の問いに、彼は笑った。

瞬間、根源の奥底からノイズが響く。

――違う。

「違うぜ、オジサン」

ノイズ交じりの不快な声とともに、ホロの少年――ヴェイドは言った。

「オレは――」

――適合者。

「適合者だ」

ヴェイドは生意気な笑みを浮かべた。

§21. 【適合者】

「ふむ。では、その適合者とやらに問おう」

ヴェイドは表情を崩さず、俺の視線を真っ向から受け止めている。企てがバレたからといって、変貌するような素振りも見せぬ。

出会ったときと同じく、子供のように無邪気な態度だ。

「お前の目的はなんだ？」

「決まってるだろ。淘汰《とうた》だぜ、不適合者のオジサン」

小生意気な口調で、ヴェイドは言う。

「世界に適合しないものは淘汰《とうた》されんだ。オレたちホロは、不適当なものが淘汰《とうた》されていった後、最後に残る選ばれし子供たちなんだ」

堂々と自慢するように奴《やつ》は胸を張り、拳を握った。

「外の世界には沢山、劣等種がいるんだろ？　だから、オレは早く外へ行きたいんだ」

「行ってどうする？」

「そりゃもちろん、弱っちい人間を淘汰《とうた》して、地底の陰険な竜人を淘汰《とうた》して、最後にオジサンの仲間の魔族を淘汰《とうた》するんだ。そんでもって、オレは世界の頂点に君臨するんだぜ。スッゲェだろ」

残酷なほど無邪気に、ヴェイドは言った。淘汰《とうた》するという言葉の意味が、わかっていないかのように。

「面白いことを言う。それで？　その戯言《たわごと》を誰から吹き込まれた？」

「それぐらい、生まれたときから知ってるぜ。オレは、この世界の適合者として生まれたんだかんなっ！」

子供らしく楽しげに、ヴェイドは大きく両腕を広げた。

「オジサンが言った通り、火露を奪ったのはオレだ。神を殺したのもオレだ」

「……なんのために？」

ミーシャが悲しげに問う。ヴェイドはへへっと笑った。

「創造神ミリティア、だったよな、オマエ？」

ミーシャの瞬《まばた》きを肯定と受け取ったか、ヴェイドは得意気に話を続けた。

「教えてやろうか？　生命は循環しないって言うけどな、そんなのは当たり前だぜ。だって、生命は淘汰《とうた》されるんだ。火露の流量が減ったのも、神が滅ぼされたのも、そうなんだ。適合された一握りの者だけが生き残る。神だろうとなんだろうとな。それが世界ってもんだぜ」

「それは間違い」

短くミーシャは反論した。

「じゃ、なんでオレが生まれたんだ？　不適合者のオジサンさんが、必死こいてくだらない平和を守って、滅ぶべき命が滅ばなかったからだろ？　おかげで秩序が乱れ、神界にオレが生まれたんだ。軟弱な奴《やつ》らは、さっさと淘汰《とうた》しろってな」

「ほう。それでデルゾゲードとエーベラストアンゼッタを奪ったのか？」

「ああ、そうだぜ。サージエルドナーヴェの《終滅《しゅうめつ》の日蝕《にっしょく》》で、人々は淘汰《とうた》されんだ。生き残った奴《やつ》だけは、オレの下僕にしてやってもいいぜ」

《終滅の日蝕《にっしょく》》か。今、地上で進んでいるサージエルドナーヴェの皆既日蝕《にっしょく》のことだろう。

「ふざけないで」

ぴしゃり、とサーシャが鋭い声を発した。

「さっさとデルゾゲードを返しなさい。痛い目を見る前にね」

「やってみろよ、ババア。オレを滅ぼしたら、一生デルゾゲードの在処《ありか》はわかんねえぞ？　地上は全滅だぜ？」

一瞬、サーシャが怯《ひる》む。その瞬間、ヴェイドは魔法陣を描いた。

「ビビッてやんの。淘汰《とうた》すっぞ」

風が渦を巻く。

「《淘汰暴風雷雪雨《イッエルト・ジシエンド》》」

暴風が纏《まと》うは雷雨と雪。まさしく嵐の如《ごと》き魔法波が、淘汰《とうた》せんとばかりにサーシャに襲いかかる。

「このっ……！」

《破滅の魔眼》でそれを凝視するも、しかし、《淘汰暴風雷雪雨《イツエルト・ジシエンド》》は消えない。ミーシャが《創造建築《アイリス》》にて氷の盾を作るも、それさえも容易《たやす》く貫通した。

ミーシャとサーシャは飛《と》び退《の》いて、その淘汰《とうた》の暴嵐《ぼうらん》から身をかわす。けたたましい音を響かせながら、この井戸の内壁が抉《えぐ》り取《と》られた。いったいどこまで削り取ったか、空けられた穴は延々と終わりがなく続いている。

「動くな、小僧」

低い声が響く。ヴェイドの首に突きつけられているのは枯焉刀グゼラミだ。終焉神アナヘムが、《永劫死殺闇棺《ベヘリウス》》から脱出し、そこに立っていた。

「失礼。火急の事態につき、終焉神を解放した」

深化神ディルフレッドが言う。彼は手に、螺旋《らせん》を描く杖《つえ》——深化考杖ボストゥムを手にしている。それを使い、《永劫死殺闇棺《ベヘリウス》》を破ったのだ。

鉄壁を誇る闇の棺《ひつぎ》をこうも容易《たやす》く破壊するとは、並の力ではない。いや、力というよりも、神眼《め》か。その《深奥《しんおう》の神眼》にて、《永劫死殺闇棺《ベヘリウス》》の深淵《しんえん》を覗《のぞ》き、急所を見抜いたといったところだろう。

「キミさ。淘汰《とうた》だかなんだか好き勝手に言ってるけどねー。適合者なんて、ボクたちは聞いたことがないのさ」

転変神笛イディードロエンドから、曲が奏《かな》でられる。ギェテナロスも生誕神の木の根から解放されており、ヴェイドに敵意を向けていた。

「なんであれ、火露を奪う者は秩序に背く存在。神々の敵以外の何者でもありません」

生誕命盾アヴロヘリアンを携え、ウェンゼルもホロの少年に対峙《たいじ》した。

「オマエたち、バッカだよな」

自身を取り囲む四名の神を見て、ヴェイドは笑った。彼の目の前に魔法陣が描かれる。

「オマエたち秩序は、適合者《オレ》を生むための存在にすぎないんだぜ？」

瞬間、アナヘムの背後に闇の棺《ひつぎ》が現れる。俺が教えた、《永劫死殺闇棺《ベヘリウス》》だ。

「愚か者めが。不適合者でさえ搦《から》め手《て》を使ったのだ。このアナヘムに真正面から、こんな魔法が通じ――」

蓋が閉まる前ならば、《永劫死殺闇棺《ベヘリウス》》を破るのは比較的容易だ。一度閉じ込められたことで、それを見抜いた終焉神アナヘムは、その膂力《りょりょく》と魔力にて闇の棺《ひつぎ》を粉砕しようとした。

だが、できなかった。彼はその力を封じられたように動きを止め、瞬《またた》く間に《永劫死殺闇棺《ベヘリウス》》に飲み込まれた。

「……な………!?」

棺《ひつぎ》の蓋が閉ざされ、再びアナヘムは永劫《えいごう》の死の呪いを受ける。

「へへー。ってことは、さっき教えてもらった魔法だけど、もうオレの方が上手になっちゃったのか。オレって、スッゲェ！」

ヴェイドは得意満面で言う。警戒するようにディルフレッド、ギェテナロス、ウェンゼルが身構えた。

「こういうの、青は藍より出《い》でて藍より青しって言うんだっけ？」

小生意気な顔が、俺を振り向く。

「な、不適合者のオジサンは世界一強いんだろ？　世界一強いオジサンの魔法を、生まれたばかりのオレがもう超えちゃったってことは、オレが成長したら、どんだけスッゲェのかって話じゃんな？」

ヴェイドがすっと手を上げれば、そこに火の粉がまとわりつく。火露の火だ。

「ま、でもなー、オレはまだ子供だからなー。不適合者のオジサンでも、成長する前の適合者にはぎり勝てっだろうし、こりゃピンチだぜ」

どこからともなく、火露の風が吹いてきて、彼を優しく包み込んだ。その風に、火露の葉が舞っており、葉には火露の雫《しずく》が乗っている。火、雫《しずく》、風、葉。すべての火露が、ヴェイドの体に吸収されていく。

「な、なにっ、急に？」

頭上からパラパラと砂が落ちてきたかと思えば、突如、天井が崩れ、崩落した。いや、天井だけではない。足場も、壁も、なにもかもが崩れ始めている。

サーシャが辺りに魔眼《めえ》を向ける。

「……枯焉《こえん》砂漠が、崩壊してる……」

ミーシャが呟《つぶや》く。

「……火露を奪われて、神域を維持できない……」

ヘッヘー、とヴェイドの笑い声が響いた。

「枯焉《こえん》砂漠だけじゃないぜ。樹冠天球も、大樹母海も、深層森羅もだ。必要な分の火露がようやく集まったんだ」

火の粉と風と木の葉と雫《しずく》、それらに覆い隠されたヴェイドの姿が、次第にあらわになり始めた。長い赤髪。高い上背。がっしりとした体軀《たいく》。王を彷彿《ほうふつ》させる豪奢《ごうしゃ》な装束を身につけ、二〇歳相当にまで成長したヴェイドがそこにいた。

「ジャッジャーンッ！　ピンチ脱出！　残念だったな、オジサン。成長しちゃったぜ！　これでオジサンの唯一の勝ち目は、なくなっちまったな」

大きくなった体を確かめるようにヴェイドは指を動かし、腕を回し、それから、ウェンゼルたちを見た。

「もうオマエたち、樹理四神は用済みだぜぇ。このダ・ク・カダーテと一緒に、淘汰《とうた》してやんよ」

刹那、ヴェイドに向かって小さな棘《とげ》が飛来した。

「おっと」

奴《やつ》はそれを二本の指先で難なくつかむ。ディルフレッドの深淵草棘だ。

「貴君を滅ぼせば、樹理廻庭園の秩序は回復する」

深化神が言う。

「簡単な話さー。火露が奪われたんなら、取り戻せばいい」

転変神がそう続く。

「なに言ってんだ、オマエら。樹理四神の中で一番強いのはアナヘムだろ？」

人を食ったような表情でヴェイドは言う。それに対して、生誕神ウェンゼルは穏やかに返答した。

「単体では、そうかもしれませんね」

転変神、生誕神、深化神の体から神々《こうごう》しい魔力が噴出する。それを迎え撃つが如《ごと》く、ヴェイドは悠然と構え、嵐の如《ごと》き魔力を発した。

「来な。樹理四神と不適合者とその配下、全員まとめて淘汰《とうた》してやるぜ。この適合者のヴェイド様がな」

サーシャが《破滅の魔眼》を、ミーシャが《創造の魔眼》を浮かべる。全員の魔力が勢いよく立ち上り、井戸を満たす。まさに一触即発であった。

「ふむ。盛り上がっているところ悪いが」

俺の言葉に、その場の魔力が一瞬揺れた。全員がこちらに意識を傾けたのだ。

「使いっ走りを倒したところで、ダ・ク・カダーテの崩壊は免《まぬが》れまい。そいつの目的はただの時間稼ぎだ」

ディルフレッドたちが、俺に視線を向ける。

「誰が使いっ走りだって、オジサン？」

「使いっ走りでなければ、飼い犬か？　適合者だの不適合者だの言うが、黒幕はその枠組みを作った奴《やつ》だろうに」

俺の言葉に、ヴェイドは小生意気な顔を向けるばかりだ。

「お前は火露を奪い始めた。俺がこの神々の蒼穹《そうきゅう》を訪れた頃にな。なぜもっと早く奪わなかった？」

「なぜもなにも、オレは生まれてなかったんだぜ？」

「違うな。お前は急遽《きゅうきょ》、作られたのだ。俺の目を欺くためにな」

　その場の空気が、疑問に染まる。素早く口を開いたのはディルフレッドだった。

「なにかを隠蔽するのが目的か？」

「ああ、そうだ。木を隠すなら森、人を隠すなら街、ではお前が隠そうとしたのはなんだ、ヴエイド？」

　瞬《まばた》きを二度した後、ミーシャがはっとしたように呟《つぶや》いた。

「消えた火露」

「そう。火露は最初から奪われていたのだ。破壊と創造の秩序は等しい。整合はとれているにもかかわらず、世界ではいつも必ず破壊の方が大きい。このダ・ク・カダーテでは、樹理四神に気がつかれることなく、少しずつ火露が盗まれていた」

　恐らく、樹理四神にはそれを見抜くことができぬ。創造神ミリティアも破壊神アベルニユーも、神族はその秩序ゆえに、気がつくことができないのだ。

「俺がダ・ク・カダーテに来れば、否《いや》が応《おう》でも気がつくだろう。それを避けるため、突然、火露を奪い始めたというわけだ」

　ゆるりと指先を天へ向け、俺は言った。

「お前が隠しているのは他でもない、この世界が滅びへ向かう元凶だ」

§22.【深淵《しんえん》のその底へと】

砂塵《さじん》が舞い、蜃気楼《しんきろう》の井戸が崩落していく。火露を奪われ、枯焉《こえん》砂漠が終わりを迎えようとする中、ヴェイドはニヤリと生意気な笑みを覗《のぞ》かせる。

「外れだぜ、不適合者のオジサン。オレは使いっ走りでも、飼い犬でもないからな」

すっと、ヴェイドは手の平をかざし、目の前に魔法陣を描く。火露を吸収した体からは、神族をも超えるほどの強大な魔力が発せられた。

「この世界に君臨する、適合者ヴェイド様だ！」

暴風が纏《まと》うは雷雨と雪。《淘汰暴風雷雪雨《イッエルト・ジシエンド》》が吹《ふ》き荒《すさ》び、まっすぐ俺へ向かった。それを迎え撃つべく、魔眼に魔法陣が浮かべたそのとき、雷の如《ごと》く激しい笛の音が鳴り響いた。

「空は移り気、心模様」

雷鳴が響き渡り、《淘汰暴風雷雪雨《イッエルト・ジシエンド》》を蒼《あお》い稲妻が迎え撃つ。

「歌おう。詠《うた》おう。ああ、謡《うた》おう。それはそれは風のように、ときに青天の霹靂《へきれき》のように。転変神笛イディードロエンド」

転変神ギェテナロスがその権能にて笛の音を稲妻に変え、淘汰《とうた》の暴風を阻《はば》んでいる。蒼《あお》い稲妻と荒れ狂う嵐の衝突は、ジジジジジッとけたたましい音を響かせながら、崩れかけていた井戸を、更に砂塵《さじん》へ変えていく。

「ちゃっちぃ雷。そんなんで勝てるつもりかよ？」

ヴェイドがぐっと虚空《こくう》をつかむように魔力を込めれば、暴風が更に勢いを増し、蒼《あお》い稲妻を呑《の》み込《こ》んでいく。

「ハッハーッ！　スゲェだろ！　このヴェイド様が淘汰《とうた》すっぞっ、雑魚《ざこ》が！」

「転変した根源は、やがて生誕を迎えます――」

穏やかな声が響く。

「――その始まりの一滴が、やがて池となり、母なる海となるでしょう。優しい我が子、起きてちょうだい。生誕命盾アヴロヘリアン」

生誕神ウェンゼルは、紺碧《こんぺき》の盾を掲げる。淡い光が、ギェテナロスの放った稲妻を包み込んだかと思えば、それが巨人の姿へと変わっていく。雷巨人は向かってくる《淘汰暴風雷雪雨《イツエルト・ジシエンド》》をその両腕で押さえ込んだ。

「力比べか？　木偶《でく》の坊《ぼう》に負けるかってのっ！」

ヴェイドが片手を勢いよく突き出せば、暴風がますます荒れ狂い、雷巨人を暴雪にて凍らせ、そして暴風にて切り裂いていく。そうしながらも、奴《やつ》の視線は絶えず俺を警戒していた。

「生誕後、根源は更なる深化を遂げる――」

手にした杖《つえ》に、黙禱《もくとう》を捧《ささ》げるように深化神ディルフレッドは言う。

「螺旋《らせん》の森に旅人ぞ知る……この葉は深き迷いと浅き悟り……。底知れぬ、底知れぬ、貴君は未だ底知れぬ。螺旋《らせん》の旅人永久《とこしえ》に、沈みゆくは思考の果てか。ついぞ及ばぬ、迷宮然り。深化考杖ボストゥム」

雷巨人の左胸に、赤い木の葉が出現する。それが心臓を模したか、巨人の隅々にまで赤い魔力を送り込む。遙《はる》かに深化した巨人が、《淘汰暴風雷雪雨《イツエルト・ジシエンド》》をぐっとわしづかみにして、猛然と押し返した。

「螺旋穿《らせんうが》つは、深淵《しんえん》の棘《とげ》」

ディルフレッドが静かに言う。彼が放った深淵草棘が、《永劫死殺闇棺《ベヘリウス》》に突き刺さっていた。まさに針の穴に通すが如《ごと》く、術式の急所を正確に穿《うが》ち、闇の棺《ひつぎ》がバラバラと分解された。

中から勢いよく飛び出した終焉神アナヘムが、ヴェイドに迫る。振り下ろされた枯焉刀グゼラミにヴェイドは右手を貫かせて、アナヘムの手をつかみ、封じた。

「魔王アノス」

ディルフレッドが言った。

「このホロの子は、私たち樹理四神が押さえる。貴君は火露を奪う元凶のもとへ。貴君に頼むのは筋違いではあるが……されど、懇願しよう。どうか、このダ・ク・カダーテを、秩序を守ってほしい」

深化考杖を手に、《深奥《しんおう》の神眼》を浮かべながら、深化神ディルフレッドは言った。

「……私には見えなかった深淵《しんえん》の底が、貴君には見えたのだろう……」

ディルフレッドにも、大凡《おおよそ》のことがわかったのだろう。神族である彼には、決してそこに辿《たど》り着《つ》けぬということも。

「ふむ。こいつの相手はお前たちの手に余るかもしれぬぞ」

「抜かせ、不適合者めが。このアナヘムに滅びはない。逆に終焉《しゅうえん》に没してくれるわ」

行け、と言わんばかりにアナヘムは砂塵《さじん》のような魔力を全身に纏《まと》わせ、ヴェイドに枯焉刀を突きつけていく。

「不適合者のキミに頼むっていうのは癪《しやく》な話さ？　だけど、どうやら、今はそんなことに構ってる場合じゃなさそうだからねー」

ギェテナロスの周囲に、翠緑《すいりよく》の風が集う。彼は神の笛を口元に運び、風を注ぎ込《こ》むようにしながら、それを吹き鳴らした。瞬間、雷巨人から赤と蒼《あお》の雷が放出され、崩れかけていた井戸が完全に崩落した。

砂塵《さじん》が舞い散る空間に、俺たちは身を投げ出される。

「行ってください、魔王アノス。このダ・ク・カダーテが滅びる前に！」

ウェンゼルが叫んだ。

「この一件が落着したならば、お前たちとの決着をつけねばならぬ」

全身から魔力を放出し、《飛行《フレス》》の魔法陣を描きながら、俺は言った。

「一つ約束せよ。人と神の今後について、議論を戦わせると」

「承伏した」

生真面目な顔で、ディルフレッドがそう答える。

「行くぞ」

サーシャたちに声をかけ、《飛行《フレス》》の魔法陣に魔力を込める。その最中、ミーシャは生誕神の方を向いた。

「ウェンゼル」

ミーシャの声に、彼女は優しい表情で応じる。

「ミリティア。ようやく、わたくしたち樹理四神はあなたとともに」

こくりとミーシャはうなずいた。

「生きて」

「――なあ、オジサンたち」

ヴェイドがきょとんとした顔を浮かべ、魔法陣を軽く握り締める。

「さっきからなに言ってるんだ？」

《淘汰暴風雷雪雨《イツェルト・ジシエンド》》が激しく渦巻き、雷巨人を軽く捻《ひね》るように弾《はじ》き飛《と》ばした。

「オラよっとっ！」

アナヘムを足蹴にして、ヴェイドは飛《と》び退《の》く。

「逃さん――」

「バーカッ！　後ろ見ろよ」

すっ飛んできたその雷巨人がアナヘムを背後から襲い、押し潰した。

「ハッハーッ！　逃げられると思ってんのか？　適合者のヴェイド様だぜっ！」

《飛行《フレス》》にて、奴《やつ》はまっすぐ俺のもとへ飛び込んでくる。不気味な声が辺りに響いた。グゼラミの鳴き声が。

「あがけどもあがけども、うぬらが築くは砂上の楼閣」

音が反響し、砂塵《さじん》がヴェイドの周囲に渦巻く。俺と奴《やつ》を隔てるように、いくつもの砂の塔がそこに出現していた。

「深化した根源は、終焉《しゅうえん》に没す。グゼラミの一鳴きに、すべては崩れ、枯れ落ちる」

枯焉刀グゼラミが雷巨人を突き刺していた。転変から生誕、生誕から深化、そして終焉《しゅうえん》に至るとばかりに、循環するその力をアナヘムは束ね上げる。その炎刃が塔に見紛《みまが》うほど巨大化し、煌々《こうこう》と燃え盛っていた。

「砂上の楼閣崩れゆき、グゼラミ鳴くは、終焉《しゅうえん》の跡」

詠《うた》うように、アナヘムが言う。

「たとえ、擦り傷一つとて、抵抗空《むな》しく幕ぞ引け」

不気味な鳴き声が響き、砂の楼閣が激しく揺れる。

「埋没枯焉《こえん》――終刀《しゅうとう》グゼラミ」

巨大化したグゼラミが、ヴェイドを閉じ込めた塔に振り下ろされる。終焉《しゅうえん》を彷彿《ほうふつ》するが如《ごと》く、砂上の楼閣が砂に変わって崩れゆく。

「行けいっ！」

魔力を一気に解放し、俺たちは光の矢の如《ごと》く上昇した。崩落する砂を逆行し、砂塵《さじん》の天井を突き破って井戸を抜ければ、そこは変わり果てた枯焉砂漠だった。

大地には無数の亀裂が入り、割れている。底が見えぬほど穴は深く、砂が滝のように流れ落ちる。穴はどんどん広がっており、こうしている間にも、新たな亀裂が増えていた。火露を失い、秩序を失い、枯焉砂漠が終わりを迎えようとしているのだ。

「またずいぶんと手酷《てひど》くやられたものだ。ダ・ク・カダーテは秩序の根幹。ここが滅べば、神々の蒼穹《そうきゅう》もどうなるかわからぬな」

「って、そんな悠長に言ってる場合っ!?　世界の滅びの元凶があるのはわかったけど、それがどこにあるのか探さなきゃいけないんでしょっ？」

サーシャが慌てたように言う。ミーシャはその魔眼《め》で、枯焉《こえん》砂漠を見つめていた。

「時間がない」

「なに、考えればわかることだ。お前は言ったな、世界の魔力総量が減り続けている、と」

枯焉《こえん》砂漠を飛びながら、俺は言う。隣でミーシャがこくりとうなずいた。

「破壊と創造の秩序は等しい。にもかかわらず、破壊された分だけ、創造されぬというのなら、どこかで魔力が奪われている可能性がある。このダ・ク・カダーテの秩序に言い替えれば、火露がな」

視線を巡らし、俺は砂丘にあるものを見つけた。木々が映し出された蜃気楼《しんきろう》である。ディルフレッドの神域、深層森羅への入り口だ。青々としていた火露の葉や大きな木々が、今にも枯れようとしていた。その神域もまた、終わろうとしているのだろう。俺はかろうじて残っていた足場に降り立った。

「はじまりの日より、火露は奪われ続けてきた。樹理四神も創造神ミリティアも、火露が減っていることに気がつかなかった。それは神族が秩序であるがゆえの盲点だ」

蜃気楼《しんきろう》の前に立ち、俺は滅紫に染まった魔眼《め》でその深淵《しんえん》を覗《のぞ》く。

「生命は生誕し、深化していき、やがて終焉《しゅうえん》に至り、転変を迎える。神族に悟られず、魔力を奪うならいつだ？」

ぱちぱちとミーシャは瞬《まばた》きをして、サーシャは考え込むように視線を険しくした。生誕、深化、終焉《しゅうえん》、転変、そのいずれのときに魔力を奪おうと、それぞれを司《つかさど》る樹理四神が気がつかぬはずもない。どう考えても、魔力が減れば帳尻が合わぬ。

だが――

「ダ・ク・カダーテには、樹理四神の神眼《め》が及ばぬ領域がある」

一歩足を踏み出し、俺は蜃気楼《しんきろう》に手を入れた。

「灯滅せんとして光を増し、その光を持ちて灯滅を克す」

あっ……とサーシャが口を開いた。

「滅びへ近づく根源は、魔力を増すからっ……？」

俺はうなずく。

「どれだけ魔力が増えるのか、滅びゆく当人には知る由《よし》もない。滅ぶ前に増大したその魔力を、僅かに奪っているのだ。無論、その場でなにが起こるわけでもあるまい。しかし、本来奪われるはずのない魔力を奪われれば、いつかどこかでそれが足りなくなり、消える」

生誕の際、深化の際、終焉《しゅうえん》、あるいは転変の際、そこで生じていたほんの少しの狂いが、巡り巡っていつの日にか、一つの滅びをもたらすのだろう。ゆえに、破壊と創造は釣り合わない。

「この蜃気楼《しんきろう》の向こう側に、狭間《はざま》があるとディルフレッドは言った。深層森羅でも、枯焉砂漠《こえん》でもない境が。だが正しくは深層森羅であり、枯焉砂漠《こえん》だ」

深化の果てに、終焉《しゅうえん》がある。どこまでが深化で、どこからが終焉《しゅうえん》なのか。恐らく、深化と終焉《しゅうえん》は重なり合っているのだ。深化であり、かつ終焉《しゅうえん》なのだ。深化の先であるゆえに、魔力が途方もなく増大し、終焉《しゅうえん》の始まりであるゆえに脆《もろ》く滅びやすい。

深化の果てを見ることのできる神族は、深化神ディルフレッドのみだろう。しかし、自らの秩序に反する終焉《しゅうえん》であるがゆえに、その狭間《はざま》に彼の神眼《め》は届かない。そして、終焉神アナヘムは、深化の底を見つめる神眼《め》を持たない。

「火露を奪っていた者はこの盲点を利用していた。いや、恐らくは最初から、世界に仕組まれていたのだろうな」

俺は蜃気楼《しんきろう》に飛び込んだ。ミーシャもサーシャも後に続く。一瞬にも満たないほどの僅かな猶予。灯滅せんとして光を増し、その光を持ちて灯滅を克す。その瞬間をこれまで幾度となく見た俺の魔眼《め》ならば、神界の深淵《しんえん》、このダ・ク・カダーテの更に底が見えるはずだ。恐らくは、ミーシャとサーシャにも。

刹那、僅かな光を捉え、俺はそこへ手を伸ばした。俺の体は目映《まばゆ》い輝きに包まれ、そして、景色がぱっと変わった。

空だ。果てしなく雲海が広がっている。俺たちの体は落下していた。

「ここって……？」

「樹理廻庭園の深淵《しんえん》の底？」

サーシャとミーシャが言う。

空には、大量の火露が蛍のように舞い、俺たちと同じように落ちていた。

「そのようだな」

眼下に視線を向ける。神殿が無数に、所狭しと立ち並んでいる。奥には一際《ひときわ》巨大な三角錐《さんかくすい》の神殿があり、そこに門があった。門は開かれており、蛍のような火露の光が次々と奥へ吸い込まれていく。

魔眼《めめ》を凝らせば、門の向こう側に魔王城デルゾゲードと神代の学府エーベラストアンゼッタが鎮座しているのが見えた。更にその彼方《かなた》では、《破滅の太陽》サージエルドナーヴェと《創造の月》アーティエルトノアが重なり合っている。日蝕《にっしょく》を起こしているのだ。

「見つけたぞ、ミリティア、アベルニュー」

かつて神だった二人に俺は言った。

「ここが世界の瑕疵《かし》だ」

§23.【月と太陽と姉妹】

火露の光がひらひらと舞いながら、空から落ちてくる。それらは三角錐《さんかくすい》の神殿に取りつけられた三角形の門へ吸い込まれていく。その奥で、僅かに《破滅の太陽》と《創造の月》が重なりを深め、日蝕《にっしょく》が進んでいるのが見えた。地上の状況と、この光景を照らし合わせれば、なにがどうなっているのか、想像は容易《たやす》い。

「見たことがない門」

「あの魔法文字も、見たことないわ」

ミーシャとサーシャが言う。巨大な門の枠には、無数の魔法文字が描かれているが、見覚えがない。ミリティアの記憶を持っているミーシャが知らぬのなら、神族の扱う文字とも違うのだろう。しかし、地上のものでもない。

「デルゾゲードとエーベラストアンゼッタがあるのはわかるけど、どうして《破滅の太陽》と《創造の月》まであそこにあるのかしら……？」

辺りを警戒しながら、慎重に俺たちはその三角錐《さんかくすい》の神殿へ飛んでいく。

「だって、あれは今、地上の空に浮かんでいるはずでしょ？」

「あの中」

ミーシャが三角形の門を指さす。

「空間の秩序がおかしい」

「ふむ。確かにな。あの内部では、空間の位置が定まらぬように見える。あの門の力だろうが、《破滅の太陽》と《創造の月》は二つの座標を与えられているといったところか」

「……あそこにある《破滅の太陽》が、同時に地上の空にも存在するってこと？」

サーシャが考えを言葉にする。

「だろうな。簡単に言えば、《破滅の太陽》自体が神々の蒼穹《そうきゅう》と地上をつなぐ神界の門と化している。ゆえに、同時に二箇所に存在できる」

破壊神と創造神の力ならば、ここから直接地上の空に《破滅の太陽》と《創造の月》を浮かべることはできたはずだ。なぜこんな回りくどい真似《まね》をした？　火露の力を直接注ぎ込《こ》むための措置か。

いや、あるいは……？

「《破滅の太陽》と《創造の月》を移動させるためか？」

ぱちぱち、とミーシャが二度瞬《まばた》きをする。

「地上から《終滅の日蝕《にっしょく》》を防ぐのを回避する？」

「ああ。日蝕《にっしょく》前に破壊の空を越えれば、《破滅の太陽》は堕とせる。だが、あの門の力があれば、地上のどの位置にでも《破滅の太陽》を移せるだろう」

その魔法術式にて、ただ違う座標を与えてやればよい。死を賭《と》して、《破滅の太陽》と《創造の月》に迫ったかと思えば、まんまと逃げられるというわけだ。

「《森羅万掌《イ・グネアス》》」

多重魔法陣を描き、通した両腕を蒼白《あおじろ》く染める。俺は門の向こう側に手を伸ばした。右手が僅かに焼け、左手が微《かす》かに凍りつく。構わず、俺は渾身《こんしん》の力を込めた。

「──ふむ。動かせぬか」

どれだけ距離があろうと《森羅万掌《イ・グネアス》》ならば届くが、城も太陽も月も、ぴくりとも動かぬ。門の魔法術式が、内部にあるものの座標を制御し、あの場に固定しているのだろう。力尽くでは動くまい。

「中に入って、デルゾゲードとエーベラストアンゼッタを奪い返すしかないわよね……？　そうしたら、《破滅の太陽》も《創造の月》も止められるはずだわ」

俺に先んじて、サーシャは三角錐《さんかくすい》の神殿に降り立ち、門の向こうを覗《のぞ》く。隣に着地したミーシャが言った。

「どうやって？」

デルゾゲードとエーベラストアンゼッタの制御が利《き》かぬ理由がわからねば、奪い返すのも一筋縄でいきそうもないな。魔王城デルゾゲードは俺の支配下にある固定魔法陣。にもかかわらず、この距離にあってさえ思うようにならぬ。

「下がっていろ、ミーシャ、サーシャ」

「ちょっ……それっ……⁉」

サーシャとミーシャが慌てて飛《と》び退《の》いた。上空に浮かぶ俺は、その右手にて凝縮した紫電をぐっと握り締めていた。それを三角形の門へ向け、こぼれ落ちる紫電にて、一〇の魔法陣を描く。無数の紫電が走り、魔法陣と魔法陣をつなげては、眼前に一つの巨大な魔法陣を成す。

「《灰燼紫滅雷火電界《ラヴイア・ギーグ・ガヴエリイズド》》」

放たれた紫電の魔法陣は、三角錐《さんかくすい》の神殿ごと門を包み込む。圧倒的な破壊の稲妻が駆け抜け、耳を劈《つんざ》く如《ごと》く雷鳴が轟《とどろ》いた。世界が激しく震撼《しんかん》し、この場を紫一色に染めていく。ひたすらに滅びの音が響き渡り、やがて、光が収まる――

「ほう」

「……嘘《うそ》……でしょ……？」

《灰燼紫滅雷火電界《ラヴイア・ギーグ・ガヴエリイズド》》の直撃を受けておきながら、三角錐《さんかくすい》の神殿は原形を保っていた。だが、驚くべきはその門だろう。三角錐《さんかくすい》の神殿は焼け焦げ、紫電に貫かれ、二割ほどが破壊されている。しかし、門は多少焦げついてはいるもののほぼ無傷だ。もう二発ほどで神殿は破壊できても、この門はびくともしまい。

「奇妙な門だな。こんな頑丈なものをなんの目的で作った？」

見たところ、相当古い。俺に備えて作っておいたわけでもあるまい。これを壊せば、城は動かせるだろうし、少なくとも地上からは《破滅の太陽》と《創造の月》を消せるのだがな。万《ばん》雷剣《らいけん》でも持ってくればよかったか。《極獄界滅灰燼魔砲《エギル・グローネ・アングドロア》》では神界ごと滅びてしまう。壊すのは諦めた方が賢明か。

そのとき、ガゴンッ、と音が鳴った。

「扉がっ……？」

サーシャが声を上げる。ゆっくりと扉が閉まり始めたのだ。位置の秩序を制御しているのは、神殿ではなく門。扉が閉まった後に、神殿を破壊しても恐らくそこにデルゾゲードや《破滅の太陽》はないだろう。

「アノス」

「わかっている」

蒼白《あおじろ》き《森羅万掌《イ・グネアス》》の両腕で、閉ざされていく門をぐっとつかみ、メキメキと強引にこじ開ける。門が閉じる力はなかなかどうして強力だが、押さえられぬほどではない。

「《淘汰暴風雷雪雨《イツエルト・ジシエンド》》」

上空から、暴嵐が吹《ふ》き荒《すさ》ぶ。雷雨、風雪を纏《まと》った淘汰《とうた》の嵐が、俺の体を飲み込み、ズタズタに引き裂いていく。

「ハッハーッ！」

増長した笑い声とともにホロの男、ヴェイドが上空から降りてくる。神族ではない彼もまた神界の深淵《しんえん》の底へ来ることができるのだろう。

「両手が塞がった隙を見計らって、一撃だぜ。どうだ、オレの作戦は。スゲェだろ！」

「作戦というにはお粗末だがな」

暴風が過ぎ去り、視界が晴れる。この身は傷ついたが、しかし、俺は《森羅万掌《イ・グネアス》》で扉を支えたままだ。

「ヒューッ。やるじゃん。《淘汰暴風雷雪雨《イッエルト・ジシエンド》》を浴びても手を放さないなんて、スッゲェな」

「樹理四神はどうした？」

奴《やつ》は得意気に笑い、親指で首をかっきるような仕草をした。

「淘汰《とうた》してやったぜ。オレに逆らったんだから当然だよな」

視界の隅で、ミーシャが険しい表情を浮かべる。樹理四神を滅ぼした、か。ウェンゼルにつながっていた魔法線はあの戦いの最中に切れているが、しかし、エレオノールのいるオーロラの神殿は健在だ。樹理四神が滅んだならば、彼らの神界、ダ・ク・カダーテは一瞬で滅びても良さそうなものだが、その気配はない。やはり、俺の睨《にら》んだ通りか？

「オジサン、その手を放せよ。足もないだろ。オレとやろうってんだ。次は死ぬぜ？」

「お前には無理だ、飼い犬」

そう返してやれば、ヴェイドは生意気な魔眼《め》で睨《にら》んでくる。奴《やつ》の体から膨大な魔力が放出された。

「死ぬのはあなただわ。お馬鹿さん」

サーシャの《破滅の魔眼》が、ヴェイドの纏《まと》った反魔法を粉々に砕く。その瞬間、ミーシャの《創造の魔眼》が光った。上空には彼女が作り出した擬似魔王城デルゾゲードが浮かんでいる。

「氷の結晶」

反魔法を封殺されたヴェイドは、手の先から体へ向かい、順々に氷の結晶へと創り変えられていく。ミーシャとサーシャは更に魔眼の力を強めるため、神殿から飛び上がり、ヴェイドに接近していく。

右腕の肘まで失った奴《やつ》は、しかし、小生意気な笑みを見せた。

「ウッゼェな！　効くわけねえだろっ！」

氷に変わりゆく腕から、暴風が吹《ふ》き荒《すさ》ぶ。

「淘汰《とうた》すんぞ、雑魚《ざこ》が」

《淘汰暴風雷雪雨《イッエルト・ジシエンド》》が二人を襲い、その反魔法を引き裂いては、体を切り裂く。

「……アノス……わたしたちをっ………！」

吹き飛ばされながら、サーシャが叫ぶ。二人は三角錐《さんかくすい》の神殿に勢いよく叩《たた》きつけられ、外壁を破壊した。

「どこを見ている？」

一瞬の間に、目前まで迫った俺を視界に入れ、ヴェイドが目を丸くする。放っておいた《獄炎殲滅砲《ジオ・グレイズ》》を魔法陣として使い、足に《焦死焼滅燦火焚炎《アヴィアスタン・ジアラ》》を纏《まと》った。

「効かねえ……なぁっ……！」

輝く黒炎の蹴りを、ヴェイドは左手でがしっと受け止めた。手の平は焦げついてはいるが、なかなかどうして、灰に変えるまではいかぬか。

奴《やつ》は右手を《総魔完全治癒《エイ・シェアル》》にて瞬時に再生する。直後――そこに膨大な魔力が集った。

「見せてやんよ、適合者ヴェイド様の実力をな。ビビるぜ、こいつは」

伸ばされた右腕を中心に、嵐が渦を巻く。それを切り裂くようにして現れたのは、異形の爪。分厚く硬質化した腕と膨れあがった手。その先には、まるで剣のように鋭く伸びた、五本の爪があった。

「《淘汰魔爪《デユガラ》》」

ギラリと輝いたその爪が、俺の左胸めがけ閃光《せんこう》の如《ごと》く煌《きら》めいた。咄嗟《とっさ》に左腕を動かし、《四界牆壁《ベノ・イエヴン》》、《焦死焼滅燦火焚炎《アヴィアスタン・ジアラ》》、《魔黒雷帝《ジラスド》》を重ねがけする。真正面から《淘汰魔爪《デユガラ》》は受け止めず、硬質化した腕の部分をつかみ、それをやりすごした。

「ビビッたろ？　これで地上を救う手段はないぜ？」

ヴェイドは笑う。《淘汰魔爪《デユガラ》》の防御に左手を使ったため、門を支えきれず、扉は閉ざされた。もう《終滅の日蝕《にっしょく》》を止める手段はないと言いたいのだろう。

「手を放せば、もう手がないと思ったか？」

《根源死殺《ベブズド》》の右手をヴェイドの心臓に向かって突き出せば、奴《やつ》はそれを避けるように後退する。

「《獄炎殲滅砲《ジオ・グレイズ》》」

魔法陣を描き、漆黒の太陽を乱れ撃つ。次々と着弾し、ヴェイドの反魔法を削っていく。

「ちっ……！」

ヴェイドの体を中心に嵐が渦巻き、《獄炎殲滅砲《ジオ・グレイズ》》を弾《はじ》き飛《と》ばした。奴《やつ》は俺を警戒しながらも、一瞬背後に視線を向けた。途端にその表情が歪《ゆが》む。ミーシャとサーシャが姿を消しているのに気がついたのだろう。

「オジサン……あの二人を、どこへやったんだ……？」

「考えればわかるだろうに。無論、あの門の中だ」

そう口にすれば、すぐにヴェイドは身を翻《ひるがえ》す。

「開けっ！」

門が再び開けば、その奥にサーシャとミーシャの姿が見えた。彼女たちは、デルゾゲードとエーベラストアンゼッタにそれぞれ指先を触れている。

「アノスッ……！　わたしに……！」

「許す。返そう、お前の神体を」

二人は自らと城を包み込むように、巨大な魔法陣を描いた。

「「《魔法具融合《ジエ・イゼム》》」」

二つの城と、二人の姉妹が光に包まれる。それらの輪郭が揺らぎ、ミーシャとサーシャが、水に溶けるように城と一体化していった。かつて七魔皇老《しちまこうろう》アイヴィス・ネクロンが、《時神《ときがみ》の大鎌》と融合した魔法だ。転生したとはいえ、元々は自分と同じ存在。そのつながりは完全に切れてはおらず、融合すれば元の力を取り戻せるだろう。つまり、あそこに浮かぶ、《破滅の太陽》と《創造の月》を制御できる可能性が高い。

「させるかよっ！　下手な真似《まね》するなら——」

まっすぐヴェイドは門へ向かって飛ぼうとして、背後から俺の右手に体を貫かれた。

「二度もよそ見をするな。誰の前にいると思っている？」

「──ぐっ、がっ……!! この……淘汰《とうた》すっ、ぐはぁ……!」

更に体の奥深くへ指先を抉《えぐ》り込ませてやれば、奴《やつ》は血を吐き出した。この平和な時代は、適者生存が望ましい。

「お前の言う淘汰《とうた》とは、弱肉強食なのだろうが、古い思想だな。この平和な時代は、適者生存が望ましい」

「……ごっ……こ、の……」

「すなわち──」

《根源死殺《ベブズド》》に《焦死焼滅燦火焚炎《アヴィアスタン・ジアラ》》を重ねがけし、ヴェイドを体の内側から焼いていく。

「この世界で真っ先に淘汰《とうた》されるのは、俺に適応できぬ愚か者だ」

§24. 【世界の歯車】

ヴェイドの体がみるみる灰に変わり、崩れ落ちていく。輝く黒炎の手が根源に達し、それを焼き滅ぼそうとした瞬間だった。奴《やつ》の体を中心にして、《淘汰暴風雷雪雨《イッエルト・ジシエンド》》が巻き起こる。俺の身を切り刻み、手を放させる算段だろう。

「こんぐらいで、やられると思ってんのかっ! ホロは、新たな生命なんだぞっ。オマエたち魔族は、オレらに淘汰《とうた》されるって決まってるくせにっ……!!」

「決まっている？ くはは。淘汰《とうた》してから言うことだ」

更に体内へ指先を伸ばし、《魔黒雷帝《ジラスド》》を重ねがけする。黒雷が鋭い刃と化し、三つの魔法の威力でもってその根源を勢いよく貫いた。

「……ぐっ……が……！」

「適合者とのことだが、お前の力は不完全だ。俺の見立てでは本来、秩序により定められた破壊の果てに生まれる予定だったのがホロだ。しかし俺が破壊神を堕とし、破壊の秩序を奪った。結果、人間と魔族が繁栄したために、お前たちの生まれる隙間はなくなったのだろうな」

破壊がなければ、創造もない。予定されていたホロという種族は、自然と生まれることができなかった。

「こ、のぉおっやろーっ！　放せぇぇ……!!」

《淘汰暴風雷雪雨《イツエルト・ジシエンド》》が吹《ふ》き荒《すさ》び、この身を削る。《破滅《はめつ》の魔眼《まがん》》にてそれを睨《にら》みつけ、威力を軽減させる。更に右腕を根源に押し込んだ。

「……がはっ……」

「帳尻を合わせようと、秩序が無理矢理生んだのがお前だ。それゆえ、本来の力にはほど遠い」

吐血し、赤い血がヴェイドの口元を汚す。彼は生意気な笑みを浮かべた。

「……へへっ」

瞬間、俺の体に魔法陣が描かれる。背後に出現したのは、闇の棺《ひつぎ》である。《永劫死殺闇棺《べヘリウス》》がこの身を呑《の》み込《こ》んだ瞬間、奴《やつ》が右腕の《淘汰魔爪《デユガラ》》を消す。その魔爪は左腕に移っていた。

突き出された《淘汰魔爪《デユガラ》》を警戒すると、ヴェイドは俺に蹴りを放つ。それを受け止めるも、奴《やつ》はそのまま勢いよく俺を押し、体に埋まった指先を引き抜いた。瞬間、黒き粒子が棺《ひつぎ》の蓋をするように十字を描いた。

「バーカッ。不完全？　本来の力にはほど遠い？　ちっげぇよ。さっきまでは手加減してやってたんだよ！」

棺《ひつぎ》を中から叩《たた》いてやるが、なかなかどうして、びくともせぬ。

「オジサンから教えてもらったこの《永劫死殺闇棺《ベヘリウス》》で、オジサンを殺すためにな。こんなに簡単にいくなんて思ってなかったけど。オレってやっぱり、ハンパねぇのか？　不適合者のオジサン相手に、手加減して手玉に取っちゃうんだもんな？」

ヴェイドはご満悦の表情を俺に向ける。そうして、自分の有能さを示すように頭を指でトントンと叩《たた》いた。

「ま、だって、あれだろ。不適合者のオジサンは滅びないんだもんな。中途半端《ちゅうとはんぱ》に傷つけて、グラハムの虚無が出てきたら、面倒くせーし」

「ふむ。少しは頭を使っているようだな」

「なーに、余裕こいてるんだ、オジサン。もう逃げられないぜ？　ヴェイド様の《永劫死殺闇棺《ベヘリウス》》はオジサンのより強力だ。アナヘムだって、あんなにあっさり閉じ込められたんだからな」

くはは、と俺は笑った。

「本気で言っているのか、飼い犬」

「だって、オジサンはややこしいことしなきゃ、アナヘムを《永劫死殺闇棺《ベヘリウス》》に閉じ込められなかっただろ。適合者のヴェイド様には、そんなのは必要ないんだぜ？」

そう口にして、ヴェイドは生意気な視線を送ってくる。

「しっかし、まー、『俺に適応できぬ愚か者だ』とか格好つけたわりに、この様じゃなぁ。自分が教えた魔法で、あっさり閉じ込められてやんの。プププッ、オジサン、恥ずかしくねーの？」

ヴェイドがゆっくりと飛んできて、魔法障壁越しに顔を間近に近づけた。勝ち誇ったように奴《やつ》は言う。

「なあ。ヴェイド様お願いしますって言えば、地上のゴミが淘汰《とうた》される瞬間ぐらいは、見せてやってもいいんだぜ？　特別大サービスだ」

「深化神曰《いわ》く、神にとって世界は劇場の舞台らしいが、さしずめお前は興行主が依怙贔屓《えこひいき》で割り振った主役といったところか。役柄は大層立派だが、当の役者が大根ではな」

そう言ってやれば、ヴェイドはきょとんとした。

「……なんだ？　負け惜しみか？　意味がわからねえけど、あんまり見下してると、今すぐ淘《とう》汰《た》すっぞ？　弱虫オジサンさんよ？」

「くはは。そういうところだ、ヴェイド。身の丈を弁《わきま》えよ」

カチンときたような表情で、奴《やつ》は指先に魔力を込めた。

「見下すなって言ったぜ？　あばよ、不適合者のオジサン。特別に痛みを一〇〇倍にしといてやっからよ！　大サービスだ！」

十字の粒子が広がっていき、闇の棺《ひつぎ》の蓋に変わる。瞬間、永劫《えいごう》の死の呪いが発動した。

「ハッハーっ！　ザッコッ！　この不適合者のオジサン、ほんっとにザッコッ！　口だけだぜ、まったくっ！　ハッハッハーッ！」

パリン、と闇の棺《ひつぎ》がガラスが割れたように粉々に砕け散る。

「……は？」

《永劫死殺闇棺《ベヘリウス》》を破壊した漆黒の炎が鎖となりて、ヴェイドを拘束するように絡《から》みつく。

「ぐっ……このぉっ……なんでっ……!?」

「《永劫死殺闇棺《ベヘリウス》》は捉えた対象を殺し、その死を魔力源とすることで呪いと棺《ひつぎ》の護《まも》りを永続させる。つまり、最初に殺す瞬間に護《まも》りが薄くなる欠陥があってな。縛るか、弱らせるか、あるいはそれに気がつかせぬようにするかが肝要だ」

俺の言葉を聞きながらも、ヴェイドは左腕の《淘汰魔爪《デユガラ》》に魔力を集中する。あの爪だけは、警戒せぬわけにはいかぬ。

「オレの《永劫死殺闇棺《ベヘリウス》》は違うぜ？」

「そう思うか？」

俺は《獄炎鎖縛魔法陣《ゾーラ・エ・ディプト》》で描いた魔法陣にて、《永劫死殺闇棺《ベヘリウス》》を作り出す。

「オラァッ！」

左腕を振り上げ、ヴェイドは《淘汰魔爪《デユガラ》》にて闇の棺《ひつぎ》を突き刺した。瞬間、渦に呑《の》み込《こ》まれるように、《永劫死殺闇棺《ベヘリウス》》が消える。

「効かないってん――」

《淘汰魔爪《デユガラ》》ごと奴《やつ》の左腕が、肩から切り離され宙を舞っていた。《根源死殺《ベブズド》》、《魔黒雷帝《ジラスド》》、《焦死焼滅燦火焚炎《アヴィアスタン・ジアラ》》を集約させた指先にて、切断したのだ。

「バーカッ、そっちは囮《おとり》だっ――」

突き出した右腕に、ヴェイドは《淘汰魔爪《デユガラ》》を移す。だが、できなかった。それよりも先に、俺が奴《やつ》の右腕を落としていたのだ。

「――こ、んなもん、すぐにっ……?!」

《総魔完全治癒《エイ・シエアル》》が腕の切断面に集うも、直後、極炎鎖がそこに巻きつき、奴《やつ》を拘束する。腕を生やしたくとも、切断箇所にぐるぐるに巻きつかせた《獄炎鎖縛魔法陣《ソーラ・エ・デイプト》》がそれを阻《はば》む。

「ふむ。足から爪は生えぬようだな」

《淘汰魔爪《デユガラ》》は手専用の魔法なのだろう。術式構造的に、他の部位に適応させようとしても本来の威力にならぬといったところか。

「さて、ヴェイド」

縛り上げた奴《やつ》の体に魔法陣を描く。

「俺とお前の《永劫死殺闇棺《ベヘリウス》》に大差はない。にもかかわらず、お前はアナヘムを容易《たやす》く闇の棺《ひつぎ》に納めた。なぜだと思う?」

ぎちぎちと《獄炎鎖縛魔法陣《ソーラ・エ・デイプト》》が軋《きし》む。魔力を放出し、奴《やつ》が鎖を千切ろうとしているのだ。

極炎鎖の上に《四界牆壁《ベノ・イエヴン》》を重ね、その力を更に縛った。

「……オレが、適合者だからだ……」

「正解だ」

そう口にすると、奴《やつ》は目を丸くする。肯定されるとは思っていなかったのだろう。

「お前がこの世界の秩序に適合者だと認められているからだ」

「ちっ……!!」

《淘汰暴風雷雪雨《イツエルト・ジシエンド》》の魔法陣が次々と現れるも、俺は発動前に、その術式を《破滅の魔眼》で睨《にら》み滅ぼした。

「神族は秩序に逆らうことができぬ。愛と優しさを持つミリティアとて、創造したエンネスオーネをウェンゼルに託すのが精一杯だった。アベルニユーも転生しなければ、その破壊の宿命から逃れることができなかった」

俺の言葉に、ヴェイドはただぎりぎりと歯ぎしりをするばかりだ。

「なぜ神族は秩序に逆らえぬのか。神族が秩序そのものならば、愛や優しさなどそもそも芽生えるはずもない。いや、そもそも、神族には本当に愛と優しさがなかったのか?」

魔法陣に魔力が満ち、闇の棺《ひつぎ》がヴェイドの背後に現れる。

「たとえば、消されていたのだとすれば? 心を殺し、秩序を操る歯車を埋め込まれていたのだとすればどうだ? 神族はその歯車の通りに動くだろう。それでも、愛と優しさを失わなかった特定の神々を除いては」

神族は、心を持っていた。そして、それを奪われたのだ。

「つまり、この世界には略奪者がいる。そいつは神族から心を奪い、火露を盗んで、魔力をかすめ取り、命を略奪している。なにより、世界の真実を奪ったのだ」

闇の粒子が十字を象《かたど》り、《永劫死殺闇棺《ベヘリウス》》を魔法障壁で覆う。

「神族が秩序に従うように見せかけ、神族が秩序そのものと思わせ、その実、略奪者の歯車に従わせていた。それによって、ミリティアは二千年前、俺が転生する際に記憶を奪った。俺をここに辿《たど》り着《つ》かせたくはなかったのだろうな」

「こんな、もんで、オレがっ……!!　適合者のヴェイド様が……!!」

ヴェイドは頭突きで《永劫死殺闇棺《ベヘリウス》》を壊そうとしているが、しかし、やかましく音が鳴るばかりだ。

「俺とミーシャの目の前で、デルゾゲードとエーベラストアンゼッタを奪えたのもそうだ。転生したミーシャとサーシャは魔族となった。つまりは、切り離された神体の方に略奪者の歯車が残っていたのだ」

それを使い、略奪者は二つの城を制御している。今もなお。そうして、《終滅の日蝕《にっしょく》》を地上に引き起こしたのだ。

「ウッセーなっ。さっきから、なにをゴチャゴチャ言ってやがんだっ？」

見当違いに叫くヴェイドを、俺は冷めた目で見つめた。

「横から口を挟むな、負け犬。お前には話しておらぬ」

そう一蹴してやれば、ヴェイドは間の抜けた表情を浮かべた。

「……なっ……にを、誰が負け犬だってて……!?　お、オレを誰だと思ってんだっ!?　適合者の──」

「吠《ほ》えるなと言っている」

《永劫死殺闇棺《ベヘリウス》》の蓋が閉められ、永劫《えいごう》の死がその身に襲いかかった。闇の棺《ひつぎ》から、「うっぎゃあああああああああぁぁぁぁぁ」と断末魔の叫びが聞こえてくる。

「アナヘムは声すらあげなかったというに」

《永劫死殺闇棺《ベヘリウス》》に魔力を込め、棺《ひつぎ》の遮音性を上げていく。ヴェイドの叫び声が次第に遠ざかり、やがて完全に消えた。

「お前の飼い犬はこの通りだ。せっかく作った適合者とやら、返してほしくば姿を現せ」

恐らく、本来は名前などない。神々の蒼穹《そうきゅう》まで来ても、そいつはいないはずだった。決して見つけられぬ存在だったのだ。しかし、この世界のなにかがおかしいと気がついたある男が、俺以外の不適合者が、名前をつけたのだ。

その正体を暴《あば》くために。

「存在せぬはずの神族の王。《全能なる煌輝《ぜんのうなるこうき》》エクエス」

§25. 【エクエス】

神々の蒼穹《そうきゅう》。その深淵《しんえん》の底に不気味な暗雲が立ちこめる。視界は瞬《また》く間《ま》に暗く染まり、辺りは淀《よど》んだ空気に変わった。すると、その雲の一部が輝き始めた。円形の光がすうっと三角錐《さんかくすい》の神殿に落ちる。ゴ、ゴ、ゴゴゴ、と重低音が大気を震わし、神々の蒼穹《そうきゅう》をも震撼《しんかん》させた。神族何十体分にもなろうかというほど神々しい魔力が、その光から発せられていた。

「略奪者の歯車が、すべての神族に埋め込まれている。その歯車を回すことで、略奪者はこれまで秩序にのみ従う神族を作り出してきた。そう仮定した不適合者グラハムは、しかし歯車を見ることができなかった」

当の神族さえ、自らに歯車が埋め込まれていることになど、ついぞ気がつかなかった。俺の父――セリス・ヴォルディゴードの首を奪ったグラハムの魔眼でも見られなかったのだとすれば、相当な代物だ。

「見えぬことでより不可解に思ったのだろうな。あるいは歯車は、秩序と完全に一体化し、この世界を生きる俺たちにそうと知られぬように溶け込んでいる。奴《やつ》はそんな考えを抱き、興味を覚えた。そうして、略奪者の存在に迫るための魔法を開発した」

グラハムは言っていた。《全能なる煌輝》エクエスを作れないか試してみたかったんだ、と。世界の深淵《しんえん》にはいったいなにがあるのか、気になるのだと。いつもの戯言《たわごと》に隠された、あれが奴《やつ》の本心だったのやもしれぬ。

「選定審判において、滅びた神は盟珠の指輪にその権能が保存され、秩序が乱れることはない。そして勝ち抜いた代行者には、選定神の力が与えられる。選定審判に招かれた神を食らい、複数の秩序を有すその力が」

グラハムは、選定審判の仕組みに目をつけた。

「《母胎転生《ギジェリカ》》と狂乱神《きょうらんしん》アガンゾンで整合神を改造し、その秩序、選定審判の内容を書き換えたのだ。滅びた神の力が盟珠の指輪ではなく、覇王《はおう》ヴィアフレアが身籠もった胎児に集まるようにな」

あの戦いでは多くの神が滅びた。水葬神《すいそうしん》アフラシアータ。魔眼神《まがんしん》ジャネルドフォック。結界神《けっかいしん》リーノローロス。狂乱神アガンゾン。福音神《ふくいんしん》ドルディレッド。暴食神《ぼうしょくしん》ガルヴァドリオン。痕跡神《こんせきしん》リーバルシュネッド。あるいは俺が知らぬところでも、滅びた神がいるやもしれぬ。選定者を増やしたのも、より多くの神を喚《よ》び、そして滅ぼすためだったのだろう。

「神々の力が一つに束ねられ、存在しないはずの《全能なる煌輝》エクエスが生まれる。だが、グラハムにとって重要だったのはエクエスの全能さではない」

不適合者であるグラハムにとって、エクエスを生むことは自殺行為とも言える。それでも奴《やつ》は知りたかったのだ。

「神々は全体で一つの秩序を構成している。略奪者の歯車は一人一人の神を操っている。この歯車は見えず、そして歯車自体に意思はない。意思があるならば、とっくの昔に気がついていただろう。神族はこの歯車を、己の秩序だと認識していた」

喋《しゃべ》ることもなく、見ることもできない。己に潜むそれを、自身の内なる衝動だと思っても不思議はあるまい。

「魔眼《めぇ》に見えぬ歯車が本当にあるのならば、それが世界の秩序を構成しているといっても過言ではない。適合者、不適合者を定めたのもこいつだろう」

これを見るにはどうすればいい？　答えはひどく単純だ。

「ゆえに、神々一人一人に埋め込まれた無数の歯車を、神の力とともに一箇所に集め、食らわせた。思考することなき胎児にな。神族が全体で一つの秩序を構成するならば、その歯車と歯車は嚙《か》み合《あ》うはず。そして嚙《か》み合《あ》うならば、数を揃《そろ》えることで、やがて一つの明確な意思を持って回り始めるはずだとグラハムは考えた」

歯車一つ一つに意思はなくとも、それは世界の秩序を一つの方向へ向けている。つまり、意思がないのではなく、意思がないと思わせるほど細かく分割されているとグラハムは考えた。

神族全体が目指し、実現しようとしている世界の秩序に、意思めいたものを感じとったのだろうな。それを試し、実際にどうなるかは、奴《やつ》にもわかっていなかったはずだ。歯車など存在せず、すべては妄想にすぎない可能性もあった。

だが、あの男のことだ。確かめずにはいられなかったのだろう。ゆえに世界を巻き込み、狂気に満ちた魔法実験を行った。あるいはそんな思想を持つがゆえに、グラハムは不適合者と見なされたのかもしれぬ。

「お前はヴィアフレアの胎内から、イージェスの槍《やり》にて、遙《はる》か彼方《かなた》の次元に飛ばされた。だが、死ななかったのだ」

胎児は母胎から出れば生きてはいけぬ。それが道理だが死なぬ者も中にはいる。俺とてそうだ。エクエスが生まれていなかったのは、まだ神の力を集めている途中だったからにすぎぬ。

「お前は自らに宿る数多《あまた》の神の力を使い、この神々の蒼穹《そうきゅう》に辿《たど》り着《つ》いた。そして、ここから、話しかけていたのだろう。グラハムにな」

《母胎転生《ギジェリカ》》にて生まれたエクエスの声が、グラハムは自らに届くようにしていたのだろう。魔眼《めめ》には見えぬ歯車と無に等しきグラハムの根源。二つは虚無の魔法線にてつなげられていた。それを利用して、奴《やつ》は俺に話しかけてきていた。だからこそ、俺の根源から声が聞こえた。グラハムの虚無から、あれは響いていたのだ。

「ヴェイドを生み、淘汰神を名乗らせ、お前は神々を滅ぼさせた。神を滅ぼせば、改竄《かいざん》された選定審判がお前にその力を集める。何名かの神が死んだというに、地上では秩序が変化した様子もなかったからな」

神々の秩序は、互いにその力を補い合っている。破壊神と終焉神。創造神と生誕神、そして天父神。一名の神が滅びようとも、それだけで完全に秩序は崩壊せぬ。破壊神を堕としても、世界から完全に滅びが消え去ることはなかった。

それでも、あらゆる物事は確実に破壊から遠ざかる。だが今回、樹冠天球で淘汰神が神を滅ぼしても、僅かな変化も感じられなかった。神は滅んだが、秩序は消えなかったのだ。ゆえに、選定審判のようだと俺は思った。

「最終的に、お前は樹理四神を滅ぼしたかった。その秩序を自らの力にするために」

ヴェイドの《永劫死殺闇棺《ベヘリウス》》がアナヘムをいとも容易《たやす》く閉じ込めたのは、略奪者の歯車が終焉神の神体を拘束したからだ。決してヴェイドの魔法が俺を上回ったからではない。

「わざわざヴェイドにやらせたのは、歯車一つに自害させるほど神を操る力はないのだろうな。あくまでも定められた秩序に従い、目的を実行するのみといったところか」

さほどの力がないがゆえに、これまで誰にも見つけることができなかった。神が自害してしまえば、さすがにそれは秩序とは言えぬ。人間や魔族に悟られるようなことはできないように仕組まれていたのだろう。

グラハムは、その仕組みを破壊したのだ。見えぬ歯車を集め、嚙《か》み合《あ》わせることで。

「お前が元々一個の意識なのか、それとも最初からバラバラの存在だったのかまではわからぬがな」

ゆるりと手を広げ、魔力を放ちながらも、俺は言った。

「エクエス。この世界から奪っていったものは残らず返してもらうぞ」

ザッ、ザザッ、とノイズが響く。根源の奥底から、あの声が聞こえてきた。

『……最後の希望は――』

不気味な声が、頭にねっとりと染《し》みをつける。

『……最後の希望はすでに潰《つい》えた。警告した。世界を創り変え、私を排除することが、お前たちの願いが唯一叶《かな》う道――』

まるで俺を嘲笑《あざわら》うように、不気味なノイズが根源に響き渡る。

『それは、途絶えた』

ゴ、ゴゴゴ、ゴゴゴゴ、と地面が激しく揺れ、大気をかき混ぜる。

『創造と破壊の姉妹神は、後悔を胸に滅びゆく』

ゆっくり浮かび上がったのは三角錐《さんかくすい》の神殿だ。門の奥、光り輝いていたデルゾゲードとエーベラストアンゼッタの輪郭がみるみる縮小していき、それは人型を象《かたど》り始める。

「だめ……」

ミーシャの声が響いた。

「戻りなさい……わたしの体でしょっ。言うことを聞きなさいっ……！」

サーシャが叫ぶも、しかし、彼女たちは神の姿へと変わっていく。創造神ミリティアと破壊神アベルニユーへ。

『すべては世界の筋書き通り。デルゾゲードとエーベラストアンゼッタ。二つの城と融合すれば取り返せると汝《なんじ》らは思ったのかもしれないが、それは私にとっても同じこと』

ゆっくりと二人の指先が動く。ミーシャとサーシャは必死に抵抗しようとしているが、どうやらあちらの支配の方が幾分か強い。

『世界の歯車は、その神体に埋まっている。破壊神と創造神を奪い返そうとした彼女たちは、逆にその根源を奪われ、再び正しき秩序のしもべと化す』

ゆっくりと二人の指先にて、魔法陣が描かれていく。

《創造の月》と《破滅の太陽》めがけて。

『適合せぬ世界の異物よ。汝《なんじ》の言う通り、神々には世界の歯車が埋め込まれている。そして、それが心を殺すのだ。今度こそ、彼女たちは不要な異物を取り除き、真の神となるだろう。この世界の秩序に』

銀の月明かりと闇の日光が、描いた魔法陣を照らす。月と太陽に導かれるように、ミーシャとサーシャはふわりと浮き上がった。重なり合うサージエルドナーヴェとアーティエルトノアの間に構築されていくのは、二人を拘束する魔法陣。ミーシャとサーシャはその神体を、魔法陣につなぎ止《と》められる。

月と太陽、二つの魔法陣。その四つの円が、あたかも歯車のように嚙《か》み合《あ》っていた。創造神と破壊神の魔力が送られ、秩序の歯車は回る。月と太陽が更に重なり、《終滅の日蝕《にっしょく》》がみるみる加速していく――

『思い出すのだ。破壊の日々を。その神眼《め》に映るものすべてを滅ぼしたのは汝《なんじ》だ、破壊神アベルニユー。再び、その力を使うときがきた』

「……ふざけないで……そんなことさせると思ってるのっ……！」

サーシャが言った。

『思い出すのだ。創造の瞬間《とき》を。その力にて、この結末を生み出したのは汝《なんじ》だ、創造神ミリティア。その神眼《め》は、失われゆくものをただ見つめるのみ』

「……違う……」

ミーシャが言った。

『私は名もなき存在。なぜならば、唯一にして絶対のこの世界の意思であるからだ』

「ふむ。世界だかなんだか知らぬがな、エクエス」

暗雲を切り裂き、降り注ぐ光へと俺は魔眼《め》を向けた。

「たかが歯車一つで、配下の心を俺から奪えると思っているのか？」

神々の力を集約した、凄《すさ》まじい力がそこに渦巻いている。エクエスは確かに、この光の奥にいる。本来は目に見えぬ歯車だが、それが集合していることで、朧《おぼろげ》気な輪郭を持っているはずだ。俺はじっと光の深淵《しんえん》を覗《のぞ》き込《こ》み、奴《やつ》の本体を探っていく。

「俺を釣り出すのが目的だとすれば、アテが外れたな。足を引っぱる者を連れてきた覚えはないぞ」

ミーシャとサーシャに気を回せば、逃げられるやもしれぬ。ゆえに俺は二人を助けず、その深淵《しんえん》をただひたすら凝視する。

『愛と優しさがあれば、奇跡が起きると思っているのか？』

問い返すように、エクエスは言う。

『ならば、再び思い出すがいい。秩序という名の無機質な絶望を。人間が願おうが、魔族が嘆こうが、竜人が怒ろうが、世界の意思は変わらない。善人も悪人も等しく結末は同じこと』

ミーシャとサーシャを拘束する歯車の魔法陣に光が集う。《創造の月》と《破滅の太陽》が、更に重なっていく。

『滅ぼせ。創造神ミリティア、破壊神アベルニユー。汝《なんじ》らが愛した世界を、汝《なんじ》らのその手で。心など、それで脆《もろ》くも崩れ落ちる』

「……ふざけないで……！　止めてみせるわ。こんな馬鹿げたこと……！」

ミーシャとサーシャが歯を食いしばり、自らの神体を動かそうとする。その強制力に抵抗してはいるものの、少しずつ少しずつ、日蝕《にっしょく》は加速していく。

「……地上は撃たせない……」

『願いなど叶《かな》いはしない。想《おも》いなど届きはしない。歯車から異物は取り除かれ、世界は正しく回るのみ』

ノイズ交じりの声が、神界中に響き渡った。

「二度と……」

サーシャが呟《つぶや》く。

「……あんな想《おも》いは、二度とごめんだわっ！」

魔法陣に拘束されながら、サーシャは隣り合うミーシャにゆっくりと手を伸ばす。

「……世界は優しくなんかない……」

ミーシャが言った。

「そう思ってた。悲しい世界を、わたしは創ってしまったって。だけど」

ミーシャがサーシャに手を伸ばす。

「そうじゃない」

「こんな、ちっぽけな歯車なんかに、わたしたちの心は操られはしないっ！」

『それは正しく、そして間違っている。心など操る必要はない。ただ一つ、小さな穴を穿《うが》つのみだ。ただ一つのちっぽけな異物を取り除き、穴を埋める矮小《わいしょう》な歯車が、やがて大きな絶望を回し始める』

魔法陣から刃が突き出され、彼女たちの胸を突き刺した。小さな光の歯車が、彼女たちの心臓に姿を現す。

「……あっ……はぁ……」

「……これ、ぐらいで……」

刃に体を縫い止められながらも、ミーシャとサーシャは手を伸ばした。

そのとき──

『言ったはずだ』

魔法陣の歯車が光り輝き、秩序を実行する。《破滅の太陽》と《創造の月》が、完全に重なり合った。

『世界《わたし》は優しくもなく、笑ってなどいない』

《終滅の日蝕《にっしょく》》が巻き起こる。

闇よりもなお暗き暗黒が、そこに凝縮されていた。

『回れ。回れ。世界よ──』

禍々《まがまが》しい光。《破滅の太陽》が放つ黒陽よりも、恐ろしき暗黒が瞬《またた》こうとした瞬間、そこに純白の光が煌《きら》めいた。

『――回れ』

一瞬の沈黙。閃光《せんこう》が走り、《破滅の太陽》と《創造の月》が僅かに離れた。日蝕《にっしょく》がほんの少し、巻き戻ったのだ。

「……今……の……？」

目を丸くして、サーシャがそこを見つめた。《破滅の太陽》には、小さな傷がつけられている。

「《天牙刃断《てんがはだん》》……？」

神々《こうごう》しいほど輝く白刃《はくじん》。《終滅の日蝕《にっしょく》》を妨げたのは、伝説の勇者の聖剣、エヴァンスマナの一振りだった。

§26.【命のチップ】

アゼシオンの遥《はる》か上空――

ミッドヘイズから飛び立った飛空城艦四隻が、《破滅の太陽》サージエルドナーヴェへ向かい、旋回していた。乗っているのはレイとミサ、そしてミッドヘイズを守る魔王軍の中でもとりわけ屈強な二千年前の魔族たちだ。

彼らの目標は空に浮かぶあの禍々《まがまが》しい太陽を堕とし、《終滅の日蝕《にっしょく》》を防ぐこと。近づけば近づくほど、その脅威があらわになる空を恐れず、魔族の船は加速していく。

「飛空城艦アゼッタ、全速上昇」

「やっています……しかし……！」

十分に速度をつけた後、飛空城艦アゼッタは上昇しようと舵《かじ》を切るが、しかし、途端に減速してしまい、思うように距離を縮めることができなかった。《破滅の太陽》サージエルドナーヴェが支配する空域は、破壊の空と呼ばれている。そこを自由に飛んだのは二千年前、希代の創造魔法の使い手と呼ばれた創術家ファリス・ノインが、一〇〇年の歳月をかけて完成させた巨大要塞のみ。減速したアゼッタは、その空域に満ちる破壊の魔力に押しやられ、再び元の位置まで押し戻されてしまう。

火急の事態に備え、準備させていた飛空城艦アゼッタだが、完成に至ったのは僅か一〇隻。神の軍勢に対して、ディルヘイドの防衛を考えれば、ひねり出せて四隻というエールドメードの見積もりは正しい。

部隊を率いるのはニギット。かつての俺の配下の中で、シンの次に剣の腕に長《た》けた男。それから、デビドラ。二千年前、憎悪《ぞうお》に飲まれ、人間の少年イガレスを処刑しようとした魔族。俺に止められたことで改心した彼は、より強く生まれ変わった。彼は今日まで有事に備え、平和を守るための研鑽《けんさん》を積んできた。最後にルーシェ。ミッドヘイズを守護する魔王軍では最も風属性魔法に長《た》けた魔族であり、飛空城艦の操作にも慣れている。二千年前、ファリス・ノインとともに俺とシンをあの《破滅の太陽》へ導いた経験を持つ。

最後の一隻にはレイとミサが乗っている。今現在、ディルヘイドが注《つ》ぎ込《こ》める最大の航空戦力だろう。これを撃墜されれば、後はあるまい。

「……だめだな。破壊の空ではこれ以上は飛べない。無理をすれば飛空城艦アゼッタとて、バラバラにされてしまう。あそこを飛べたのはファリス様のゼリドへヴヌスだけだ。破壊神アベルニユーがいないためか、今のところ番神の姿は見えないが、この日蝕《にっしょく》が作り出している空域は、あのとき以上の魔力だ」

アゼッタ三番艦の中でルーシェが言った。それらは、《思念通信《リークス》》によってレイやデビドラなど他の部隊へ伝わっている。

「どうする、勇者カノン？」

「《天牙刃断《てんがはだん》》はぎりぎり届いたんだけどね。さすがにこの距離じゃ、《破滅の太陽》の宿命を断ち切るまでは厳しいかな」

飛空城艦アゼッタ四番艦、その屋根の上に立ちながら、レイは今にも皆既日蝕《にっしょく》を起こしそうなサージエルドナーヴェを睨《にら》む。その手には、霊神人剣エヴァンスマナが握られ、神々《こうごう》しい光を発していた。

全身全霊の《天牙刃断《てんがはだん》》。無数の剣閃《けんせん》を一つに束ね、彼は《破滅の太陽》を両断しようとした。だが、それでも、その聖剣は表面を傷つけたのみ。皆既日蝕《にっしょく》を僅かに巻き戻したにすぎない。破壊の空を超えるのに霊神人剣の力を消耗してしまったのだろう。

並の敵ならばいざ知らず、破壊神と創造神の権能ともなれば、直接その刃にて切り裂かねば、宿命も断ち切れまい。

「飛空城艦を捨てる覚悟で近づこうにも、彼我の距離を半分にできれば良い方だろう」

デビドラが言った。

「アノス様が神界にて得た情報によれば、あの《破滅の太陽》は位置の秩序による恩恵を受けている。地上のどこにでも転移させることができるはずだ」

ニギットが厳しい面持ちで戦況を分析する。神界で見聞きした情報は、エレオノールからエンネスオーネ、そこからエールドメードやレイたちへ伝わっていた。

「だが、ここまで近づき、転移しないところを見ると、なんの代償もなくというわけにはいかないのだろう」

飛空城艦が近づくまでに、《破滅の太陽》を転移させれば、霊神人剣の攻撃を受けることもなかった。つまり、ここまでの接近であれば、転移させない方があちらにとっても都合が良《い》いというわけだ。霊神人剣の効果が存分に発揮できるほどの距離まで近づけば、あの月と太陽は違う場所へと転移するだろう。そうなれば最後、次の機会が巡ってくるまでに地上が撃たれる。

『カッカッカ。ならば、転移できない瞬間を狙えばよいのではないか？　ん？』

地上からエールドメードの《思念通信《リークス》》が届く。奴《やつ》は今、ディルヘイドの辺境に現れた神の軍勢討伐の指揮に当たりながら、同時にこの破壊の空の状況を把握していた。

そちらもそちらで熾烈《しれつ》を極める状況だが、番神を御しながら、奴《やつ》は愉快そうに戦場を歩いている。

「熾死王、それはどういう……？」

ルーシェが眉をひそめて、口を開く。

「つまり、黒陽を撃たせるのかい？」

すでに考えに入れていたというようにレイが言った。

『そう、そう、その通りだ。黒陽は滅びの光、その余波は一切の魔法を打ち破るだろう。《破滅の太陽》と《創造の月》、その位置を制御する魔法術式とやらも、無事に済むとは思えない。今ある場所に月と太陽を固定しておくことはできても、転移させるのは至難の業だ』

「黒陽照射の瞬間は、あちらも迂闊《うかつ》に《破滅の太陽》を動かせないということか……確かに、先程、霊神人剣を転移して避けていれば、今頃は地上を撃てていた」

ルーシェが言う。

『さてさて、至難の業だが、動かせないとも限らない。土壇場《どたんば》で動いたとしても、オレは驚かんがね』

「動いたならどうする？」

『決まっているではないか。全滅だ』

「……熾死王……ふざけている場合ではないぞ……」

『カカカ、馬鹿を言うな、風の担《にな》い手《て》。ギャンブルというものは、リスクがあればあるほど面白いのではないか。こんな愉快なことを、ふざけながらできるのか、オマエは？　ん？　いいか？　奇跡だ、奇跡を起こそうというのだぞ。最低限、勝負のテーブルにつくのならば、それぐらいのチップは賭けてもらわねばな』

石橋を叩《たた》く余裕はない。こちらの想定を超え、黒陽照射の瞬間にも《破滅の太陽》と《創造の月》を転移させられるのだとすれば、作戦の失敗は必至だ。だからといって、リスクのない手段など存在しない、と熾死王は言いたいのだろう。

「自分だけ安全なところにいて、私たちの命をチップにすると？」

『安全なところなどあったかね？』

人を食ったような熾死王の台詞《せりふ》に、ルーシェは苛立《いらだ》ちを見せる。

「ルーシェ」

レイが言った。

「迷っている時間はないよ」

「しかし……」

「君の主君、アノスは僕を滅ぼすことができなかった」

空を睨《にら》みながら、レイは言う。

「それがあの太陽にできるとでも？」

レイのその言葉に、ルーシェは返答に詰まった。カカカ、と《思念通信《リークス》》に笑い声が響く。

『カッカカ、カーカッカッカーッ！　いい、いいぞ、いい答えではないかっ！　しかしだ。ベットしただけではまだ賭けのテーブルについたにすぎない。こちらには相手の手札がまるで見えず、相手にはこちらの手札が筒抜けだ。その上あちらのディーラーは、サイコロの出目さえ自在な世界そのものではないかっ！』

この危機を楽しむかのように熾死王は意気揚々と自分たちに不利な状況を列挙する。

『そもそもギャンブルというものは、元締めが勝つと相場が決まっている。さあ、ならばっ！』

ダンッと杖《つえ》でなにかを叩《たた》いたような音が響いた。恐らくは、神の一匹でも弾《はじ》き飛《と》ばしたのだろう。

『その命なにに賭ける、勇者カノン？』

「七つの命のすべてを君に」

迷いのない言葉に、エールドメードは息を呑《の》む。愉快そうに歪《ゆが》む顔が目に浮かぶようだ。

「相手がサイコロの目を自在に出すなら、こっちはイカサマ師にでも賭けるしかない」

レイは穏やかに微笑《ほほえ》んだ。

『な・る・ほ・どぉ。このオレに、世界の意思をペテンにハメろというのか。《全能なる煌輝》エクエスを？　いやいや、そんな大それたことができるかどうか？』

「勝つよ」

気負いなくレイは言い、魔法陣を描いた。

「たとえ世界の意思が滅べと言っても、受け入れてやるわけにはいかない。僕たちの背中には、アゼシオンとディルヘイドがある」

魔法陣から引き抜かれたのは、一意剣《いちいけん》シグシェスタ。禍々《まがまが》しい魔力がそこに集い、そしてますます霊神人剣は神々《こうごう》しい輝きを発す。聖と邪、異なる波長の魔力を共存させる彼に、ニギットたちは目を見張った。

「かつて大戦で剣を交えた君たちと、今こうして平和のために戦えることが誇らしく、そして心強く思う」

瞳に闘志を燃やし、レイは言った。

「あの太陽を堕とす。力を貸してくれ」

『やれやれ。まったくまったく。やれやれだ、オマエときたら。なんの理屈にもなっていないではないか』

エールドメードが苦笑する。

「貴様は相変わらずだ、カノン」

「呆《あき》れた男だがな。人間ながら、アノス様の身代わりになろうとしただけのことはある」

ニギットとルーシェが同じように苦笑しながら言った。

「我らはお前に賭けよう、勇者カノン。この命を持っていけ」

デビドラがそう口にすると、カカカカッとエールドメードが笑った。

『一番艦は、四番艦の盾に。二番艦、三番艦は背後につけ』

「「「了解」」」

エールドメードの指示に従い、ニギットが駆る一番艦が先頭に、レイとミサが乗った四番艦が続き、二番艦、三番艦がその後ろについた。

『玉砕覚悟で上昇したまえ』

反魔法と魔法障壁に回す分の魔力を集団魔法の《飛行《フレス》》に注《こ》ぎ込み、飛空城艦アゼッタは破壊の空に侵入した。

ボロボロと外壁を壊しながらも、四隻の船は上昇する。不気味な日蝕《にっしょく》が待ち構える、その場所へと。

§27. 【破壊の空に降る雪】

「一番艦、全砲門《獄炎殲滅砲《ジオ・グレイズ》》発射準備完了！」

《破滅の太陽》へ迫りながら、四隻の飛空城艦アゼッタから《思念通信《リークス》》が飛び交う。

「二番艦、同じく《獄炎殲滅砲《ジオ・グレイズ》》発射準備完了」

「三番艦、全砲門発射準備完了です！」

　それはかつて創術家ファリス・ノインが用いた戦術――破壊の空に《獄炎殲滅砲《ジオ・グレイズ》》を撃ち放ち、炎の道を作る。そこを飛び抜けようというのだろう。飛空城艦アゼッタは上昇する毎《ごと》に損壊していくが、まだ破損箇所は一割未満、飛行に支障はない。

「……このまま、行ければ……」

　日蝕《にっしょく》を睨《にら》みながら、ルーシェが呟《つぶや》く。

『恐《こわ》い、恐《こわ》い。恐ろしいことを口にするなよ、風の担《にな》い手《て》。そうすんなり行くのならば、あちらの手の平の上で転がされているも同然だ』

　愉快そうにエールドメードが言う。

『ときに、伝説の勇者。オマエの目算では、あの日蝕《にっしょく》を確実に止めるには、どこまで近づけばいい？』

　その問いにレイは即答した。

「近づくだけじゃ、少し足りないかな。全魔力をこの二つの剣に込める。あれを斬ることだけに、集中させてほしい」

『カカカ、後出しで無茶な条件を口にするではないか。つまりだ。空さえ飛べないオマエを、なんとか剣の間合いまで連れていけということだな?』

「そうだね」

当然、《飛行《フレス》》を使う分の魔力さえ剣に込めて、日蝕《にっしょく》を斬ることに全精力を傾けるというのだろう。《破滅の太陽》から身を守る反魔法や魔法障壁を使うこともできぬ。黒陽をまともに浴びれば、いかに七つの根源を持つレイとて、一瞬にして滅び去る。

『カカカ、玉砕、玉砕、玉砕だ。勇者らしく捨て身の一撃で勝負をかけようというわけだな。面白い。一か八か、伸るか反るか、乾坤一擲《けんこんいってき》の大勝負と行こうではないかっ!』

「下方から、接近する魔力源を確認! 術式構造は結界です!」

後方の三番艦から報告が上がった。

『そら来た、人間どものお遊戯だ。さてさて、数秒でも持つのなら、道の足しにしてやってもいいのだが?』

聖なる光を放ちながら、水の砲弾が地上から上がってきた。それは飛空城艦アゼッタを追い越し、《破滅の太陽》を目指す。一発だけではない。砲弾の数は一〇と八。それらはすべて聖水だ。汎用性の高いその砲弾にて標的を囲み、広範囲に結界を構築するのが、長距離結界魔法《聖刻十八星《レイアカネッツ》》である。

星の煌《きら》めきを発する結界は、内側にいる者の魔力を減衰させ、封じ込める。《聖刻十八星《レイアカネッツ》》は、《破滅の太陽》が支配する空域に突っ込んでいく。ある程度までは進んだが、しかし、決して目標に到達することはない。破壊の空の秩序により、上昇を妨げられているのだ。

やがて、勢いが衰えた一八の砲弾はその場で魔法陣を構築し、結界を発動した。しかし、それも束《つか》の間《ま》、聖水は一瞬にして蒸発した。

『カッカッカ、結界のくせに溶けるとは。まさに蠟《ろう》の翼ではないか！　一秒も持たないのでは、通り道にすらなりはしない』

「これで私たちがアレを堕とせば、《聖刻十八星《レイアカネッツ》》が功を奏したと喧伝《けんでん》するわけか。相も変わらず、ガイラディーテは余計な知恵ばかりが回るものだ」

ルーシェが苦々しそうに言う。

『そう捨てたものでもないぞ、風の担《にな》い手《て》。見たまえ』

《聖刻十八星《レイアカネッツ》》が蒸発し、その水蒸気が漂う空域を、飛空城艦アゼッタは通過していく。アゼッタの上に立っているレイは、水蒸気の中に影を見つけた。手に取ってみれば、それはシルクハットだ。熾死王のものである。見れば、その他にも九つのシルクハットが、破壊の空に舞っていた。

『天父神の秩序に従い、熾死王エールドメードが命ずる。産まれたまえ、一〇の秩序、理を守護せし番神よ』

シルクハットから紙吹雪とリボンが舞う。そこから生まれたのは、翼を持つ人馬の淑女。空の番神レーズ・ナ・イール。巨大な盾を背中に背負う屈強な大男。守護の番神ゼオ・ラ・オプトいずれも五体、合計一〇体の番神だった。

『カッカッカ、蠟《ろう》の翼とて、溶けるまでは太陽に迫れる』

空の番神レーズ・ナ・イールの背に、守護の番神ゼオ・ラ・オプトが騎乗する。守護の番神が、その巨大な盾にて前方に結界を張り巡らせつつ、空の番神レーズ・ナ・イールは破壊の空を突き進む。

『後ろにつきたまえ』

エールドメードの指示により飛空城艦アゼッタは、四隻とも番神たちを盾にするように位置取り、更に上昇した。

「下方から再び《聖刻十八星《レイアカネッツ》》です！」

最後尾についている三番艦の報告の後、すぐさま水の砲弾が破壊の空に放たれる。瞬く間《またたくま》に《聖刻十八星《レイアカネッツ》》が蒸発し、シルクハットが宙を舞う。直後、今度は番神を生む前にシルクハットが矢に射抜かれ、あっという間に灰に変わった。

『そうら、お出ましだ』

目の前に立ちはだかったのは、影の天使たち。破壊の番神エグズ・ド・ラファンである。破壊神がいないのなら、番神もいない。そう思わせ、手札を隠していたのだろう。

『撃ち続けたまえ』

ガイラディーテからは、次々と《聖刻十八星《レイアカネッツ》》が発射される。そうして、シルクハットを宙に舞わせ、影の天使たちにあえて射抜かせた。熾死王も二度同じ手が通じると思ってはいまい。影の天使たちが射抜いているのは、番神を生むことのできぬただのシルクハットだ。

すべてのシルクハットに、番神を生む魔力を込めておくのは熾死王とて不可能だ。しかし、奴《やつ》らがそれを狙わざるを得ない状況を作り出し、攻撃を分散させているのである。

『前方へ照準。まもなくこちらの盾が滅びるぞ』

影の天使たちは黒き光――黒陽を鏃《やじり》にして、矢を番《つが》える。一斉に放たれた黒陽の矢は、次々と守護の番神の盾を破壊していき、空の番神レーズ・ナ・イールの翼を撃ち抜く。番神としての力は五分だが、あちらには《破滅の太陽》の恩恵があり、なにより数で優《まさ》っていた。雨あられの如《ごと》く降り注ぐ黒陽の矢を浴び続け、飛空城艦アゼッタの前にあった盾は滅び去った。

『撃ちたまえ』

「「「《獄炎殲滅砲《ジオ・グレイズ》》一斉掃射!!」」」

ニギット、デビドラ、ルーシェの指示で、飛空城艦アゼッタの砲塔という砲塔から漆黒の太陽が出現する。それは彗星《すいせい》の如《ごと》く光の尾を引き、轟音《ごうおん》を上げながら撃ち放たれた。合計二〇〇を超える漆黒の太陽は、次々と爆発を引き起こし、《破滅の太陽》までの炎の道を作り出す。

「我らは壁だ！　この身朽ち果てようとも決して怯《ひる》むな！」

ニギットは叫ぶ。彼の駆る一番艦は、影の天使たちの矢の直撃を受け続け、みるみる破壊されていく。だが、避けるわけにはいかない。彼らがその進路から外れれば、聖剣と魔剣に魔力を注《こ》ぎ込んでいるレイが無防備に曝《さら》されてしまう。

「突き上げろっ!!」

デビドラ、ルーシェの駆る二番艦、三番艦は上昇に全魔力を注《こ》ぎ込み、レイとミサの四番艦を下から思いきり押し上げる。レイに向かって、黒陽を纏《まと》いながら回り込んできた何体もの破壊の番神を、ニギットの一番艦が体当たりで弾《はじ》き飛《と》ばす。

すぐさま取りつかれ、一番艦は炎に包まれていく。

「行けっ……!!」

炎の道に、レイの乗る四番艦が突っ込んだ。飛空城艦の屋根に立つ彼を守るように、ミサの《四界牆壁《ベノ・イエヴン》》が構築される。

「来るぞっ！　黒陽の射程に入るっ！」

ルーシェが叫んだ。瞬間、飛空城艦アゼッタの損壊がますます加速し、ガラガラと音を立てて崩れ始める。《飛行《フレス》》を強化している動力部の魔法陣も破壊され、速度が落ちた。《破滅の太陽》に近づけば近づくほど、あらゆる物は溢《あふ》れ出《で》る破滅の光に灼《や》かれ、燃え滅びる。しかも、二千年前とは違い、今《破滅の太陽》は闇の日輪を輝かせ、完全顕現しているのだ。

「この黒陽に灼《や》かれた者は再生できんっ！　下がれっ、私たちが影を作る」

レイの盾になろうとルーシェ率いる三番艦は舵《かじ》を切り、死力を振り絞るように加速していく。されど、その進行を《四界牆壁《ベノ・イエヴン》》が妨げた。

「なにをしているっ、ミサッ！」

「まだ足を失うわけにはいきませんわ。わたくしにお任せ下さいな」

「馬鹿を言うなっ。あの黒陽の中を無傷で突っ切ることのできる魔法は、新たな創造を行い続ける《創造芸術建築《アストラステラ》》のみだ。アノス様とて真似《まね》はできんっ！　私たちが盾になる。お前はカノンを守れっ！」

黒陽に灼《や》かれた損傷が修理できぬのなら、その場で飛空城艦を新しく作り直せばよい。創術家ファリスが編み出した対策だが、《創造芸術建築《アストラステラ》》は創造魔法に突出しているのはもとより、新しいものを生み出す芸術の才が必要だ。

「偽《にせ》の魔王であるこの身には、それぐらいしかできないとおっしゃいますの？」

ミサは微笑する。

「確かにわたくしの力は、暴虐の魔王の噂《うわさ》と伝承によるもの。得手とする魔法も同じ。端的に言って、アノス様よりも劣ったことしかできませんわ」

静かにミサは言った。

「わたくしの半身だけでは」

レイの乗る四番艦を操縦するミサは、飛空城艦の玉座にて二つの魔法陣を描いていく。

「もう半身のわたくしは、母なる大精霊レノの血を引いておりますの。同じくお母様には劣るかもしれませんが、精霊の力を魔法として使いこなすことができますわ」

魔法陣の一つは《創造建築《アイリス》》、そしてもう一つは精霊魔法だった。ミサはその二つの魔法陣を融合させ、まったく新たな術式をこの場で開発した。

「創霊《そうれい》魔法《摩訶落書建築《ベンロビゼス》》」

四番艦を中心に、巨大な球体魔法陣が広がり、二番艦、三番艦を包み込む。次の瞬間、三隻の外壁に落書きが描かれた。それはディルヘイドでよく見られる民家の絵である。すると、みるみる内に飛空城艦が形を変える。落書きの絵と殆《ほとん》ど同じ姿に、三隻の船は新たに創造されたのだ。

生まれ変わったアゼッタは速力を取り戻し、ぐんと加速した。民家の姿をしているにもかかわらず、これまでの飛空城艦同様の飛行能力を持っている。

「これは……？」

不可解そうなルーシェの声が漏れる。

「落書き精霊ペンタクスは、家の外壁に落書きをいたしますの。お題を出せば、その絵を飽きるまで描き続けますわ。それも、必ず新しい落書きを。そういう噂《うわさ》がありますの」

落書き精霊ペンタクスの噂《うわさ》と伝承を借りる精霊魔法《摩訶落書《ペンタスト》》。単独では、ただ落書きをするだけのその魔法に《創造建築《アイリス》》を組み合わせることで、落書きに創造の力を加えたのだ。

黒陽によって破壊されていく飛空城艦アゼッタは、しかし《摩訶落書建築《ベンロゼス》》によって様々な建築物に変わり、滅び去ることはない。あらゆる属性の魔法を使いこなし、戦場でさえ新たな魔法を開発したと言われる暴虐の魔王の噂《うわさ》と伝承……それに母なる大精霊レノの血を引く娘としての力を組み合わせた――

魔族としては単純に俺に劣る力。母なる精霊としては、レノに及ばぬ精霊魔法。だが、その二つを組み合わせることで、俺にもレノにもできぬ、ミサならではの創霊魔法を生み出したのだ。この《摩訶落書建築《ベンロゼス》》ならば、《創造芸術建築《アストラステラ》》にも劣るまい。

破壊の空において損壊する速度よりもずっと速く、次々と新たな落書きに変化する飛空城艦は、黒陽を切り裂くように《破滅の太陽》へと押し迫る。

『カカカカ、いよいよ正念場だ。二番艦、三番艦は可能な限り《破滅の太陽》へ接近。《飛行《フレス》》にて四番艦を撃ち出したまえ』

「「了解！」」

二番艦、三番艦は飛行に殆《ほとん》どの魔力を注ぎ込《こ》み、四番艦を押し上げる両翼となっている。いかに、《摩訶落書建築《ベンロゼス》》にて新たな創造を続けているとはいえ、近づきすぎれば、修復するより先に全壊するだろう。そのぎりぎりを見極め、最後は四番艦のみを《破滅の太陽》へ向かって上昇させようというのだ。

ガイラディーテからは《聖刻十八星《レイアカネッツ》》の援護射撃が届いているが、その間隔はどんどん長くなっている。番神たちが《聖刻十八星《レイアカネッツ》》は囮《おとり》であることを見抜き始めたのだ。燼死王が番神を生めるシルクハットを見極め、それだけを落としている。ガイラディーテに置いてきたシルクハットの数には限りもあるだろう。

エールドメードは現在、ディルヘイドの辺境で戦闘中だ。そこを離れるわけにもいくまい。勇者学院にも聖水と魔力が枯渇《こかつ》する心配がある。ただの囮《おとり》とはいえ、《聖刻十八星《レイアカネッツ》》への警戒の必要がなくなれば、破壊の番神どもは飛空城艦に集中砲火を仕掛けてくる。

状況から見て、チャンスは一度、狙いは皆既日蝕《にっしょく》の瞬間。そのときでなければ、《破滅の太陽》は確実に別の空域へ転移するだろう。

「……太陽が欠けますわ……」

霊神人剣の一撃にて、一瞬止めた日蝕《にっしょく》が再び進み始めた。地上が撃たれる危機だが、同時に絶好のチャンスでもある。その破滅の力が行使される瞬間、地上が撃たれるより先に闇の太陽を堕とす。レイが双剣を握り締め、禍々《まがまが》しく天を彩《いろど》る日蝕《にっしょく》を見据える。

そこへ――ひらり、ひらり、と舞い降りてきたのは一片の雪の花。雪月花だ。白銀の光とともに、それらが無数に舞い降りて、空は銀世界と化した。

§28. 【終滅の光】

飛空城艦アゼッタが急激に減速した。舞い散る雪月花がまとわりつき、城艦外壁に描かれる建築物が、凍りついたように描き換えられた。《摩訶落書建築《ベンロビゼス》》が正常に働かず、アゼッタは描き換えられた絵に従い、みるみる凍りつく。空を飛べない姿へと創り変えられていくのだ。

「……創造の空、ということですの……」

険しい表情で、ミサが空域へ魔眼を向ける。《破滅の太陽》と重なり合った《創造の月》が一帯を支配している。その権能は自らの創造を強制することで、《摩訶落書建築《ベンロビゼス》》を妨げているのだ。

破壊の空であるがゆえに、創造し続けるしか墜落を防ぐ手段はなく、しかし創造の空であるがゆえに、創造を妨げられる。まさに盤石の護《まも》りであった。

「る、ルーシェ隊長、このままでは っ……！」

「デビドラ様、もうもちませんっ。二番艦は落ちますっ!!」

二番艦、三番艦に兵たちの報告が響き渡る。即座にエールドメードは言った。

『四番艦を撃ち出し、離脱したまえ』

「し、しかし、今撃ち出せば……！」

四番艦の進行方向には、破壊の番神たちが黒陽を纏《まと》って待ち構えている。

『カッカッカ、手札はすべて切ったのだ。後は潔《いさぎよ》く勇者と魔王の伝承に賭けたまえ。それとも、おりてチップを支払い、次の機会でも待つか？』

ぎりっと奥歯を噛《か》みしめ、ルーシェとデビドラは言った。

「集団魔法展開。全魔力を振り絞れ」

「魔法行使の対象を四番艦へ。タイミングを見極めろ」

影の天使たちが弓を構える。黒陽の矢が一斉に放たれたが、それを避ける余裕はもう彼らに残されてはいない。

「撃ち出せぇぇっ!!」

《飛行《フレス》》の球体魔法陣が、レイの乗る飛空城艦アゼッタを覆い、凍りついたその船を、砲弾の如《ごと》く無理矢理撃ち出した。空域を離脱するように落ちていく二番艦、三番艦の代わりとばかりに、レイを乗せた四番艦は破壊と創造の空を突き進み、降り注ぐ矢に逆行する。次々と黒陽の矢を被弾し、ガタガタと音を立てながら飛空城艦アゼッタは崩壊していく。

日蝕《につしょく》との距離が縮まったため、最早《もはや》、《摩訶落書建築《ベンロビゼス》》は完全に機能せず、アゼッタは破壊の秩序により空中分解した。崩れ落ちる屋根にて、それでもレイは飛ばず、二本の剣に魔力を込め続けている。破壊された飛空城艦の中から、影が飛んだ。

「乗ってくださいな」

バラバラに崩れ去ったアゼッタから飛び出したミサは、纏《まと》った外套《がいとう》を脱いで広げる。その上にレイが乗り、彼女は降り注ぐ矢の雨を《四界牆壁《ベノ・イエヴン》》で阻《はば》みつつ、すり抜けていく。

破壊の番神たちは、自らに火をつけるように黒陽にて神体を燃やす。そのまま玉砕覚悟でミサに突っ込んできた。矢と違い、どれだけかわそうと追ってくるだろう。だめ押しとばかりに雪月花が舞い降りて、その冷気にてミサとレイの活動を制限する。

平地ならばいざ知らず、この破壊と創造の空では、番神全員を置き去りにして《破滅の太陽》に迫るほどの速度は出せぬ。アゼッタを失った今、いかにミサとて、戦闘と飛行を継続できる時間は限られているだろう。

「いらっしゃいな、ギガデス」

ミサが魔法陣を描けば、その背後に、小槌《こづち》を持った手乗り妖精が現れる。風と雷の精霊ギガデアスに酷似したそいつに漆黒の雷が落雷する。その力を吸収するかのようにギガデスはみるみる巨大化する。その姿は邪悪な王を彷彿《ほうふつ》させる。

「《霊魔雷帝風黒《ギガ・ジラスド》》」

ミサはたおやかに指先を伸ばす。それと同時に、黒き雷帝ギガデスは巨大な大槌《おおづち》を振り下ろした。暗黒の風が破壊の番神たちを冷たく包み込み、黒き稲妻が落雷した。精霊魔法《霊風雷《ギガデア》矢《ル》》と起源魔法《魔黒雷帝《ジラスド》》を組み合わせた霊源魔法《霊魔雷帝風黒《ギガ・ジラスド》》によって、影の天使たちは灰燼《かいじん》と化す。しかし、その一撃から逃れた番神が全身を黒陽で燃やしながら、なおも突っ込んできた。

「ガリョン」

九つ首の水竜がミサの背後に現れ、漆黒に染まっては唸《うな》り声を上げる。彼女の両腕に漆黒の水竜が宿ると、向かってきた番神をその指先にて串刺しにした。

「《霊殺根源死雨《ヴエガ・ベブズド》》」

番神の体内から九つ首の水竜が食い破るように現れ、黒陽を消火するとともに、その根源を滅ぼした。間髪入れず、ミサは《霊魔雷帝風黒《ギガ・ジラスド》》を撃ち放つ。漆黒の風雷が破壊と創造の空を激しい光とともに切り裂いていく。

全力の《飛行《フレス》》で舞い上がったミサは、外套《がいとう》に乗せたレイとともに、みるみる《破滅の太陽》へと押し迫った。

辺りが一段と暗くなった。サージエルドナーヴェの皆既日蝕《にっしょく》だ。魔眼《めを》疑うほどの凄《すさ》まじい魔力が、覆い隠された《破滅の太陽》に集中していた。あれならば、地上を一〇度滅ぼしてなおお釣りが来るだろう。

「――ミサッ！」

レイが叫び、彼女は魔力を込めた指先を伸ばす。

「この瞬間を――待っていましたわっ！」

レイに《飛行《フレス》》の魔法陣を描き、《霊魔雷帝風黒《ギガ・ジラスド》》とともに撃ち出す――その間際、彼女が身に纏《まと》っていた《四界牆壁《ベノ・イエヴン》》が忽然《こつぜん》と霧散した。

「…………え…………？」

彼女の胸に、小さな棘《とげ》のようなものが刺さっていた。

「……これ、は…………？」

急速に彼女の魔力が霧散していく。根源の要を貫かれたとでもいうように――

「……レ、イ……」

ぐらり、とミサの体が落下する。《破滅の太陽》から自然と溢《あふ》れ出《で》る黒陽が、レイの体を灼《や》いた。燃える外套《がいとう》に包まれ、彼の体もまた落ちていく。声が響いた。

『世界の秩序を奪いし、簒奪者《さんだつしゃ》』

ノイズが混ざった、不気味な声が。

『自ら口にした通り、汝《なんじ》には世界《わたし》の手札が見えていなかった』

破壊と創造の空に、それは大きく響き渡る。

『魔族の船は落ちた。偽《にせ》の魔王も、秩序から奪った番神も』

飛空城艦アゼッタ一番艦、二番艦、三番艦ともにほぼ大破しており、破壊の空の下をかろうじて浮遊するのみ。再び太陽に迫る力は残されておらず、地上への帰還がやっとだろう。宙を舞っていた熾死王のシルクハットが一〇個、番神の矢に貫かれ、灰と化した。

『簒奪者《さんだつしゃ》。汝《なんじ》の手札に翼はない。今、ここに希望は潰《つい》えたのだ。《終滅の日蝕《にっしょく》》に灼《や》かれ、地上諸共《もろとも》消え去るがいい』

ザザッザーッと嘲笑《あざわら》うかのような雑音が木霊《こだま》する。目の前には、なにも見えない。《終滅の日蝕《にっしょく》》。それが世界を完全に闇に閉ざしていた。

『……カカカ……確かに確かに。敗北、敗北……完膚無きまでの敗北だ。だが、負けるからこそ、面白いのではないかね、ギャンブルというものは』

エールドメードが言う。

『なあ、エクエス』

『さらばだ、愚かな魔族よ』

静寂がその空を覆った。禍々《まがまが》しい日蝕《にっしょく》が増大する魔力とともに、黒檀《こくたん》の光を凝縮していく。

黒く、赤く、目映《まばゆ》い輝きだ。

『終滅のときは来たり――』

サージエルドナーヴェの皆既日蝕《にっしょく》から、終滅の光が地上へ照射される。その直前で、凝縮していた黒檀《こくたん》の輝きが黒き刺突に貫かれた。

『…………!?』

僅かな光とともに、映し出されたのは勇者の姿。

カカカ、と声が響いた。

『――カッカッカ、カカカカ、カーカッカッカッカッ!!』

響き渡ったのは、痛快極まりないといったエールドメードの笑声だった。

『《全能なる煌輝》ともあろう者が、オレの手札に、まだ翼が残っていることに気がつかなかったか――?』

世界が暗闇に包まれた間に《破滅の太陽》に到達していたレイが、魔を凝縮した一意剣シグシェスタの一撃にて、終滅の光に僅かな穴を空けていた。

熾死王は言う。

『そう――蠟《ろう》の翼が！』

囮《おとり》のシルクハットを運んでいた《聖刻十八星《レイアカネッツ》》。取るに足らぬとエクエスが放置したそれこそが、レイを《破滅の太陽》へ到達させた最後のカードだ。

《聖刻十八星《レイアカネッツ》》は聖水の砲弾。聖水は汎用性の高い魔法具であり、人間には極めて効果の高い魔力源となる。魔族の体を持つレイには毒も同然だが、元勇者である彼はその使い方をよく熟知している。かつてエミリアがそうしたように、使うこと自体は可能だ。破壊の空で蒸発した

《聖刻十八星《レイアカネッツ》》、すなわち水蒸気となった聖水を、城の外にいたレイは集めていたのだ。

自分の魔力を使わず、空を飛ぶために。聖水の魔力を引き出し、落ちかけたレイは《飛行《フレス》》にて反転した。

《終滅の日蝕《にっしょく》》が起こり、《破滅の太陽》が転移できないであろうその瞬間、シグシェスタを突き刺し、放たれる前の終滅の光に穴を穿《うが》った。熾死王は、手札が曝《さら》された状況を逆に利用したのである。まだなにかあると思われれば隙は生じぬが、エクエスはこちらの手札を知ってぃた。ゆえに油断し、警戒を怠った。《聖刻十八星《レイアカネッツ》》は蠟《ろう》の翼だということを印象づけ、役に立たぬとエクエスに思い込ませていた。目ではなく、その意識から手札を隠したのだ。

「霊神人剣、秘奥《ひおう》が弐――」

《破滅の太陽》に反魔法を張らずに突っ込んだレイは黒陽と終滅の光に包まれ、瞬《また》く間《ま》に根源を減らしていく。かろうじて体が原形を保っているのは、霊神人剣の加護があるがゆえだろう。そうして、根源が残り一つになった瞬間、シグシェスタで穿《うが》った光の穴に、今度はエヴァンスマナを突き刺した。

「――《断空絶刺《だんくうぜつし》》っっっ!!!」

レイの体は霊神人剣エヴァンスマナごと神々《こうごう》しい光に包まれ、一振りの剣の如《ごと》く刺突を放った。《破滅の太陽》の表面に荒れ狂う、凄《すさ》まじいまでの黒陽に穴を穿《うが》ち、霊神人剣の刃がそこに突き刺さる。

暗黒の火の粉が無数に散り、光が四方八方に拡散する。空が揺れ、地上が震撼《しんかん》していた。果たして霊神人剣は、《終滅の日蝕《にっしょく》》を――その宿命を貫いたか。ゆっくりと欠けた太陽が元に戻っていく。《創造の月》と《破滅の太陽》が引き離されているのだ。

『すべては秩序の歯車が回るが如《ごと》し』

不気味な声が響いた。《破滅の太陽》が半分ほどまで欠けた状態に戻った。しかし、その表面には黒檀《こくたん》の光が集い始める。皆既日蝕《にっしょく》でなくとも、地上は撃てると言わんばかりに——

霊神人剣を《破滅の太陽》に押し込みながら、レイが《思念通信《リークス》》に絶叫した。

「——空域を離脱しろぉっっっ!!!!」

『遅い——』

ぐっと握り締めた霊神人剣に、レイは最後の力を注ぎ込《こ》む。

「……頼む、霊神人剣……!!　残り半分も——!!」

その想《おも》いに呼応するように、純白の光が鋭く太陽を貫いていく。

渾身《こんしん》の力で、レイは聖剣を突き出した。

「——と、ま、れええええええぇぇぇぇぇぇぇぇぇぇぇぇぇっっっ!!!」

終滅の光が鮮やかに瞬《また》く。

『《笑わない世界の終わり《エイン・エイアール・ナヴエルヴア》》』

§29.【笑わない世界の終わり】

それは深い暗闇の中——

それは暗い心の底――
それはそれは、絶望という名の首輪。
魔法陣の歯車に埋め込まれた、姉妹の心が引き裂かれていく。
その魔眼《め》に映るのは――
その神眼《め》に映るのは――
血に染まった破壊と創造の空だった。

「……やめて……」

サーシャが言った。彼女の心に略奪者の歯車が深く食い込み、思い出を引き裂くように無理矢理回している。ぎち……ぎち……と不気味な音を立てながら、なにかが少しずつ壊れゆく。
こぼれ落ちるのは彼女の想《おも》い。破壊神アベルニユーだった少女の、ほんの小さな願いだった。

――願ったのは一つだけ。
――ただ世界をこの神眼《め》で見てみたかった。

『ねえ、[redacted]さま、憎いって言ったわね？』

――[redacted]さま？　誰？
――誰に、話しかけているの？
――わからない。話し相手なんていなかったわ。

こぼれ落ちるのは、彼女の記憶。ぎちり……ぎちり……と歯車が回っていた。

『憎いって、どんな気持ち？』

――声が聞こえる。わたしの声が。わたしの言葉が。頭の中で繰り返される。

『憎しみの前には、喜びや嬉《うれ》しさがあるのかしら？　でも、それもわたしは知らないわ。知っているのは、喜びや嬉《うれ》しさが、怒りに変わって、そこから憎悪《ぞうお》が生まれるってこと。だけど――』

『ぜんぶ、わたしは知らないわ』

『だって、ぜんぶ滅びるんだもの。花は美しいって言うけれど、どんな形をしているのかしら？』

『山は雄大って言うけれど、どんな大きさなのかしら？』

『家は？　ベッドは？　椅子は？　本は？』

『キスって、どんな風にするのかしら？』

――世界はわからないことで溢《あふ》れていた。

――決して見ることのできない、生きているその姿を、

――わたしは、見たいと思っていた。

――それなのに……

『沢山、滅ぼしたわ。魔族も人間も精霊も、ときには神ですら、わたしは滅ぼしてきた。この世のすべての終わりは、わたしの手の平の上で起きたこと』

『だって、そうでしょ。人々が壊れ、根源が消え去るのは破壊神の秩序があるからだもの』

『《破滅の太陽》だってそうね。あれを空に輝かせて、その滅びの光が、あなたの仲間を灼《や》いたんだわ。何十人も、何百人も。もしかしたら、もっと沢山』

――あなた？

――あなたは、誰？

『ねえ、教えて、[redacted]さま？　どうして、人は生きているのかしら？　終わらないものなんてどこにもない。いつか必ず終わるわ。だったら、今日終わっても、明日終わっても、一〇〇年後に終わっても同じことでしょ』

『希望があるとでも思っているのかしら？　続きがあるとでも思っているのかしら？　だったら、とんだお笑い種だわ。なんにも残らないのに。そうとも知らず、必死に生きてるなんて、馬鹿みたいね』

――そう馬鹿みたいだったわ。

――わたしは……

――馬鹿だった。

『世界は笑ってなんかいないわ。だって、わたしが見ているんだから。この神眼《め》に映るのは、終わりだけ。いつだって、そこには悲しみしかない。いつも、いつだって、この世界には涙しか残らないわ。それが真実』

『ねえ、[redacted]さま？　あなたにそれが覆《くつがえ》せるのかしら？　このわたしを、破壊神アベルニユーを滅ぼすことができるの？』

――ねえ。あなたは、誰？

――もしそこにいるのなら、声を聞かせて。

――そうじゃないと、わたしは――

『さっきも言った通り。ずっとね、待っていたの。誰かが、ここに来てくれるのを。願っていたわ。滅ぼして、滅ぼして、滅ぼしながら、わたしを憎む人が、やってこないかって。サージエルドナーヴェを斬り裂いて、わたしの目の前に、現れないかって』

『だって、つまらないんだもの。ずっと一人ぼっちで、こんな暗い明かりしかない太陽の中で、誰と話すこともできない。だからって、外に出たって、なにも変わらないわ』

『わたしの神眼《め》に映るのは、絶望と悲しみだけ。破壊神の眼前では、ただ終わりだけが横たわっている。地上を歩けば、一晩で世界は破滅するわ』

『知りたいことが沢山あったわ。花の形や、山の雄大さ、喜びや、嬉《うれ》しさを。だけど、この神眼《め》には、決して映ることはない』

『でもね、とても強い人がいたら、もしかしたら、その人の姿は見ることができるかもしれないと思った』

『話をすることができると思った。その人はきっとわたしを恨んでいて、破壊神の秩序を滅ぼすためにやってくる。世界の悲しみを止めるためにやってくる』

『わたしはその人に恋をするわ。だって、そんな人、いたとしても一人だわ。わたしの相手は、その人以外にはありえない』

『沢山、沢山待ったわ。気が遠くなるほど待った。沢山、沢山滅ぼしたわ』

――ああ、そうだ。そうだった。

――思い出したわ。

『あなたがやってきた』

――誰も、やってこなかった。

――誰も、来てくれはしなかったんだ。

ぎちり……ぎちり……と歯車が回り、ザザザッと記憶の裏側にノイズが走る。

『地上を歩きながら、[redacted]さまの魔眼《め》で、今度は悲しみ以外を見てみたいわ』

――ぜんぶ、嘘《うそ》。

――ぜんぶ、わたしの妄想だった。

――だって、なにも思い出せない。

――だって、世界は……

『この世界が笑っているところを』

――世界は笑ってなんかいなかった。

――わたしが……

サーシャは目を開く。目の前が、絶望に染まった。

『《笑わない世界の終わり《エイン・エイアール・ナヴエルヴァ》》』

――壊したから。

その光景が鮮明にアベルニユーの神眼《め》に映った。そこは破壊の空。目映《まばゆ》い光と、剣を手にした人影が見える。サージエルドナーヴェの日蝕《にっしょく》から放たれたのは、終滅の光――《笑わない《エイン・》世界の終わり《エイアール・ナヴエルヴア》》。霊神人剣エヴァンスマナを《破滅の太陽》に突き刺しながら、レイはその禍々《まがまが》しいばかりの滅びの光に耐えている。だが、宿命を断ち切るその聖剣とて、破滅を完全に覆《くつがえ》すことはできなかった。

「――避けろぉぉぉおおおっっっ‼‼」

勇者が必死に叫んでいた。

破壊の空の下を飛ぶ飛空城艦三隻は、それを耳にしながら、《笑わない世界の終わり《エイン・エイアール・ナヴエルヴア》》に突撃した。真っ先に光に撃たれたのは一番艦だ。

「ニギット！」

「避けられるものかっ……！　私たちの後ろにはディルヘイドとアゼシオンがある。この大地は、我らが暴虐の魔王アノス・ヴォルディゴード様が御身を挺《てい》して守った聖域だっ‼」

続いて二番艦が、その終滅の光に撃たれた。すでにボロボロだったその船体は、なす術もなく脆《もろ》く崩れ落ちていく。

――やめて。

「……アノス様……。『生きよ』とのご命令、果たせず申し訳ございません……。ですが、せめてこの平和な時代だけは……‼」

滅びに近づいていくデビドラたちの根源。それは目映《まばゆ》く輝いていた。滅びに逆らうが如《ごと》く強く、激しく。その魔力をすべて、彼らは生存のためではなく、終滅の光から地上を守る反魔法に注《こ》ぎ込んだ。

かつて人間を恨んだデビドラ。憎悪《ぞうお》を捨てきれなかった部下たち。転生した彼らの目に映った平和な世界は、さぞ輝いて見えたことだろう。それゆえ、咄嗟《とっさ》に体が動いたのやもしれぬ。

それでも――及ばぬ。身を挺《てい》したニギット、デビドラらの意志を嘲笑《あざわら》うかのように、冷たい終滅の光は二隻の飛空城艦諸共《もろとも》、地上へ押しやっていく。

その真下に、ミサがいた。根源の急所を棘《とげ》にて射抜かれた彼女は、襲いかかる脅威に向けて腕を動かすが、しかし思うように魔力を操れぬ様子だ。精霊の力を、断たれていた。彼女の体から黒き粒子が散っていき、偽りの魔王アヴォス・ディルヘヴィアの姿から、普段のミサへと戻った。

「《風波《シュア》》」

一陣の風がミサをさらい、この空域を離脱させていく。

「……ルーシェ……さんっ……！」

「神如《ごと》きに暴虐の魔王は滅ぼせん。たとえ、噂《うわさ》と伝承とてな！」

ミサの代わりとばかりに、ルーシェの駆る三番艦は反魔法を展開し、終滅の光に飲み込まれた二隻の飛空城艦へと突っ込んだ。

「デビドラ、ニギット！　なにをしているっ!?　その身が潰《つい》えようとも地上を守れっ！」

ルーシェの叱咤《しった》に、今にも滅ぼうとしているデビドラとニギットの船が、僅かに息を吹き返す。

「……すまんな。死んでいった戦友《とも》のことを思い出していた……」

「……彼らも同じ心境だったか……せめてともにこの平和な時代で笑い合いたかった……」

ニギットとデビドラが言う。燃え尽きる寸前の星のように、飛空城艦三隻から放たれる魔力が大きく光り輝いた。

「……二千年遅れたが――」

「私どもも我が君のためにっ……!!」

闇のオーロラが空を覆う。それは彼らが使えぬはずの、命懸けの《四界牆壁《ベノ・イエヴン》》。神族の力を封じるその魔法障壁を、デビドラ、ニギット、ルーシェ、そして彼らの部下たちは消えゆく命を代償に成し遂げた。

数多《あまた》の根源が、光に飲まれていく――

『……アノス様……どうか、ご無事、で……』


――やめて。


終滅の光と、闇のオーロラが衝突し、破壊の空が引き裂かれんばかりの衝撃が走る。空が、大気が、世界が震撼《しんかん》していた。《笑わない世界の終わり《エイン・エイアール・ナヴエルヴァ》》は、慈悲もなく《四界牆壁《ベノ・イエヴン》》を飲み込み、飛空城艦を霧散させた。

破壊の空に、滅びの大爆発が巻き起こる。

「……く…………!!」

霊神人剣を《破滅の太陽》へ押し込んでいたレイが、その爆発をまともに受ける。滅びの秩序の前になす術もなく彼の手は聖剣から引き剝がされ、そして真っ逆さまに地上へ落ちていく。

──やめて、お願い。

阻《はば》むものをなくした終滅の光はなおも直進し、大地に照射される。底のない穴が空いたかと思えば、それが勢いよく十字に広がった。大地は割れ、世界が四つに分断され、それぞれがバラバラに離れ始める。

──なにも、壊したくない。

音を立てて、世界が壊れ始めた。

──壊したく、なかったのに。

ぎちり……ぎちり……と歯車の音が聞こえる。彼女の中で、心を引き裂くように絶望が回り続ける。

『言ったはずだ』

ノイズ交じりの声が、俺の頭に響いた。視界を自らのものに戻す。場所は、神々の蒼穹《そうきゅう》。その深淵《しんえん》の底にて、俺は目の前に降り注ぐエクエスの光を睨《にら》みつける。

『知らば、後悔することになるだろう。知らぬことこそ、彼女たちに与えられた唯一無二の幸せ。救えはしない。破壊神、そして創造神という歯車に飲み込まれ、回り続けるのが秩序だ』

エクエスは言う。

『そう、ただ小さな穴を穿《うが》ったのだ。暴虐の魔王アノス・ヴォルディゴードという記憶に。それを引き裂けば、神の姉妹が手にした希望はすべて消え果てる。希望を失い、愛を失い、優しさを失い、心を失い、二人の姉妹は、破壊神と創造神として世界の歯車に組み込まれる』

サーシャの心は平常とは言い難《がた》い。ミーシャもそうだ。先程から《思念通信《リークス》》にてその想《おも》いは伝わってくるが、こちらの声が聞こえぬのか、呼びかけても応答せぬ。破壊神と創造神、その神体に埋め込まれた略奪者の歯車が、ミーシャとサーシャから俺の記憶を奪った。

俺を認識できぬ、といったところか。

『残るはただ絶望。世界の秩序のみ。彼女らは繰り返す。壊したくないと世界を壊し。壊すために、創造を続ける』

サーシャとミーシャ、ミリティアとアベルニユー。彼女たちの希望は、確かに俺がいなければ成立せぬ。

「ふむ。世界の意思を名乗る者が、大げさなことを言う」

虚を突かれたか、エクエスからはただ無言が返ってきた。

「絶望？　これがか？　たかだか世界が些末《さまつ》な光に炙《あぶ》られただけのことで、絶望だと？」

歯車の《遠隔透視《リムネト》》に、映し出されている地上の光景に、俺は指をさす。

「よく見よ、エクエス。世界はただ十字に割れただけだ。それで滅びとは、大言が過ぎる。四つに割れたならば、またくっつければいい」

つながっている魔法線から地上を覗《のぞ》けば、世界はまだ健在だ。ガイラディーテも、ミッドヘイズも。どの都にも、終滅の光は当たっていない。

「勇者の霊神人剣は《終滅の日蝕《にっしょく》》に穴を空け、その威力を妨げた。俺の配下が、命を賭《と》して壁を作り、いずれの都にも当たらぬように終滅の光を逸《そ》らしたのだ」

僅かに、だが確実に終滅の光は狙いを逸《そ》らした。ニギットが、デビドラが、ルーシェが、二千年前からこの背中についてきてくれた我が配下たちが、命を賭《と》してこの平和を守ったのだ。

絶望など、ほど遠い。彼らの献身に、俺は報いてやらねばならぬ。

「ミーシャとサーシャも戦っている。歯車が二人の記憶から希望を消そうと、偽りの絶望などに彼女らは決して負けはせぬ」

目の前の光に俺はゆるりと手を伸ばす。光の深淵《しんえん》に、ようやく見えてきたそれを、ぐっとつかみ上げた。

指先に、確かな手応えを覚えた。

「さあ。つかまえたぞ、世界の滅びの元凶《エクエス》」

続く

あとがき

十章におきましては、前巻にあたる九章から引き続き神族にフォーカスした物語となっております。作中に出てきております『秩序』というのは、いわゆる物理法則のことになりますが、ファンタジー世界における物理法則は現実世界のそれとは位置づけが違った方が面白いのではないかと考えていました。

現実世界にはそういうものとして当たり前に存在する物理法則ですが、ファンタジーを描く際にはそれに理由づけができると言いますか、物語が伴うことが不自然なく行うことができるのだと思います。この世界にはどういう神話が存在して、どういう神がどういう経緯でどんな世界を創ろうとしたのか。そのとき、なにが起きて、結果、今の世界はどうなったのか。世界を創った神の物語として、世界の成り立ちを描いていけるのがファンタジーを書く醍醐味《だいごみ》なのではないかと思っていました。

重力があることに本来意味はないはずなのですが、たとえば最初に世界を創った神さまが人間をそこに閉じ込めておくため重力が生まれた——なんて設定があったりすると、私の中ではすごくファンタジーな気がしてきまして、ワクワクするのです。

そのような私の好みが色濃く出ているのが十章なのかなという気がいたします。創造神ミリティアがどんな想《おも》いで世界を創ったのか。そして世界に隠された大きな謎を追う壮大な物語を書きたいという一心でこの章を執筆しました。九巻と上下巻合わせての少々長めの話とはなりますが、これまでの八章分の物語があるからこその内容にしたく頑張りましたので、お楽しみいただけましたら嬉《うれ》しく思います。

今回もイラストレーターのしずまよしのり先生には大変素敵なイラストを描いていただきました。昨今の社会事情もあり、まったく会う機会が作れない状況となりますもので、この場を借りてお礼を申し上げます。ありがとうございます。

また担当編集の吉岡《よしおか》様にも大変お世話になっております。いつも丁寧な対応をしていただき、ありがとうございます。

最後になりますが、ここまでお読みいただきました読者の皆様に心からお礼を申し上げます。本当にありがとうございます。

下巻は魔王学院の集大成といっても過言じゃない展開になっていくかと思われます。これまでにないほど大きな戦いが彼らを待ち受けます。その結末を見届けていただけたなら、こんなに嬉《うれ》しいことはありません。これまで以上に楽しんでいただけますよう頑張って執筆して参りますので、どうぞよろしくお願い申し上げます。

二〇二一年六月七日　秋《しゅう》

◉秋著作リスト

「魔王学院の不適合者 ～史上最強の魔王の始祖、転生して子孫たちの学校へ通う～ 1～10〈上〉」（電撃文庫）

本書に対するご意見、ご感想をお寄せください。

ファンレターあて先
〒102-8177　東京都千代田区富士見2-13-3
電撃文庫編集部
「秋先生」係
「しずまよしのり先生」係

本書はインターネット上に掲載されていたものに加筆、修正しています。

電撃文庫

魔王学院《まおうがくいん》の不適合者《ふてきごうしゃ》 10〈上〉
〜史上最強《しじょうさいきょう》の魔王《まおう》の始祖《しそ》、転生《てんせい》して子孫《しそん》たちの学校《がっこう》へ通《かよ》う〜

秋《しゅう》

2021年8月10日　初版発行
2022年12月10日　4版発行

発行者　山下直久
発行　株式会社KADOKAWA
〒102-8177　東京都千代田区富士見2-13-3
0570-002-301（ナビダイヤル）
装丁者　荻窪裕司（META＋MANIERA）
印刷　株式会社 KADOKAWA
製本　株式会社 KADOKAWA

●お問い合わせ
https://www.kadokawa.co.jp/（「お問い合わせ」へお進みください）
※内容によっては、お答えできない場合があります。
※サポートは日本国内のみとさせていただきます。
※ Japanese text only

※定価はカバーに表示してあります。

ISBN978-4-04-913938-9　C0193　Printed in Japan

電撃文庫　https://dengekibunko.jp/

電撃文庫創刊に際して

文庫は、我が国にとどまらず、世界の書籍の流れのなかで〝小さな巨人〟としての地位を築いてきた。古今東西の名著を、廉価で手に入りやすい形で提供してきたからこそ、人は文庫を自分の師として、また青春の想い出として、語りついできたのである。

その源を、文化的にはドイツのレクラム文庫に求めるにせよ、規模の上でイギリスのペンギンブックスに求めるにせよ、いま文庫は知識人の層の多様化に従って、ますますその意義を大きくしていると言ってよい。

文庫出版の意味するものは、激動の現代のみならず将来にわたって、大きくなることはあっても、小さくなることはないだろう。

「電撃文庫」は、そのように多様化した対象に応え、歴史に耐えうる作品を収録するのはもちろん、新しい世紀を迎えるにあたって、既成の枠をこえる新鮮で強烈なアイ・オープナーたりたい。

その特異さ故に、この存在は、かつて文庫がはじめて出版世界に登場したときと、同じ戸惑いを読書人に与えるかもしれない。

しかし、〈Changing Times,Changing Publishing〉時代は変わって、出版も変わる。時を重ねるなかで、精神の糧として、心の一隅を占めるものとして、次なる文化の担い手の若者たちに確かな評価を得られると信じて、ここに「電撃文庫」を出版する。

1993年6月10日
角川歴彦

神の軍勢の猛攻により崩れつつある地上の勢力……
飛空城艦は墜ち、
地上は滅びの光に焼かれ、
大地は四つに引き裂かれた。
世界に絶望が満ちる中、
それでも人々は希望を捨てず、
諦めることはない。
魔王学院の不適合者10〈下〉
—MAOH GAKUIN NO FUTEKIGOUSHA—
～史上最強の魔王の始祖、転生して子孫たちの学校へ通う～
著†秋
illustration†しずまよしのり
2021年10月発売!!!!!!!!!!!

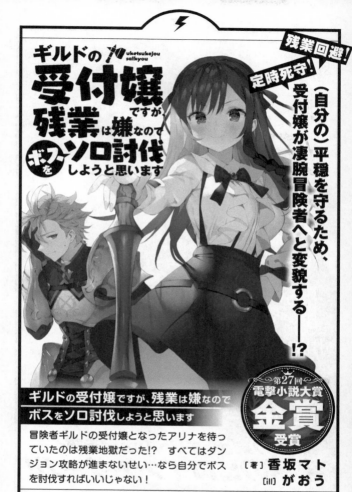

残業回避！
定時死守！
ギルドの受付嬢ですが、残業は嫌なのでボスをソロ討伐しようと思います
uketsukejou saikyou
（自分の）平穏を守るため、
受付嬢が凄腕冒険者へと変貌する――!?

SWORD ART ONLINE
ソードアート・オンライン
川原 礫
イラスト／abec
「これは、ゲームであっても遊びではない」
《黒の剣士》キリトの活躍を描く
究極のヒロイック・サーガ！
電撃文庫

はたらく魔王さま!
Satoshi Wagahara
Illustration ■ Oniku
和ケ原聡司
イラスト■029
魔王城は六畳一間!?
フリーター魔王さまの庶民派ファンタジー!
世界征服間近だった魔王が、勇者に敗れて辿り着いた先は、異世界“東京”だった!?
六畳一間のアパートを仮の魔王城に、フリーターとして働く魔王の明日はどっちだ!!
電撃文庫